언니의 물허벅

언니의 물허벅

오미향 수필집

문학공감

그 섬에는 늘 바람이 불었다. 책장을 넘기던 단발머리 소녀는 먼바다 너머를 바라보았다. 뭍에서 불어오는 바람의 색과 맛은 어떠할까? 이 섬 바깥에서 벌어지는 일들을 두 눈에, 가슴 가득 담고 싶었다. 육지로 빠져나가고픈 꿈이 있어 열심히 글자와 숫자에 매달렸는지 모르겠다. 도시에서는 모든 새로운 것이 펼쳐지고 날마다 좋은 일이 생길 것만 같았다.

씩씩하게 파도를 헤치고 바다를 건너 도시에 안착한 나는 시름시름 앓기 시작했다. 누구와 함께 있어도 고립무원한 나의 섬에는 수시로 바람이 불었다. 그 바람에서 벗어나고자 책을 읽었고 글을 끄적댔다. 스스로 박차고 나온 고향 바다의 바람을 내내 잊지 못했다. 뭍에서처럼 땅의 끝에 바다가 있는 게 아니라 땅이 벗어나지 못하도록 바다가 에워싸고 있었다. 어쩌면 내 삶도 자꾸만 달아나고 싶은 것을 바다가 있어 방패막이 돼주었는지도 모르겠다.

바람이 분다. 바다는 늘 내게 비릿한 짠 내만을 준 게 아니었다. 살면서 힘들면 찾아오라고, 바람을 쐬라고, 부서지는 포말을 보며 마음을 다잡으라고, 손짓하며 나를 불러세웠다.

삶의 그루터기를 넘을 때마다 자주 넘어지고 아픔을 주워 담
느라 허덕였습니다.
무엇을 해야 할지 막막했어요.
글이 어느 날 제게 찾아왔어요.
운동화 끈을 고쳐 매며 쉼 없이 달려왔습니다.

《언니의 물허벅》을 내보이며
가쁜 숨을 뱉어봅니다.
부끄러움만이 가득합니다.

막내딸의 철없음을 무한한 사랑으로
끌어 안아준
아버지 어머니께 고맙습니다, 사랑합니다라고
전합니다.

2022년 12월
오미향

차례

제1부

언니의 물허벅

돌챙이

 섶섬이 내려다보이는 바닷가 마을로 들어서자, 암벽 위에 작은 돌집이 보였다. 벼랑 위 깔깔한 소금기를 벗 삼아 삶의 모퉁이를 돌아선 그곳에는 삭정이 같은 무릎을 보듬고 아버지가 앉아 있었다. 바람 한 점만 불어도 거친 말 한마디만 내던져도 금세 기울 것 같은 수평을 아버지는 꼭 붙들고 있었다.

 숭숭 구멍 뚫린 관절에 햇볕을 끌어모으고 먼바다를 내다보며 머리를 흔들었다. 잊었다는 것인지 다 지나간 일이라 모른다는 것인지 그 고갯짓의 의미를 알 수가 없다. 단물 쓴물 다 빠진 아버지의 빈 가슴에 찾아 든 것은 무엇일까? 보는 이의 마음도 마른 웅덩이처럼 젖어들었다. 말랑하게 가라앉은 가슴이 울컥했다.

 아버지가 평생 쌓아 놓은 돌들은 말이 없다. 묵묵히 그 자리를 지킬 뿐이다. 아버지는 직업군인이자 공무원이셨다. 시간이 날 때마다 주변에 널려 있는 돌들을 모았다. 다듬고 매만지다 보면 멋진 작품이 나오기도 했다. 아버지는 돌로 작업하는 일이 즐겁다며 마치 석공이 된 것 같다고 말씀하시곤 했다. 거칠

고 힘들어 보이는 돌 작업을 당신이 취미 삼아 했다. 더는 돌을
잡기가 힘들었지만, 아버지는 오늘도 돌집 마당을 서성였다.

조용히 봄볕 드는 양지녘에 앉아 돌을 바라본다. 어느새 아
버지의 얼굴에선 미소가 감돌고 커다란 원석을 어루만지는 손
에 힘이 느껴졌다. 꼭 다문 입술이 비장했다. 허공에 떠 있던
쇠망치가 주인의 손을 거쳐 낙하했다. 꿍 소리와 함께 사과 잘
리듯 커다란 돌덩이는 반쪽으로 벌어졌다. 바가지 머리의 소녀
가 그 틈 사이를 비집으며, 기억 속 유폐된 추억 주머니를 매
달고 걸어 나오며, "아버지 뭐 만들어요? 우리 집은 언제 만들
거예요?"라고 물었다.

아버지는 언제나 돌하고 얘기를 나눴고 돌을 부수고 깨며 겹
겹이 쌓아 올릴 뿐이었다. 애써 만든 조형물이 다음 날은 자취
도 형체도 없이 무너져 내리는 모습이 아련했다. 자연스러운
모양을 갖출 때까지 아버지는 수없이 반복했다. 즐겁게 일하는
모습이 낯설기만 했다. 완벽에 가까울 정도로 돌을 조각하면서
도 이 세상에 가장 소중하고 사랑스러운 돌은 '우리들'이라고
했다. 아버지가 돌가루 튄다고 나를 멀찍이 밀어내며 장난스레
"우리 향이한테 무얼 만들어줄까?" 하고 물으면 "음, 이따만한
멋진 궁전을 만들어주세요."라며 두 손을 넓게 벌려 보였다.

땀이 비 오듯 내리는 모습을 보다 보면 어디선가, 밥 먹으몀
협써(식사 드시면서 하세요), 점심을 먹으라는 어머니의 목소리가
들렸다. 그때 아버지는 궁전을 지었었나? 울퉁불퉁한 표면에
우락부락한 생김새의 커다란 사람, 돌하르방이 떡하니 서 있었

던 것 같다. 코를 만지면 아들을 낳는다는 속설이 있어서일까. 우스꽝스러운 그의 코는 반질거리며 납작해져 갔다. 그럼에도 한결같은 미소를 잊지 않는 돌하르방은 자식을 위해 온몸의 윤기가 빠져나가도 헬쭉거리며 웃어 보이는, 자식의 행복만을 기원하는 포근한 아버지였다.

어느새 정수리를 뚫고 나온 새치를 한 가닥 뽑으며, "아버지, 혹시 물팡 만드세요? 물허벅을 부릴 데가 있어요?"라고 물었다. 받침대로 쓰일 튼튼한 돌판이 모습을 드러냈다. 아버지는 이제는 사라져 버린 것이지만 옛것에 대한 향수로 부탁을 받았다고 했다. 민속박물관에, 마당 너른 집에서 볼 수 있는 물팡은 물허벅을 진 이의 욕망과 간절한 이상향의 징표였을지도 모른다.

누군가는 가쁜 숨을 헐떡이며 부지런히 올라와선 물허벅을 집 마당에 부려놓으며 쳐다보는 하늘이 그렇게 파랄 수가 없었다고 했다. 물 한 방울이라도 안 흘리려 고생했던 그 마음이 지금의 자신을 있게 해줬다고. 다시 그 시절로 돌아간다면 열심히 살아보고 싶다며 이야기보따리를 풀어 놓는다고 했다.

물을 길어 올리고 관리하는 게 여자의 일이라면 제주 남자는 돌과 함께 살아왔다. 자연스럽게 남자들의 삶이 녹아있는 돌 하나 하나하나가 모여 흡담이 되었다. 아랫돌 괴어 윗돌 받치고 중간돌 빼서 윗돌 올리며 어깨동무하듯 겹담이 되면서 견고해졌다.

빽빽이 잘 쌓아 올리는 게 최선은 아니었다. 사이사이로 바람구멍을 터줘야 돌들도 숨을 쉴 수가 있었다. 나의 삶도 높이 쌓아 올리는 데만 급급하지 않았을까? 주변을 돌아보며 같이 웃고 울 수 있는 바람길을 만들 생각은 했었는지? 내쉬는 날숨에 상처받은 이가 있었다면 더불어 배려하는 들숨으로 바람구멍을 터야겠다.

아버지는 험한 바다와 돌담의 형식으로 바람을 붙잡고 살아냈다. 시꺼먼 화산불이 핥고 지나가도 섬을 지켜냈다. 송송 뚫린 시간의 흔적들이 켜켜이 쌓인 돌담은 숱한 바람들이 돌 틈 사이로 빠져나가며 삶을 이어주고 견고하게 지켜준 자리였다.

시골집 근처 밭마다 테두리를 두른 돌담이 즐비했다. '여기는 순이네 집', '철수삼촌의 보금자리', '영희네 우영팟', '작은삼촌의 일터'라는 밭담이 아버지의 손에서 빚어졌다. 그 테두리 안에서 사람들은 바람을 피하고 햇살을 받으며 자양분을 듬뿍 먹고 자라날 수 있었다.

나만의 방식대로 물허벅을 지고 왔다. 구덕에 두 아이의 해맑은 미소를 앉히고 두 줄의 긴 끈으로 돌돌 감아 가정이라는 울타리로 부지런히 물을 길어 날랐다. 물허벅을 어깨 너머로 꺼꾸러지게 해서 순도 높은 물을 항아리에 부어 넣었다. 잠시 물팡에 물허벅을 얹혀 숨을 돌리기도 하면서. 잠시 길이 열리고 닫히는 사이, 가쁜 숨을 몰아쉬는 반 호흡 사이 생의 교차로는 여러 갈래로 뒤엉키기도 했다. 길이라고 믿었던 것들은 어디쯤에서 사라졌을까.

평생을 걸어도 아직 닿지 못한 길의 끝에 돌하르방이 있다.

두 손에는 끌과 망치를 들고 내게 손짓을 한다. 돌부리에 걸려 넘어지더라도, 앞에 커다란 암석이 있더라도 헤치고 걸어오라고. 오월의 기분 좋은 햇살과 살랑거리는 미풍에 알맞게 데워진 돌의 살갗을 만져보라 한다. 돌에 기대어 생각에 잠기며 돌의 향기를 맡아본다. 쓰다듬는 손에선 따뜻한 돌의 기운이 느껴졌다. 아버지의 체취가 묻어나왔다.

_전북일보 신춘문예 2022

중년의 나를 붙들어 매준 문학
그리고 글쓰기

몇 해 전, 눈발이 흩날리던 겨울날이었습니다. 매일 떠오르는 태양은 희망을 주지 못했고 인생은 이상대로 흐르지 않는 것 같아, 뭐 하면 좋을까 고민하다 도서관 문을 두드렸습니다.

검정 가죽바지에 긴 머리를 틀어 올린 교수님이 하는 문학 강의를 듣게 되었습니다. 그녀의 낯설고 매력적인 외모보다 문학에 대한 진솔한 가르침이 마음에 와닿았습니다. 문학이, 글쓰기가 이렇게 중년의 저를 붙들어 매줬습니다.

일주일에 한 편씩 끄적거렸던 일기를 수필로 완성해 보고, 사물에 대한 느낌과 감상을 시로 적어봤습니다. 첨삭을 기다리던 시간이 더디게만 느껴지고 글쓰기에 푹 빠져들어 가며 저는 온전히 다른 사람으로 변해갔습니다. 아름답고 향기가 있는 사람이 되라며 예쁜 이름을 지어준 아버지께 이제야 이름값을 하는 것 같았습니다.

바다가 보고 싶다고 하면 늘 운전대를 잡아 쥐고 따뜻한 커피를 말없이 내밀어준 남편에게 고마움을 전합니다.

_전북일보 신춘문예 수상소감 중에서

원담

　천천히 집 앞 바닷가로 걸어 들어갔다. 보이는 것보다 원담은 저 멀리 있었다. 오후의 햇살이 아버지의 등에 가는 폭포수처럼 쏟아져 내렸다. 부스스 내려앉은 바람이 돌들 사이로 스며들며 원담은 활기를 되찾았다. 아버지는 뜰채로 가느다란 멸치를 건졌다. 운이 좋으면 숭어도 올라온다고 했다. 밀짚모자 아래 숨겨진 아버지의 주름살에 웃음이 깃들였다. 많이도 아니고 그저 잡을 수 있을 만큼만 잡고 나머지는 놓아줬다.

　바다가 질리게도 싫었던 나는 뭍을 꿈꾸며 도시로 가는 게 소원이었다. 나를 둘러싼 이 바다 밖에는 더 큰 뭍이 숨어 있을 것 같았다. 담담히 오래된 추억의 한 페이지를 넘기면 바다는 느린 걸음으로 걸어 들어왔다. 지금은 제주도가 환상의 섬이지만, 그때는 한적하고 아름다운 섬에 불과했다. 여고생이었던 나는 이상을 품고 뭍으로 빠져나오는 꿈을 날마다 꾸었다. 고립무원한 섬 바깥에는 어떠한 일이 벌어지고 있을까? 나를 둘러싼 세상이 자전과 공전을 하는 모습을 직접 느끼고 싶었다.
　도시의 삶이 고단했을까? 그렇게 첫배를 타고 섬 밖으로 떠났던 나는 어느새 두 아이의 엄마가 되어 무심하게 고향을 찾았다. 고향 바다에서 불어오는 깔깔한 바람 소리가, 비릿하게 온몸에 휘감기는 바다의 결이 그리웠다. 한때 그 바다가 싫어 뭍으로 내달렸던 내 젊은 날의 바람은 다 어디로 흩어졌는지. 내 열정과 젊음의 끝자락을 매달고 맴을 돌던 그 바람을 잡고 싶어 신열을 앓듯 열병을 앓았다. 그럴수록 나를 키운 건 대부분이 바다였음을 알았다. 얼굴이 틀 정도로 맨몸으로 받았던 그 거친 고향 바다의 바람. 그 바람이 싫어서 뛰쳐나왔는데 그 바람을 맞고 싶어 어디론가 걸어가고 또 걸어가고 있는 나 자신을 들여다보고 있다.

유복자로 태어난 아버지는 할머니가 일본으로 돈을 벌러 가자 큰집에 맡겨졌다. 아버지는 눈칫밥을 먹어야 할 때마다 바다를 찾았다. 수평선을 바라보며 세상의 끝이 어디인지 궁금해했으며 모래알을 손으로 훑어내리며 언제면 어머니가 올지 모래점을 쳐보곤 했다.

그러다 4·3사건이 터졌고 혈혈단신으로 그 난리통에서 살아남았다. 6·25가 발발하자 자원입대했으며 한쪽 다리에 심한 부상을 입었다. 지구촌에서 화염과 폭발이 휩쓸고 지나는 장면과 전쟁 이야기만 들려도 아버지는 동공이 흔들리며 나머지 다리를 심하게 떨었다.

마음을 못 붙이고 겉돌기만 하던 아버지는 늘 바다로 나갔다. 매 순간 역사의 굴곡진 뒤안길에서 홀로 깨쳐 나와야 했던 아버지는 바다를 보며 마음의 위안을 찾았다. 아버지를 이끄는 바닷길은 언제나 햇살이 부서지며 갯것의 냄새를 한껏 내뿜었다.

아버지는 아침이면 수평선 가득 여명을 깨치고 떠오르는 햇살을 보고, 저녁이면 노을빛이 한없이 좋은지 바다를 바라보다가 걷다가 또 걸었다. 바다를 낯설어하는 어린 나를 데리고 한 바퀴 돌아보기도 하고 톳이나 따개비 등을 잡아주곤 했다. 자식들이 하나 둘 뭍으로 떠난 후에는 거주지를 아예 바닷가 앞 초라한 공터로 옮겼다. 자나 깨나 돌을 날랐다. 물살이 들고 나면 크고 작은 바다 돌들을 모아 울타리를 쳤다. 처음에는 조그맣던 경계가 날이 갈수록 넓혀져 갔다. 한 뼘씩 몸을 키워가기 시작한 돌담은 꽤나 큰 원담이 되었다.

"아버지 대단해요. 어쩜 이렇게 튼튼히 쌓았어요? 고기는 많이 잡혀요?"

그저 웃기만 하는 아버지. 당신의 어깨와 손에서 어쩜 저런 힘이 나오는지. 아버지는 하루의 문안 인사를 하듯 매일 아침 돌들을 어루만진다. 일손을 쉬는 시간에는 집 앞 평상에 앉아 원담을 지키고 있다. 누군가가 돌을 허물지는 않는지. 걸어가다가 다치지는 않았는지. 비바람이 치는 날에는 더욱 바빠진다. 어젯밤 폭풍에 장마에 돌들이 무척 아팠겠다고 생각하고 배열을 가다듬고 먼지를 닦아내고 편안하게 쉴 수 있도록 어루만진다.

아버지가 그토록 지켜내고자 했던 게 원담을 쌓는 일이었는지 그 안에 물과 함께 흘러온 인생이었는지. 당신만의 방식대로 하나씩 돌을 쌓으며 걸러내고 추억하며 지난 삶을 해석하는 듯했다. 원담 안에서 살아 숨 쉬는 생명의 에너지를 느끼는 건 아닐는지. 가끔은 멍하니 보고만 있어도 행복해하는 아버지의 모습을 본다.

거친 바다 위에 쌓은 아버지의 집과도 같은 돌담, 돌무더기에 불과한 원담은 아버지의 영원한 안식처가 되었다. 큼직한 돌은 아랫돌이 되어 튼튼히 받쳐주어 밑돌이 되었다. 크고 작은 돌들은 얼기설기 얹히고 쌓여서 바닷물을 가뒀다. 그 사이로 들숨과 날숨이 섞여 드는 또 하나의 작은 세상이 생겼다. 물고기들이 자연스레 드나들며 노니는 바다의 정원이었다가 생을 끌어 올리는 어부의 작업장이 되기도 했다. 한때는 꽤나 많은 들물과 날물이 드나들었을, 뜨겁게 부풀어 올랐던 저 파도를 한 울타리에 가두기는 쉽지 않았으리.

물때에 맞춰 하나의 소우주가 되면 천지는 가득함으로 팽팽했다. 자연의 생명력과 삶의 기운이 넘쳐흘렀다. 이때 아버지는 희망과 에너지로 가득함(滿)을 가슴에 품었으리라. 비어야 다시 채워질 수 있음을 터득하고 바람이 통하도록 담 사이로 틈새를 만들었다.

원담을 쌓을 때는 한쪽은 가파르게 다른 면은 완만하게 쌓아야 담의 균형을 잡을 수 있다. 한없이 완만한 듯 굴러가다가도 폭풍이 일 때는 거세게 막아낼 수 있게 경사가 져야 함을 알려줬다. 우리 삶도 이런 모습이 아닐까.

아버지를 한없이 끌어당겼던 바다. 그 끝없는 공간에서 삶의 궤도를 하나씩 그리며 아버지는 그렇게 자신만의 발자국을 남겼다. 원담 안에 스며든 물은 누구에게나 열려 있었으나 그 누구의 것도 될 수 없는 삶의 또 다른 모습이었다. 달의 기운에 따라 온 천하가 자신 안의 욕망과 이상을 모두 받아 주는 양 물로만 가득 찼을 때도 아버지는 허허롭기만 했다. 나도 곱게 바다밭이 된 길을 가끔 콧노래를 부르며 걸어봤다. 바다 저편의 생생한 에너지가 나를 끌어당겼다. 삶은 그렇게 팽팽하게 가득하다가도 욕심을 내려놓고 비워두라고 한다. 무한하기에 뛰어들 수 있었고 내려놓았기에 가득할 수도 있었다.

가끔은 원담 안은 텅 비었다. 비었다는 것은 언젠가는 꽉 차리라는 예감이다. 삶의 헛헛한 잔기침은 부재를 슬퍼하지 않는 자연의 이치이다. 그저 기다린다. 물때를 기다린다. 허물 벗은 뱀 마냥 아버지의 맨가슴에 스밀 휘영청 밝은 보름달을 기약하면서. 없음으로 하여 있음 가득한 허(虛). 가득 채우고 또다시 비워내며 아버지가 남았다.

원담을 지나 보목항 근처에는 자리 잡이 배로 가득했다. 비릿한 자리물회 향과 사람들 소리로 항구는 활기가 넘쳐났다. 쏟아지는 햇살과 검푸른 파도가 지나가는 사람들의 옷소매를 붙잡았다. 바다는 짭조름한 냄새로 또 한 번 생명 에너지로 가득했다. 뉘엿뉘엿 태양이 제 그림자를 조금씩 감추기 시작하면, 어스름은 슬픔의 조력자인 양 저녁 햇살에 뉘여 있었다. 해변의 깔깔하면서도 빛깔 고운 모래알이 눈을 감으면 내게로 쏟아질 듯 다가왔다. 태양과 달이 번갈아 자리를 바꾸는 동안, 나는 욕망으로 두터워진 이불을 덮었다가 다음 날엔 성실, 인

내, 절제로 수놓아진 옷으로 갈아입기도 했다.

누구나 마음속에 작은 원담이 하나씩 자리 잡고 있으리라. 이제는 내 안의 욕심과 질투, 가식 등으로 수놓아진 옷을 하나씩 벗어던지면서 작은 돌멩이 하나 원담에 올렸다. 파도가 제 속살을 보여주며 포말을 일으킬 때, 나도 비워지고 허허로운 육체를 받아들였다. 아버지만큼은 아니더라도 견고한 원담을 만들어가고 있다.

모나고 거친 돌은 파도와 해풍에 조금씩 날이 무뎌지고 깎여 가며 부드러워질 것이다. 돌을 하나둘씩 쌓다 보면 큰 원이 되고 그 안에 스며드는 물을 마음껏 취할 수도 흘려보낼 수도 있기에 말이다. 하고 싶었던 일을 하기에 늦은 때란 없으리라. 무엇보다 삶이라는 바다를 미숙하게나마 헤엄쳐왔기에. 가끔은 파도와 맞설 만큼의 담력도 깃들어 있기에. 폭풍우에도 끄떡없을 나만의 원담을 향해 나아가고자 한다.

아버지의 원담이 저 앞에 있다. 그러니 천천히 걸어가고자 한다.

_제15회 해양문학상 금상 2021

태왁

카페의 통창 가득 바다가 담겨있다. 목젖으로 넘어간 해가
붉은빛을 머금어 햇살을 들이키는 시간, 한낮의 절정에 머무른
해의 파장이 스펙트럼을 이루듯 눈이 부시다.

물살은 잔잔하게 오르내리며 파고를 만들었다. 줄지어 선 부
표들이 출렁대는 사이로 함지박처럼 보이는 것들이 둥둥 떠다
닌다. 자세히 보니 오렌지색 박새기였다. 잘 달인 해를 들이키
고 살이 오른 햇살을 부둥켜안은 듯 태왁은 서너 개씩 혹은 외
따로 떠 있다. 해녀들의 작은 몸은 바다에 빗진 듯 거꾸로 매달
려있을 것이다. 너덜너덜해진 잠수복에 일상의 비루함이 숨어
있으리라. 자맥질의 깊이만큼 참아내는 숨은 서울로 가겠다는
자식의 등록금이었고 이제는 손주들의 용돈일 것이다.

태왁과 연결된 망태기를 질질 끌면서, 제일 늦게 불턱으로
돌아오는 상군 해녀가 있었다. 소라의 뿔이 무릎에 덧댄 고무
를 뜯어내고 성게 가시가 그녀의 손을 찔렀다. 물 밖으로 나와
서야 참았던 숨을 한꺼번에 몰아 뱉으며 환한 미소를 짓는 그
녀의 이름은 엄마였다.

23

음력 보름사리가 지날 때쯤이면 바다는 갯것들의 냄새로 짭조름했다. 햇살이 쏟아지고 갯바람이 바위에 앉아 숨 고르기에 들어가면, 숨어 있던 해초는 부스스 일어났다. 바람이 해초 더미를 말리는 동안 햇살은 나른하게 물살 위에 누워있었다. 바닷물을 한 바가지 뜨면 건져 올릴 것 같은 날미역의 향이 코끝에 와 닿았다. 갯바위에는 바다의 불로초라 불리는 톳이 봄 마중하느라 밝은 갈색의 옷으로 갈아입었다. 운이 좋으면 바위틈새로 눈먼 해삼과 돌게, 보말을 만나기도 했다.

새하얀 교복칼라를 매만지던 나는 파도 소리를 들으며 상상의 나래를 펴곤 했다. 앨버트로스의 날갯짓처럼 저 바다 끝까지 내달리고 싶었다. 그러나 주변은 온통 모래와 자갈, 소라껍데기만이 나뒹굴고 한약 재료가 되는 감태가 가득 널려 있었다. 괜히 부아가 치민 나는 보물단지인 양 터진 태왁을 정성스럽게 수선하고 있는 엄마에게 눈을 흘겼다.

"배는 돛이라도 있지, 박새기 하나에 내 인생 걸지 않을 거라구. 적어도 저 태왁보다는 더 큰 꿈을 꿀 거야, 태왁에 저당 잡힌 엄마 인생, 바다가 보상해줘?"

악다구니를 쓴 나는 완도로 가는 쾌속선을 타고 뭍으로 향했다. 시원하게 물살을 가르듯 내 인생도 거침없이 펼쳐지리라. 갈매기의 노랫소리가 응원가처럼 들렸다. 엄마의 물질 따윈 안중에도 없었던 스무 살 무렵이었다.

엄마는 매일 마이신을 먹으면서도 바다에 나가는 일을 거르지 않았다.

나는 엄마의 태왁에 담긴 해산물의 가격을 먹으며 도시에서 빈둥거리며 지냈다. 도시의 불빛은 황홀하고 힘이 넘치며 원하기만 하면 모든 걸 안겨줄 수 있다고 믿었다. 사람들 사이에서 얽히고설키는 관계는 나를 좀 더 발전시키는 일이라 생각하며 위안 삼았다.

이 도시에서 얻은 것도 많았고 잃은 것도 있었다. 단지 얻을 수 있는 것에 무게중심을 뒀을 뿐이다. 한동안 바다의 내음을 맡지 못하고 도시의 화려함만을 쫓아다녔다. 사르트르와 까뮈의 서적을 팔에 끼고 캠퍼스의 낭만을 눈에 담으며 꽃길처럼 펼쳐질 미래를 상상했다. 졸업하면 교단에 서서 마음껏 강의할 수 있으리라는 생각 하나로 엄마의 숨구멍을 틀어막았다.

암초는 곳곳에 도사리고 있었다. 부딪혀 무릎이 멍들고 깨지기도 하며 버텨야 한다고 입술을 앙다물었다. 단단한 땅 위를 두 발을 딛고 있어도 잔챙이와 돌부리에 걸려 넘어지는 일이 허다했다. 번번이 무너져내렸다. 물속에 있었던 엄마가 바삐 오리발을 흔들며 수천 리 바닷길을 헤엄쳐 와 내 손을 잡았다. 수경 너머 당신의 눈이 젖어있음을 애써 모른 척했다. 엄마는 물속 깊은 곳에 도사리고 있었던 암초를 어떻게 온몸으로 막아내며 자맥질을 했던 걸까.

카페 문을 밀치며 날것 그대로의 바다를 마주했다. 태왁이 요동쳤다. 해녀가 제트기류를 일으키는 것처럼 툭 튀어나왔다. 여기저기서 물보라를 일으키며 해녀들이 등장했다.

그녀들은 가쁜 듯이 몰아서 훅 크게 한번 내쉬거나 별일 아니라는 듯이 자연스럽게 숨비 소리를 고른다. 삶과 죽음의 경계인 바다를 쉼 없이 넘나들면서도 찡그린 기색이 없다. 바다에서 건져 올린 보물들이 한가득 망태기에 들었다. 도망가려는 문어를 쥐어 잡는 해녀의 얼굴에는 장난기가 배어 있었다. 서둘러 불턱으로 모여든 그녀들은 잠수복의 물기를 털어내며 언 몸을 녹였다.

"오늘 수확은 어떵허우까?(오늘 수확은 어땠어요?)"

"하영 잡았수까?(많이 잡으셨나요?)"

"놀멍 쉬멍 손지 줄 만큼은 잡았져.(놀면서 쉬면서 손주 줄 만큼 잡았지.)"

물고기 비늘 같은 70세 상군 해녀의 주름진 입가에 갯바람이 앉았다. 보고 있는 내 머리 위에도 비릿한 공기가 머물다 갔다.

어릴 적부터 깊은 바다에서 물질하는 해녀를 보면 엄마가 생각나 부러 외면했었다. 모든 걸 집어 삼킬 듯한 검푸른 바닷속에 겁도 없이 뛰어드는 엄마가 놀랍고 신기했다. 숨이라도 쉬는 건지, 한참을 올라오지 않을 때면 두방망이질 치는 심장 소리가 파도 소리보다도 더 커서 화가 났었다. 부유하듯 한 점 태왁으로 생명줄을 붙들고 있었던 엄마는 타고난 재능이 있었던 게 아니었다. 그저 살아남기 위해서 남보다 더 숨을 참았고 생활고를 이겨내기 위해 물질을 했던 것이다.

불턱 한쪽 구석에 버려진 태왁이 보였다. 얼기설기 꿰맨 자국이 안쓰럽다. 제 할 일 다한 물건의 주인은 어디에 있을까?

이제는 유품이 되어버린, 껍질이 벗겨져 낡아버린 엄마의 빛바랜 태왁을 떠올려본다. 더는 참지 말고 편안한 숨을 내쉬는 엄마를 떠올렸다. 폐부 가득 숨을 부풀리며 깊이 들이마시고 시원하게 내뱉으며 아, 살 것 같다며 웃음 짓는 엄마를.

태왁을 끌어안았다. 엄마의 온기가 느껴졌다. 더 이상 잃을 것도 없고 더 보탤 것도 없는 빈 몸뚱어리로 왔을 때, 소리쳐 웃고 울었던 지난 기억이 짭조름하게 다가왔다. 둥둥 떠다니는 태왁에서 엄마의 모습을 보았다. 이제부터 나의 삶은 덤이라고 애써 말해본다.

놋그릇

이번 해부터 모든 기제사를 우리 집에서 지내게 됐다. 제기와 제수용품을 사러 남대문시장에 나갔다. 지하철을 두 번 바꿔 타며 내린 남대문시장 부근에는 장관을 이루는 분수가 시원하게 물줄기를 내뿜고 있었다. 신세계명품관을 옆에 두고서도 하나도 기가 죽지 않는 모습이다. 전통이 살아 있다는 것은 우리의 풍습과 아날로그적인 정서가 배어 있다는 것이다.

제사가 아니었음 찾아오지 않았을 이곳, 전통시장에서 놋그릇이 눈에 띄었다. 볕 좋은 날 외진 곳에 홀로 앉아 놋그릇을 뽀득뽀득 닦아내던 어머니의 그림자가 아로새겨졌다. 일에 쩌들은 피곤한 기색인 어머니의 그늘진 눈매와 울퉁불퉁한 손마디가 그려졌다. 볏짚으로 뽁뽁 닦아내던 놋그릇이 보기도 싫었는데 시간이 지나 그 그릇을 내 손으로 선택하게 될 줄은.

말끔하게 닦여진 놋그릇을 쳐다보며 처음으로 준비한 제사가 백번 얘기한 것 이상의 산교육이 되었다는 사실이 감동스러울 뿐이었다. 손이 많이 가고 관리를 잘못하면 안 한만 못하다는 놋그릇의 속성이 가격 대비 불편함만 초래할 줄 알았다. 놋그릇은 정성스럽게 닦으면 닦을수록 광채가 났다. 사람의 내면도 채워지면 빛이 난다. 놋그릇 앞에 있으니 마음이 정갈해지고 내면의 청아한 소리가 들렸다. 세상에서 가장 아름다운 놋그릇이 오늘 밤 제사상에 놓여질 것이다. 은은하게 비추는 기품 있는 내면에는 수천 번 수만 번 두드려 대던 장인의 땀과 숨결이 배여 있다. 때로는 맨몸으로 세상 풍파와 부딪혀가며 깨어지고 넘어졌을 것이다. 다시 일어서고 다시 넘어지면서 다져질 것이다. 하나의 놋그릇이 탄생되기까지 수없이 담금질하는 것처럼. 뾰족한 것을 두드려 펴고 약한 것은 강하게 다져질 일이다. 인생이란 큰 그릇을 오늘도 조금씩 두드린다. 메와 탕국을 올리고 제주를 올리며 제를 시작했다.

나란히 선 삼부자가 영가를 불러냈다. 시골집이 아닌 도시의 밤이 조금은 어색했을까. 유세차를 읊어대는 남편의 목소리가 가늘게 떨렸다. 요즘 세상에 제사가 말이 되냐며 불만이 많았던 아들은 웬일인지 잠잠하다. 분위기에 압도당했을까. 아버님의 진지한 태도와 정성 가득한 차례의식이 아들을 생각에 잠기게 한 걸까. 남편과 아들이 제관을 맡아 술잔을 올리고 내리며 의식에 따라 예를 올렸다. 아버님이 굽은 등으로 절을 하고 흰머리가 부쩍 많아진 남편이 뒤를 이었다. 햇복숭아처럼 말랑말랑한 아들의 몸이 미끄러지듯 예를 올렸다. 문지방을 태워 올려보내면서 제사는 끝이 났다.

앞치마를 둘러맨 아들은 뒷설거지를 하겠다고 했다. 그래도 아버님의 눈빛이 있는데 부담스러운 내가 한사코 말렸으나 아들은 콧노래를 부르며 흥겹게 설거지를 했다. 누구보다 엄마가 음식 준비하느라 고생이 많았다면서. 손은 안으로 굽는다더니. 중국에서 사망한 공자가 왜 우리 집에 부활했느냐며 진보 이론을 펴던 아들이었다. 풍습과 관념에 사로잡힌 미풍양속이 구시대적이라며 설전을 벌이던 아들에게 매번 입을 다물어 버렸던 나였다.

사연을 담아내는 그릇. 그곳에 어머니가 있었다.

쓰임이 다한 못이 박힌 채 구석에 방치된 폐목처럼 나도 가끔은 울지도 빼지도 못하고 꺽꺽거렸던 적이 있었다. 그럴 때마다 나를 일으켜 세운 건 놋그릇이 부딪치는 작은 토닥거림이었다.

8할이 바람이었던 나의 감성을 어머니는 이해하지 못했다. 언제나 뭍을 꿈꾸는 아이, 지구는 나를 위해 자전과 공전을 해야 했다. 말갛게 떠오르는 해는 해 가루를 흩뿌리며 내 주변을 감돌고 달빛 젖은 감성은 온전히 나의 몫이 되어야 했다.

다소 엉뚱한 기운에 사로잡혀 자기만의 세계에 빠져버린 아이를 어머니는 보듬어주지 못했다. 지나칠 정도의 관혼상제 풍습은 어머니를 옥죄고 딸들의 신파조 앞날을 부추길 뿐이었다. 그런 어머니는 매번 기일이 가까워 오면 양지바른 마당에 앉아 어깨에 부서지는 해 가루를 받으며 그릇을 닦곤 했다. 지푸라기가 바스락대는 소리를 벗 삼아 그 옆에 쪼그려 앉은 단발머리 아이는 신기한 눈으로 바라봤다.

"우리 향이는 좋은 데 시집가서 이런 일 하지 마라. 조상 모시는 일도 중요하지만 마음이 중요하지 형식이 좋은 건만은 아니야. 나 혼자 고생으로 족해."

그러면서도 물이 덜 닦인 흔적과 거무튀튀한 표면이 말끔하게 닦이면 어머니의 입가엔 밝은 미소가 번지곤 했다.

"하기 싫음 안 하면 되지."

순간 시골에 계신 친할머니의 강건한 모습이 떠올랐다. 그래 벗어날 길은 공부밖에 없어. 열심히 해서 섬을 벗어나는 거야. 애써 등 돌리고 살았던 관혼상제의 올가미는 덜커덕 이른 결혼과 함께 다시 찾아들었다. 유년의 기억을 유폐시키듯 나라는 그릇도 함몰되었다. 정성껏 준비한 음식은 예쁜 접시에 담겨야 빛을 발하고 눈과 입이 즐거운 법이다. 5월의 햇살, 뭉게구름, 종달새의 노래, 유채꽃의 향이 담긴 나의 그릇은 그 누구도 매만져 주지 않았다. 가족의 조그만 관심을 받지 못한 채 예쁘게 담아내지도 못했다. 그저 부엌 찬장 한구석에 박혀 숨죽이며 살았다. 두 아이가 크고 나면 좀 달라지려나. 밥풀이 꼬깃꼬깃 뭉쳐있고 김칫국물이 배여 있는 허드레 막사발 같은 그릇이 될까 봐 혼자 숨죽였던 지난 시간들. 일 년에 몇 번 꺼내져 우아하게 대접받은 놋그릇에 비하면 나는 막사발 어디쯤에 서 있던 것일까?

쨍그랑. 손에서 미끄러지면서 내는 파열음이 날카로운 소리를 내며 온 거실을 울렸다. 과일을 담아내려다 유달리 약한 나의 왼쪽 손목에서 꽃무늬 접시가 떨어져 나갔다. 거실에서 대화를 나누고 있는 시어른들이 눈치챌까 봐 얼른 치운다는 게

놋그릇

31

깨진 조각을 집어버렸다. 빨간 핏방울이 맺혔다. 줄줄 검지를 타고 내렸다. 멍하니 한참 들여다봤다. 거봐. 너 스스로 아끼지 않으니 쟤도 저렇게 떨어져 나가잖아. 순간 모든 게 싫어졌다. 내 앞에 놓인 이 상황이 가식적으로 느껴졌다. 그러나 오랜 관성의 법칙에 이끌려 얼굴빛 하나 찡그리지 않고 철버덕 잘도 집안일을 해냈다. 그릇의 역할을 다하기까지 오랜 시간이 흘렀음을 이루 말할 수 없다. 자발적 복종도 어느 정도 있었기에 막사발 탓만 할 수도 없었다.

한 번 깨지면 존재가치가 없어져 버리는 사기그릇에 비하면 놋그릇은 쟁여놓고 세상사에 잊어버리다 정해진 날이 찾아와 들여다봐도 항상 그 자리에 있었다. 누구의 관심을 받지 않아도 잊지 않고 찾아 주는 날을 손꼽아 기다리는 아이처럼. 이따금씩 뽀드득뽀드득 힘주어 닦아 주면 매끄러운 광택과 겉모습을 유지한다. 청아한 빛을 발하기도 하면서. 우아한 식탁을 위해서 혹은 나처럼 조상의 예를 갖추는 시간에 찾아드는 놋그릇은 옛사람들의 숨결과 향기를 고스란히 내뿜고 있었다. 지켜낸다는 것은 우리의 삶이 이어진다는 것이고 바람에 실려 아들에게도 전해질 것만 같았다.

볕 좋은 날 베란다에 앉아 어머니가 그랬던 것처럼 놋그릇을 하나하나 닦아 본다. 묵은 마음의 때를 벗겨내듯이, 요즘 들어 부쩍 소원해진 남편과의 추억을 되새겨 보며. 지나가던 조각구름이 빼꼼히 얼굴 내밀고 말간 해가 머물다 간다.

가끔은 마음을 움직일 수 있는 따뜻한 말 한마디를 지인들에게 건네 볼 양이다.

　삶에 놋그릇 하나의 무게를 더해 본다.

　　　　　　　　　　　　　　　_제1회 남명문학상 최우수 2020

말테우리

이제껏 예상치 못한 퍼펙트 스톰이 몰아쳤다. 왕관 모양의 이 바이러스는 평온하던 일상을 강제로 멈추게 했고 비자발적 격리는 피로도를 더해가며 햇빛과 바람, 공기를 숨겨버렸다.

들숨과 날숨을 잊어버린 날들이 계속되고 종일 방바닥을 지키고 앉았으니까 그동안 지내왔던 일들이 두서없이 천정에 둥둥 떠다녔다.

오래되어 빛바랜 앨범을 하나씩 들춰보니 어수룩한 한 아이가 유년의 그림자를 밟고 서 있었다. 시간의 앨범 속에 담긴 그 소녀를 만나기 위해 추억이란 기억의 빗장을 열어보았다.

"어라, 어라, 어려려려, 허엉허헛, 워러려려."

말을 부르는 소리는 언제나 구성지게 중산간에 울려 펴졌다. 창밖으로 내다보니 저만치 외따로 떨어져 있던 말들은 무심한 척 풀을 뜯다가도 자신들을 부르는 소리에 느릿느릿 움직였다. 삼삼오오 떼를 지어 보이기도 하고 동그랗게 원을 그리며 모여들었다가 흩어지기를 반복했다. 어미 곁에 딱 달라붙은 새끼 말도 신이 나서 원 안으로 들어와 군무에 재롱을 더했다.

한라산을 등지고 바라보면 무수히 흩어졌다 모여드는 점들의 실체에 눈이 부셨다. 파릇한 풀들을 찾아 한가롭게 거니는 말들은 그들만의 리듬에 몸을 맡기고 한낮의 놀이에 시간을 잊은 듯이 보였다.

흙먼지를 내며 덜거덕대는 버스에 멀미가 난 나는 몸을 뒤로 기대어 하늘을 쳐다봤다. 차창 밖으로는 하얀 모래 더미가 나지막한 산을 이루었다. 고구마 모양의 섬 외곽을 도는 시외버스는 모래바람을 자욱하게 일으키며 인적 없는 길을 골라서 달렸다. 여름방학을 맞아 시골 할머니 집에 가는 길은 멀고도 지루했다.

어느덧 버스는 나무만 무성한 중산간 부락에 자리 잡은 마을 입구에 나를 부려놓았다. 가까이에 오름과 곶자왈이 보였다. 맑은 공기가 폐부를 기분 좋게 찔렀다. 주변을 돌아보니 한가롭게 노니는 갈색 말들이 보였다. 마음 한구석에 유폐된 내 유년의 향기는 이렇듯 햇빛에 잘 달궈진 말똥 냄새와 함께 찾아들었다. 포슬포슬한 흙과 이슬 머금은 이끼들의 냄새도 살포시 내려와 앉았다.

사촌 오빠는 말테우리였다. 방학 때면 시에서 온 꼬마 동생이 어여쁜지 나를 데리고 들로 산으로 돌아다녔다. 오빠는 본인도 한참 어렸음에도 의젓하게 말을 몰았다. 한 무리의 말 떼를 보는 순간 난 무서워 줄행랑을 쳤고 그는 손을 내밀어 말의 등을 살살 만져보게 했다. 이렇게 쓰다듬으며 '안녕' 하고 얘기하면 알아듣는다고 했다. 친구도 될 수 있다는데 과연 그럴 수 있을까. 가까이 가자, 말은 한차례 꼬리를 힘차게 흔들어댔다. 엄마야, 나는 얼른 뒤로 물러났다. 처음에 다 그렇다고, 저렇게 경계한다고. 친해지기까지는 시간이 걸린다며 사촌 오빠는 웃고 있었다.

한라산 언저리, 야생의 말들 사이에서 대나무 구덕(바구니)을 열어 점심을 먹고 있는 오빠. 찬이라고는 자리젓갈에 마농지시(마늘장아찌), 유채나물 쌈이 전부였던 도시락에 내려와 앉았던 한여름의 햇살이 눈부셨다. 그는 보리밥 한 숟갈에 떠도는 구름을 씹고 말들의 휘이잉대는 추임새에 트림을 하며 말들과 눈빛을 교환했다.

자유로운 영혼만큼이나 고되었던 말몰이는 오빠의 지난한 삶의 흔적이 되고 성숙의 증표가 되었다. 유랑의 삶이 이러했다면 목신의 오후처럼 잦아들던 한낮의 나른함은 살랑거리는 바람에 실려 보내지 않았을까. 휘파람 불며 말들이 멀리 가지 않도록 노랫소리를 들려주지 않았을까. 저 멀리 지평선도 바라보았겠지. 팔베개를 하고 누워 나무 그늘의 그림자를 지그시 올려다보았겠지. 농사를 짓는 사람과 주인을 위해 기꺼이 일을 하는 말들 사이의 다리 역할을 해 주었던 목동이 천직이었음을 진즉 오빠는 몸으로 보여주었다.

따라비 오름은 말들의 천국이었다. 오빠는 낮에는 햇살과 바람을 맞으며 드넓은 초지에서 파릇파릇한 목초를 뜯었다. 어스름 저녁 밤이슬을 벗 삼아 밤하늘의 별들을 바라보았다. 밤에도 말들과 함께 지내고 싶었던 오빠는 오름 한가운데 돌담으로 허름한 창고 같은 집을 지었다. 별빛에 온전히 자신을 맡기고 삶을 부려놓았다. 미래에 대한 희망이나 꿈의 조각들을 돌을 쌓듯 차근차근 쌓아갔다.

삼촌(오빠의 아버지)은 돌로 얼기설기 쌓아 올린 돌무더기 집에서 별을 세던 오빠를 이해하기 힘들다면서 밀어내기 시작했다. 대물림은 싫다고 하는 삼촌과의 거리를 좁히기 어려웠던 오빠의 고민은 깊어만 갔다. 그런 생각 차이에서 오는 갈등과 불안에 회의감을 느꼈던 오빠는 한달음에 저 멀리 뭍으로 달려 나가버렸다.

한때 삼촌과의 불화로 도시에서 직장생활을 하던 오빠는 남몰래 말을 그리워했다. 그래서 자신만의 안장을 말 위에 털버덕 올려놓았다. 마른 길, 궂은 길 마다않고 자신의 보폭으로 건너기도 하고 가끔은 채찍에 힘을 주고 내달렸다. 한 번쯤 소리 높여 이상의 세계를 마음껏 내달리고픈 욕망을 마음 한구석에 간직한 채로, 말의 울음소리를 주워 담으며 말이 가고자 하는 곳으로 제 몸을 맡겼다. 그렇게 오빠는 말테우리 모자를 쓰고 자기 앞길을 내달렸다. 고삐를 부여잡고 마치 숙명의 굴레를 벗어던지듯이.

추억의 앨범 속 사촌 오빠는 멋지고 당당한 말테우리였다. 그가 내민 손을 붙잡고 정월 대보름이면 나는 활활 타오르던 산을 넋을 잃고 바라보았다. 마을 사람들이 모두 나와 불구경 중이었다. 들불축제라 하여 말의 먹이가 될 새 풀을 자라게 하고 진드기를 없애기 위해 오름의 건초를 태우는 일이었다. 그

불빛을 보던 사람들은 세상에 빚진 몸에 더덕더덕 붙어 있는 거드름과 세속의 욕망 따위를 벗어 던지지 않았을까. 한 번쯤 켜켜이 묵힌 권태, 이유 모를 불안과 화를 타닥타닥 타들어 가는 건초 더미에 하나씩 마음으로 내던지며 불살랐으리라. 말테우리는 초원 한가운데에서 생생한 풀들처럼 혹은 추운 겨울날의 불빛과 함께 생생히 빛을 내고 있었다.

드넓은 초원에서 말을 타고 싶었지만 주변의 반대로 꿈을 미뤄야 했던 오빠는 몇 번의 큰 원을 그리고 나서야 말의 등을 쓰다듬을 수 있었다. 말의 채찍을 안 잡겠다던 그는 말 곁으로 돌아왔다. 그 어떤 뭍의 환상도, 도시가 주는 가능성과 기회의 유혹도 말똥 냄새만큼 구수하지 않았다고 했다.

고향으로 내려간 오빠는 은퇴 후 인생 2막의 주인공이 되었다. 작은 목장을 운영하며 젊은 날의 못다 한 꿈의 세계를 펼쳐 보였다. 멀리서 봐도 대패랭이를 쓰고 도롱이를 입은 사촌오빠의 주름진 얼굴이 넉넉해 보였다. 삼촌의 모습과 푸근하게 겹쳐 보였다.

펼쳤던 앨범을 접으며 눈을 감았다. 말테우리가 내게로 터벅터벅 걸어오고 있었다. 피리를 불며 한가롭게 거닐던 초원을 떠올리듯이, 구름 사이를 뛰놀며 꿈을 향해 달려가듯이, 나란히 누워 밤하늘에 수놓은 별을 볼까, 내게 묻는 듯이. 그렇게 느린 걸음으로 걸어오고 있었다.

빈 우물

우물가 테두리에 새가 한 마리 앉아 있다. 사람의 인기척에도 아랑곳없이 멀뚱히 앞만 쳐다보고 있다. 뒤꽁지가 눅눅한 걸 보면 어디선가 비를 맞고 쉬려고 걸터앉아 있는 모습이다. 새가 올려다보는 나의 몰골과 내가 내려다보는 새의 모습은 어딘가 닮아있다. 저 새도 무슨 말 못 할 사정이 있었던 걸까? 무리에서 이탈해 저녁해가 지는 시간에 이곳을 찾아온 것을 보면.

바지런히 움직이던 낮이 지나고 밤이 찾아와도 잠들기가 어려웠다. 혼자 빈 우물에 들어앉아 있는데 자꾸만 지하에서 물이 샘솟아 허우적대며 빠져나오지 못하는 꿈을 자주 꾸었다. 우물 벽을 박박 긁으며 지상으로 올라오고자 몸을 뒤틀다가도 물이 서서히 차오르면 허우적대곤 했다. 우물 밖에는 남편이 아이들이 있었지만 바라만 볼 뿐 두레박을 건네지도 얼른 나오라고 외치지도 않았다. 심드렁하게 바라볼 뿐이었다. 살려줘, 라는 단말마의 비명을 지르며 잠이 깨곤 했다. 우물의 테두리가 자꾸만 좁혀지면서 내 목을 죄어오는 것 같았다.

　자존감이 바닥을 친 날, 나보다 더 바닥까지 내려앉은 빈 우물가를 찾았다.

　말을 아꼈어야 했다. 하고 싶은 말, 하려는 말, 평생을 참아왔던 말이었지만 하지 말았어야 했다. 뱉고 난 후에 알았다. 내가 얼마나 가족과 지인들에게 엄청난 언어폭력을 구사했는지. 상대방은 물론 나 자신까지 후비고 들어갔는지. 그러면서 후회는 없어. 어차피 한번은 터져 나왔어야 했어, 그래야 내가 숨을 쉴 수가 있었어, 자위해봤지만 돌아오는 건 자괴감과 수치심뿐이었다.

　숨고 싶었다. 바다는 무서워 몸을 던질 수가 없었고 어릴 적 살았던 시골 폐가 한 켠에 말라버린 우물이 생각났다. 그곳으로 한걸음에 내달렸다.

　가는 내내 누구의 잘못이었는지, 어디서부터 잘못되었는지 곰곰이 되새김질 해봤다. 발목을 잡아버린 큰아들이란 자리 앞에서, 나름 최선을 다했지만 한 일이 뭐 있냐고 말하는 가족들 앞에서, 나는 없었고 나를 숨기기에 바빴던 지난 시간이 억울해서. 이도 저도 아니라면 운명이란 이름의 굴레 앞에 맥없이 엎드려버린 대학 졸업장이 부끄러워서. 나를 숨기고 나가 아니었으면 좋겠다는 생각만이 가득했다.

　종종 어딘가로 숨고 싶을 때 우물가를 찾았다. 어찌 보면 산사에서 김장철 배추를 절이기 위한 커다란 대야 정도의, 혹은 아이들 대여섯 명 들어앉아 물장난을 칠 법한 나지막한 우물이었다. 예전에는 깊었겠지만, 지금은 수원이 말라버린, 흙을 덮어 바닥이 드러나 보이는 우물 안으로 들어가고 싶었다.

　하지만 어둠이 내려앉은 우물은 눈짐작을 해봐도 다리를 걸치고 뛰어내리거나 가뿐히 착지할 수 있는 높이는 아니었다. 잘못하면 넘어질지도 몰랐다. 돌멩이를 하나 집어 우물 안으로 풍당 던졌다. 돌멩이 떨어지는 속도가 더디게 느껴졌다.

　한참 후에 픽 쓰러지던 돌의 마찰을 생각했다. 눈 아래 펼쳐진 깊이에 멀미가 났다. 한번에 내려가기도 올라오기도 쉽지 않아 보였다. 주변에 줄사다리가 보였다. 우물 턱에 윗고리를 걸치니 제법 단단해 보였다. 나머지 줄을 힘껏 안으로 내던졌다. 조심하며 한 걸음씩 미끄러지듯 줄을 엮은 가느다란 나무막대를 디디며 내려갔다. 다리가 후들후들 떨렸다.

　우물 안은 바람을 타고 몰려든 나무이파리와 가지들, 이런저런 부유물들, 휴지조각도 있었고 동네 아이들이 떨어뜨렸는지 자잘한 장난감과 구슬도 있었다. 마치 어머니 배 속에 다시 들어간 것처럼 몸을 웅크렸다. 최대한 우물의 크기를 넓혀 달빛이 스며들게 했다.

　잠시 모든 걸 잊고 눈을 감았다. 편안했다. 우물 밖 세상의 소음과 움직임이 정지된 컴퍼스의 각도처럼 머물렀다. 그것도 잠시, 숨죽여 기다리는 동안 등 뒤에는 식은땀이 흘렀다. 원의 크기는 달빛의 조도에 따라 한없이 흔들리며 꿈에서처럼 내 목을 조여 들어왔다.

　얘는 어디 간 거야? 향이야! 아버지의 목소리가 책상 앞까지 들렸다. 귤 따는 일보다 《수학의 정석》 속 난해한 숫자의 조합이 매력적이었고 종합영어 장문 해석을 하고 나면 자신감이 불쑥 솟아오르던 때였다. 봄이면 고사리를 꺾어야 했고 대입학력고사를 앞두고서는 감귤 수확에 일손을 보태야 했다.

"그냥 갑서게. 어디 숨어 부렸수다(모른 척하세요. 피해버렸어요)."

못 이기는 척, 우물가까지 따라오는 발소리를 슬쩍 거두는 어머니의 과장된 말투는 내게로 향하는 응원의 메시지였다. 어머니, 서울 가서 꼭 성공해서 훌륭한 사람 될게요, 라는 다짐을 꼭꼭 호주머니 속에 쟁여 넣었다.

쓴웃음이 나왔다. 효도는커녕 불안한 정서로 두통을 달고 살고 자괴감으로 인한 우울로 낯빛이 어두침침한, 도시 부적응자가 돼버린 딸의 모습을 알면 어머니는 뭐라 할까? 아마도 정신 차리라며 내 등을 세게 후려칠 것이다. 그러면서 눈물을 훔치며 내 손을 따뜻하게 잡아줄 것이다. 더욱더 깊이 잡아줄 것이다.

나는 왜 우물 안으로 들어갔을까? 한때 하루키의 소설에 매료되어 열심히 읽었던 적이 있었다. 그가 말한 우물은 진정한 자신과 만나고 싶을 때, 눈을 감고 의식의 흐름만으로 어둠을 응시할 때, 우주의 근원을 알고 싶을 때, 내가 나를 만나는 시간이자 공간이라고 했다. 한 세계에서 또 다른 세계로 건너갈 수 있는 징검다리 같은 곳이라 했다.

나의 우물은 그런 거창한 질문에 응하는 곳은 아니었다. 그저 숨고 싶었을 뿐이다. 잠시라도 나라는 껍데기를 벗어던지고

새로 태어나고 싶었다. 마음 밑바닥으로부터 올라오는 내면의
소리를 듣고, 자존심이라는 옷이 해어지고 터져서 입을 수 없
을 때, 그래도 한 땀 한 땀 바느질을 해가며 이순(耳順)의 옷으
로 갈아입을 때, 조금이라도 마음을 추스르라는 소리를 들어야
다시 세상 밖으로 걸어 나갈 용기가 생길 것 같아서였다.

바닥까지 떨어져 보니 올라갈 일만 있었다.

끝까지 가지 말았으면 좋았다는 후회는 접어두기로 했다. 그
럼에도 불구하고 그 길을 택한 외로운 여자의 자기 고백이어도
좋겠다. 그저 내 말을 듣고 조금이라도 공감해주는 사람이 그
리웠는지도 모른다. 달빛이어도 좋았고 우물 안 가상의 물길이
어도, 혼자 앉아 있던 새라도 나의 말을 들어주면 되었다.

푸드덕, 갑자기 새가 밤하늘을 향해 날아올랐다. 결심이 선
듯, 뒤도 안 돌아보고 힘차게 가족의 무리를 향해 날아갔다.
제 갈 길을 찾아 나서는 새의 뒷모습을 보며 웅크리고 있던 가
슴을 곧추세웠다.

하나, 둘, 셋, 깊게 심호흡을 한다. 이대로 주저앉지는 말아
야지, 끌어안고 몸부림치며 나를 내려놨으니 이제는 움켜잡아
야 할 것이다. 한여름 매미의 곡진한 구애처럼 크게 맴맴 하고
울어볼 일이다. 곰삭을 대로 곰삭힌 장맛인 양 숙성의 미감을
발휘해볼 일이다.

이제 올라갈 일만 남았어, 내게 말해보며, 눈앞의 줄사다리
를 꼭 부여잡았다. 달빛이 희미해지고 지상으로 올라갈 수 있
을까, 내심 걱정하면서 한 발을 디딤판에 올려놓았다.

새가 길게 날갯짓하며 그려낸 포물선의 테두리가 공중에서 빛이 났다. 달빛에 반사돼 눈부셨다. 저 새를 뒤따르리라는 욕망이 오른발에 실린 주저함의 무게를 일으켜주었다. 그가 지나간 하늘길의 방향 표시를 어렴풋이 그려보며 왼발을 다음 칸으로 옮겨 본다. 이 길의 끝에서 달라진 나 자신을 마주 볼 수 있으리라. 달빛 비치는 우물가의 정서를 기억하며 내일을 맞이하리라. 나도 저 새처럼 비상할 것이다. 달이 만든 무늬가 우물가로 쏟아져 내렸다. 달의 기운이 그 어느 때보다 따뜻했다.

언니의 물허벅

　언니의 손을 맞잡고 시골집을 찾았다. 칠이 벗겨져 속살을 드러낸 낡은 대문에는 우리의 손때 묻은 흔적은 찾아볼 수 없었고 여기저기 빛바랜 줄들이 그어져 있었다. 모진 비바람에도 끄떡없었던 돌담은 돌의 무게가 버거웠던지 무너져내릴 듯해 보였지만 위태위태하게 제자리를 지키고 있었다.

　문패는 거미줄이 슬고 아버지 존함 세 자가 희미하게 보였다. 그것은 정오의 햇살에 비쳐 테두리가 빛났다. 이파리가 넓은 야자수 몇 그루와 감나무가 얼핏 돌담 너머로 보였다. 혹시나 했는데 슬쩍 밀었더니 삐거덕대며 대문은 힘겹게 열렸다.

　화초는 다 말라 비틀어졌으며 주인이 떠나버린 화단은 음산한 기운이 감돌았다. 언니와 나는 땅따먹기 놀이를 했던 마당 한 구석을 눈으로 쫓다가 물팡을 발견하고 와 소리를 질렀다. 고인돌이 있다면 이런 모습이었을까?

　돌기둥을 양옆으로 세우고 가운데 튼튼한 돌판을 얹은 물팡이 두 팔 벌려 우리 자매를 기다리고 있었다. 그 위에 덩그러니 놓인 물허벅은 시간의 잔재를 부여잡고 하고 싶었던 말들을 쏟아내기 시작했다. 잘 왔어. 오느라 애썼어. 얼른 들어와 물 한 모금 마시라며 물항아리 입구를 활짝 드러내 보였다.

물이 귀했던 시절, 어렴풋이 떠올려지는 유년 시절의 그림 속에서 언니는 신작로까지 걸어가 물을 길어왔다. 온통 바다로 둘러싸인 섬이지만 웃뜨르(중산 간 부락)에는 물이 귀했다.

어머니는 밭매러 가고 정정하신 할머니는 바당(바다)에 나가 물질을 했다. 맏이인 언니는 집안 살림을 도맡아 했고 젖먹이 였던 나를 거의 키우다시피 했다. 대나무로 얼기설기 짠 애기 구덕에 누워서, 나는 언니가 들려주던 자장가 소리에 맞춰 새 큰새큰 잠을 잤다. 자랑 자랑 엉이 자랑 엉이 자랑(자거라 자거 라, 얼른 자거라 얼른 자거라), 지금도 기억 속에 그 운율이 맴돌곤 했다. 엄마 젖을 그리워하던 구덕 속의 아기를 이쪽저쪽으로 흔들며 빨리 잠들거라를 소리 내어 불러대던 언니는 막내를 얌 전히 재워 놓고 어머니가 돌아오시기 전에 물 길러 가야 했다.

마을 우물가를 지날 때면 물허벅을 진 동네 언니들을 만날 수 있었다. 그녀들의 웃자란 미소와 이마의 송골거리는 땀이 한낮의 햇살에 눈부시게 빛났다. 우물을 들여다보면 볼수록 한없이 멀 고도 깊은 물 속은 앞으로 펼쳐질 소녀들의 미래만큼이나 아득했 다. 우물가의 심연은 새하얗게 들뜬 소녀들의 얼굴을 비춰 보이 며 가까이 다가오지 말라고 경계하듯 물 주름이 일었을 것이다.

우물 주변에는 수줍은 듯 새하얀 수국이 그 푸진 꽃송이를 머리에 이고 있었다. 언니는 수국 꽃잎을 하나 따서 입에 넣어 보기도 했다. 달콤쌉싸름한 맛이 돌았을 것이다. 그 향긋한 수 국의 향이 언니의 가슴에 별빛처럼 눈부신 희망을, 청초한 아름다움을 심어 놓았으리라.

물을 항아리에 가득 담아, 지고 오는 길에는 친구들과 남모를 비밀을 털어놓기도 했을 것이다. 파란 하늘에는 조각구름이 걸렸다. 건너편에는 서너 마리 소를 몰고 오는 소테우리 소년도 보였다. 살짝 낯을 붉혔을 언니. 마주 오던 그 소년은 수줍은 듯, 땡볕에 그을린 얼굴을 감추듯이 패랭이를 푹 눌러 썼다. 그 아래 남실대던 까만 눈동자를 언니는 가끔은 기억하고 있을는지.

가난과 소외가 싫었던 언니는 물허벅의 끈을 부러 느슨하게 멨다. 짧게 메야 안정감 있게 허벅을 받쳐주어 무게를 덜 느끼는데, 끈이 길어야 시골을 벗어나 멀리 도시까지 갈 수 있다는 속설을 믿은 것이다. 그래서였을까. 뭍으로 나온 언니는 언제부턴가 물허벅을 그리워하며 지내게 됐다.

항아리 속의 물은 잠시도 가만히 있지 않았다. 마치 소우주를 옮겨다 놓은 작은 바다처럼 그 안에서 물은 파도쳤다. 바깥 세상 일에 관심이 많았던 언니는 지나가는 종달새의 울음에 맞춰 콧노래를 불렀다. 이 섬을 벗어나리라, 더 큰 세상으로 날아가리라고 다짐했다.

물을 지고 한참을 걸어 올라 집에 닿으면 먼저 물팡에 허벅을 앉혔다. 땀 한 방울 닦고 올려다본 하늘은 맑은 오월이었다. 물을 커다란 장독에 부으면 언니의 얼굴이 비쳤다. 뒤의 조각구름도 앉았다 갔다. 오월의 새소리는 물 첨벙거림과 함께 시원한 바람을 몰고 왔다.

섬 바깥의 세상에 꿈을 수놓았던 언니는 열심히 공부했고 아버지를 설득해 섬을 벗어났다. 큰아이를 뭍으로 보내게 되면서 남은 동생들도 연달아 어렵지 않게 섬을 벗어날 수 있었다.

도시가 주는 환상과 기회의 끈을 놓쳐버린 걸까. 한 줄, 한 줄 곱게 땋아가던 매듭이 엉켜버린 것이었을까. 도시의 삶이 고단했는지 언니는 언제부턴가 고향으로 돌아오고 싶다고 했다. 다시 한번 물허벅을 메 보고 싶다고 했다. 살면서 갑갑하고 일이 안 풀릴 때면 어깨가 빠져라 짊어졌던 물 항아리의 무게가 느껴졌다고 했다. 어린 나이에 감당해야 했을 만만치 않았던 무게가 꿈이 있었기에 하나도 버겁지 않았다고, 견딜 만했었다. 지금은 조금만 힘들고 아파도 바로 홀러덩 넘어져 버리는데. 단발머리 소녀였을 때는 자신만의 나비를 쫓아 음률에 맞춰 팔랑거렸으므로 견딜 수 있었다. 돌로 만든 물팡에 기대어 생각에 잠기기도 하고 미래를 그려보았던 언니 옆에서, 아기구덕에 누워서 무럭무럭 자라고 있었던 내 유년의 기억이 빗장을 열고 하나, 둘씩 걸어 나왔다.

꿈은 대물림되었다. 조숙한 언니 옆에서 눈빛만 껌벅거렸던 나는 하나씩 주워들었던 이해하지 못할 지식들을 꿈 항아리에 쟁여놓았다. 누가 볼 세라 얼른 씹지도 않고 양껏 집어넣었다. 내 것으로 만들기에는 경험과 생각, 사유가 필요했음을. 욕심과 열정을 구분 못 하고 허우적대는 모습이라니. 낑낑대며 물구덕을 지는 내게 언니가 손을 내밀었다. 그 힘으로 생경한 물

길을 건너와 나만의 허벅을 졌지만, 그 또한 쉽지 않았다.

허벅을 붙들어 매줄 두 줄의 끈은 매번 어깨춤에서 미끄러져 내렸다. 허벅에는 풋내 나는 어린 소녀의 얼굴, 생채기 투성이였던 직장 초년생의 어리숙함, 사람에게 치이고 소외 받은 회색빛 자화상들로 가득 찼다. 등에 얹힌 일상의 무게는 계속해서 나를 짓눌렀다. 잠시 내려놓고 숨 돌리고 싶은데 물팡은 그 어디에도 보이지 않았다. 고민은 깊어만 갔고 그 고민이 나를 병들게 하고 내려놓을 수도, 다시 시작할 수도 없는 어정쩡한 사람으로 만들어갔다. 방황하던 의식의 흐름은 방송국 기자가 되리라는 꿈을 희뿌옇게 채색했다. 몇 번의 지원과 낙방은 깊은 상처로 남았다. 그렇게 한 시절을 보내고 나니 물허벅의 꿈은 멀어져만 갔다.

"이거였어. 이제 힘을 얻을 수 있을 것 같아. 모든 게 다 변해가도 물팡은 우리를 기다리고 있었어."

오늘과 내일이라는 글자 사이의 자간은 좁아져 가고 행간은 비스듬한데 작은 여백 하나 머물다 갈 자리가 아쉬워지는 건 무엇인지. 마음속 깊숙한 곳에 자리한 순수했던 한 시절을 꺼내 보며 물항아리를 쳐다본다. 내딛는 걸음마다 푸른 속살을 보이듯 흔들리며 나를 울렁이게 만들었던 집채만 한 열정도, 물 한 방울 흘리지 못하게 완벽을 추구하던 조급함도 다 지나갔다. 이제는 출렁거리기보다 잔잔하게 마음을 비추듯 어른거리는 물 주름이 하나, 둘씩 보였다. 주름 사이의 고이 패인 이랑이 오후의 햇살에 눈부시게 빛났다. 물그림자만이 내 등 뒤에서 어른거렸다.

49

감귤 가지에 스치는 바람

솔방울들이 길마중을 하고 있다. 소나무는 해풍에 쓸리고 한 낮의 뙤약볕을 삼키며 묵묵히 과수원 한 모퉁이를 지키고 섰 다. 땅에 떨어져 나뒹구는 솔방울 하나를 집어 들었다. 햇살도 저물어가는 겨울의 문턱에서 시간을 붙들고 멈춘 듯한 솔방울 이 쓸쓸해 보였다. 멀리 가고픈 욕망을 잠재운 채 '나를 데려가 세요' 눈짓하는 것 같았다. 봄날 자주색 암꽃이 피고 바람을 타 고 온 송홧가루에 나비가 날아들 듯 소나무는 사랑을 잉태한 다. 여러 해를 비가 오면 오므라졌다가 햇살이 비추면 벌어지 기를 반복하며 단단해졌다. 소나무 옆의 아버님은 이미 소나무 처럼 강건하고 사랑을 품고 계셨다. 홀로 속울음 울 듯 모든 것 을 내주고 떠나는 솔방울의 작은 울림처럼 언제나 내 마음속에 아버님이 자리 잡고 있었다.

처음 아버님을 뵈었을 때 귤나무의 청정함과 노란 귤의 싱 그러운 향내를 멀리서도 느낄 수 있었다. 막연히 과수원이라 는 풍요함을 기대했던 나는 아버님이 건네준 귤을 그 자리에서 몇 개나 먹어 치웠다. 어찌나 맛있었는지 다른 건 눈에 보이지

않고 귤에 반해버렸다. 맛있어요, 아버님. 계속해서 얻어먹을
수 있다는 기쁨에 아버님의 구부정한 허리와 손마디는 들여다
볼 여유가 없었다. 그 후로도 오랫동안 아버님의 귤 사랑은 아
파트 현관 앞까지 매해 배달되었다. 작년 겨울, 귤 상자를 열
어보았더니 귤마다 검은 얼룩이 드문드문 그어져 있었다. 뭔가
잘못됐다는 생각으로 전화를 걸어볼까 하다가 문득 아버님의
연세가 떠올려졌다. 세월이 흘러 아버님이 노쇠해지는 걸 몰랐
다. 시골로 내려가 돕기로 했다.

"뭐 하러 왔어? 나 혼자 할 수 있는데."

그러면서 아버님은 우리가 온 것을 기뻐하는 모습이 역력했
다. 신이 나서 귤 따는 방법과 살아오신 이야기들을 들려줬다.
과수원에 오면 마음이 편안해지고 귤들이 자식 같아 사랑스럽
다고 했다. 물론 우리 아이들이 더 예쁘다고도 하시면서. 옆에
서 아버님을 보니 일하시는 모습이 건강에는 좋을 것 같으나
무리하는 것이 아닐까 염려스러웠다. 갈중이를 입고 허리에는
대바구니를 차고 전지가위로 귤을 따는 아버님의 손놀림이 예
전 같지가 않았다. 우리의 삶을 지탱해 준 아버님의 꼿꼿했던
허리가 많이 구부려졌다. 감귤에 생긴 검은 반점이 아버님 얼
굴에 피어난 검버섯 같아 마음이 아팠다.

봄이면 사계의 선율이 곱게 물들던 악보를 펼쳐 들듯이, 귤
나무의 음악회가 시작된다. 귤 가지에 스치는 바람은 흙, 공
기, 햇살의 변주를 노래하고 아버님은 가지들이 좀 더 잘 자라
도록 전정하고 거름을 준다. 여름이면 잡초를 매고 진눈깨비가

흩날리기 시작하면 자식 같은 귤을 수확한다.

　조상 대대로 일군 삶의 터전에서 아버님은 흙 한 줌, 풀 한 포기, 지나가는 바람과 햇살 모두를 포용하면서 희로애락을 바람에 날리고 사셨다. 가끔은 대숲에 불어오는 바람을 벗 삼으시면서, 솔방울들의 잔잔한 울림에 귀 기울이시면서 말이다. 아버님은 대나무가 숨겨 놓은 바람이 만든 피리를 부는 농부이기도 하셨다. 대나무는 땅속 깊이 뿌리를 뻗으며 바람에 꺾이지 않고 사이사이 마디를 숨겨놓아 세파에 휘둘리지 않았다. 바람에 시달릴수록 더 힘을 내어 귤나무를 포근히 감쌌다. 아버님은 공명통 같은 줄기에 조이고 아파하며 바람을 꼭꼭 채워 넣는, 바람을 단련하는 연주가였을 것이다. 아버님이 대숲에 부는 바람과 솔숲의 솔방울들과 친구 맺기를 하면서 지내 온 시간은 헤아릴 수가 없다. 이미 아버님은 과수원이 되었다. 아니 바람이 된 것일까.

　과수원 대숲에서 불어오는 바람은 해풍을 타고 이곳까지 올라온다. 서로 어깨를 빌리며 사이좋게 익어가는 귤들의 노랫소리가 삭막한 콘크리트 벽 아파트 창가에 머물고 있다. 귤 이파리들이 사그락대며 흔들리는 소리는 잊고 살아온 것들에 대한 향수를 불러온다. 그리움의 작은 울림이 한동안 따스한 햇살처럼, 소리 없는 바람처럼 우리 곁에 머문다. 아무도 귤 가지에 스치는 바람과 귤들의 작은 울림을 모른다. 남겨진 우리는 황금빛으로 물든 제주의 아름다운 과수원을 그리며 오늘 하루도 살아갈 힘을 얻는다.

_동서문인집 '풍경에 닿다' 2021

목섬

긴 병에 장사 없다고 서너 번씩 위급하다는 전갈에 버선발로 달려가 보았지만 내가 할 수 있는 것은 아무것도 없었다. 밀려드는 자괴감과 절망감에 다시금 어깨를 떨어뜨려야 했다.

여러 가닥으로 얽히고설킨 생명 호스를 매달고 있는 어머니의 모습은 예상보다 고요했다. 공기 중에 떠다니는 먼지 하나 버석거리지 않고 눈꺼풀이 있었는지조차 기억에 없다는 듯이 몸과 마음은 하나라고 억지로 우겨대는 것 같았다. 생명 유지 기구의 물리적인 수치는 낮아져만 가고 허공에서 떨어지는 수액조차 버거워 보였다. 마지막 한 방울이 어머니의 살갗을 스치지도 못하고 튕기듯 미끄러질까 봐 두려웠다.

시계추는 무심한 듯 댕댕거리며 올해가 얼마 남지 않았다며 재촉했다. 시간의 끝자락이라도 붙들고 싶은 날, 나라도 정신 차려야 한다고 남편이 말했다. 바람이라도 쐬며 머리를 식히자며 운전대를 잡았다.

연말연시 준비로 바쁜 사람들이 많은지 도로는 한산했다. 인천의 섬으로 들어가는 선재대교에 접어들자 차창 가득 여기저기 흩뿌려진 섬들이 보였다. 저기에 섬이 있었던가, 라는 생각이 들 정도로 낯선 풍경이었다. 생각을 정리할 겸 차를 멈추고 걸어보기로 했다.

섬으로 이어진 모래사장은 한낮의 눈부신 태양의 호위를 받으며 날갯짓하듯 넓게 펼쳐져 있었다. 물이 빠지면 앞섬까지 긴 목처럼 길이 생긴다고 해서 목섬이라 이름 붙였다 한다.

섬은 항상 그 자리에 있었다는 듯 어서 걸어오라고 손짓하고 있다. 모세의 기적이 아니더라도 마치 외계 행성에 와 있는 듯한 기분이 들 만큼 신비로운 바닷길에 나도 모르게 빠져들었다.

목섬을 한 바퀴 돌아서 뒤편으로 가면 한 줄기 바닷길이 또 열렸다. 바다를 가르며 끝도 없이 뻗어있었다. 흡사 깔때기를 따라 물이 쏟아지듯 좁아져 가는 그 길의 끝에는 제법 찰랑대는 물살이 자리 잡았다. 겁내지 말고 자꾸만 걸어 들어오라고 부르는 것 같았다.

길이 끝나는 곳까지 한번 걸어볼까. 계속해서 걸어 나간다면 물이 조금씩 차오를 것이고 첨벙댈 것이다. 차가운 물의 감촉이 피부로 느껴질 즈음 한차례 거센 파도가 밀려온다면 나는 쓰러질 것이다. 그대로 주저앉는다면 몸이 물에 잠길 것이다. 어머니도 저렇게 철버덕 주저앉아 무너져내리는 걸까. 앞혀드리기는커녕 목을 제대로 가눌 수도 없었다. 간호사가 마른 낙엽처럼 바스러질 것 같은 어머니를 간신히 붙들었고 나는 어머니의 머리를 힘주어 잡았다.

'물살이 좋구나, 얘야. 나 걸어 들어갈란다.'

'안 돼요, 어머니. 조금만 더 이승의 공기를 맡아보세요.'

'백 년 가까이 살았어. 아버지가 자꾸 부른다. 나 이제, 그만 갈란다.'

'누워만 있어도 좋으니, 막내딸 얼굴 기억하지 못하고 내 이름 부르지 못해도, 어머니, 살아만 계셔주세요.'

그렇게 바둥거리며 어머니를 씻겨드리고 자리에 눕혀드린 게 언제였더라. 그 자리가 영원인 양 꿈쩍도 안 했다.

차박차박 모래 사이로 스며드는 물을 헤쳐본다. 괜히 물살을 걷어찼다. 그럴수록 물은 운동화를 적시고 바짓단 사이로 올라올 기세다.

남편이 내 손을 잡았다. 물하고 맞짱 뜰 거냐고. 이제 물이 들어오기 시작하니까 얼른 나가자 한다. 시간의 추이는 나를 뭍으로 밀어내고자 하고 내 마음은 물 한가운데 벌렁 드러눕고 싶다. 어머니와 함께 목욕하던 그 시간 속으로 들어가고 싶다.

'엄마, 살살 밀어요. 거죽이 다 벗겨지겠네.' 등짝이 벌겋게 타들어가야 성이 풀리는지, 마치 목욕탕 데리고 올 날이 멀었다는 듯이, 그렇게 손힘이 셌던 젊은 날의 어머니를 떠올려봤다.

생명줄 같은 태왁에 몸을 의지해 바다 깊은 곳에서 숨을 참으며 자맥질을 하던 어머니. 잠수의 깊이만큼 참아내던 숨은 서울로 가겠다는 딸의 등록금이고 가족의 끼니였다. 일상의 비루함을 속내에 감추고 바다에 빚진 듯 거꾸로 매달려 암초 사이를 헤치며 물질을 하던 당신의 손에는 싱싱한 소라 성게 전복이 들어있었다.

　그 해산물의 가격을 먹으며 나는 무럭무럭 자라났다. 뭍을 빠져나와 도시의 가로등 아래 우두커니 서 있었다. 돌부리에 걸려 넘어져 SOS를 치면 어머니는 오리발을 흔들며 수천 리 바닷길을 헤엄쳐와 내 손을 잡아주었다. 수경 너머 당신의 눈이 촉촉이 젖어있음을 애써 모른 척했다.

　수백 번, 수만 번, 얼마나 많은 밀물과 썰물이 교차하는 지점을 붙들고 우리는 살아왔을까. 저 물은 다시 들어오고자 하는데, 시간은 아직 남았는데, 어머니는 자꾸 눈을 감고 바닷속으로 잠기려는 걸까.

　서두르자, 물이 밀려오면 금세 길이 없어지고 섬만 남는다는 남편의 말을 들으며 나는 발밑의 물을 첨벙첨벙 튕기며 해변으로 바삐 걸어 나갔다. 계단을 올라 대교 위 인도로 들어서자 어느새 목섬은 바다 가운데 둥둥 떠 있었다.

　영겁과 찰나가 하나이듯 한 번 멸하고 한 번 생한다(찰나생찰나멸 刹那生刹那滅)는 불교 교리가 생각났다. 인간이라는 존재가 찰나의 흐름이라면 매 순간이, 하루하루가 얼마나 소중하고 간절한 것일까. 물을 내치고 들이는 게 자연의 섭리라면, 혼자 바닷물을 업고 앉은 목섬은 어머니의 또 다른 모습일 것이다.

　편안히 누워있는 섬이 아득해 보였다. 밤이 지나면 섬은 잠에서 깨어 서서히 자신의 모습을 드러낼 것이다. 우리 인생도 저렇게 내게로 오는 길을 내주었다가 감추었다가 다시 드러나기를 반복하며 아름다운 섬으로 변모하는 게 아닐는지.

석양빛은 파스텔 물감을 뿌려놓은 듯 은은하게 물들고 사위는 어두워가는데 푸른 나무와 잎으로 가득한 목섬의 자태는 여전히 꿋꿋했다. 멀리서 봐도 늘 푸른 소나무는 기개가 있었다. 목섬은 어머니의 지나온 삶을 보듬듯이, 잠시 자신을 바다에 내주었다가 다음날 생명을 잉태하는 섬으로 뜨겁게 태동할 것이다.

핸드폰이 울렸다. 운명하셨습니다.

아, 어머니. 당신은 평소 자신이 머물렀던 자리와 시간을 깔끔하게 정리하던 습관대로 마지막 기운을 모두 모으고 물속으로 영면하셨군요. 새날이 밝으면 남아 있는 자식들의 앞길이 활짝 펼쳐지라고, 지는 석양에 부러 몸을 실은 어머니. 더는 참지 말고 편안한 숨을 내쉬는 어머니를 떠올렸다. 폐부 가득 숨을 부풀리며 깊이 들이마시고 시원하게 내뱉으며 아, 살 것 같다며 미소 짓는 어머니를. 숨비소리 가득 짭조름하게 바다향을 내뿜던 당신이 그립습니다.

어머니, 당신을 이곳에서 느끼고 같이 걸으며 그곳을 걸어 나왔어요. 이제 편안히 쉬세요. 내일이면 누군가에게 희망을 주며 삶을 노래할 수 있는, 밝은 기운을 내는 목섬으로 다시 돌아오세요. 종종 이 섬을 찾을게요. 이제 안녕을 고해요.

하지만 나는 그 자리를 떠나지 못하고 조용히 목섬의 그늘진 뒤태만을 지키고 있었다. 하염없이 물과 바다와 어둠, 섬을 바라보고 있었다.

제2부

도시의 별, 그리움이 묻어나다

창(窓)

　엄마는 화가 날 때마다 말없이 부엌으로 향하곤 했다. 그곳에서 한참을 밑반찬을 만들고 그릇정리를 했다. 엄마가 머물렀던 부엌 곳곳에 소주병이 숨겨져 있었다. 싱크대 아랫단에서 양주병과 포도주가 진열된 찬장 구석진 곳에서, 간장병과 식용유 사이에서도 초록색 병이 유독 눈길을 끌었다.

　기제사가 끝나고 시누이와 시고모님의 거침없는 입담이 지나간 후에 돌아서서 몰래 찾아들었을 눈물 한 방울 소주 한 모금. 서울에 있는 여대에 가고 싶다고 했지만 장녀라 지방교대를 가야 했던 큰언니가 단식투쟁을 할때에도 모른 척하느라 힘들었을 것이다. 큰오빠를 해병대에 보내고 돌아섰을 때에도, 지방 고위공무원으로 승승장구하던 아버지가 당뇨합병증으로 거동을 못 하셨을 때에도 남몰래 찾아 들었을 소주 한 병. 가슴 한켠이 먹먹해지도록 답답하고 체증이 내려가지 않았을 때 혼자 식구들의 눈을 피해 들이켰을 것이다. 소주는 우리 엄마의 눈물이었을까. 우리 엄마의 창문이었을까.

　마음을 다잡고 싶을 땐 동네 커피숍으로 간다. 회사로 가는 남편과 배움에 목줄이 걸려있는 아이들이 학교에 가버린 오전 시간, 책 하나 달랑 옆구리에 끼고 일부러 골목길을 골라서 걷는다. 도시의 소음과 번잡함을 피해 동네 모퉁이에 자리 잡은 조그만 가게로 간다. 교회가 동네 주민을 위해 제공한 공간이다. 젊은 애들처럼 노트북을 펼치고 집중하는 게 아니라 그냥 노트에 끄적댈 뿐이다. 가끔 산문 몇 단락도 나오고 시 구절이 머릿속에 맴돌 때 얼른 적어놓는다.

내가 세상과 소통하는 방식은 커피 한 잔이다. 혼자 들이키다 정리 안 된 감정의 찌꺼기들을 소각하고 싶을 때는 창이 넓은 카페로 간다. 그리고 커피를 시킨다. 다소 헝클어진 머리카락에 시큼 쓸쓰레한 아메리카노 향이 번질 때, 한 모금의 커피가 목을 타고 넘어갈 때가 누군가의 아내도 엄마도 아닌 나 자신과 만나는 시간이다.

지인들은 상대방의 상황을 배려 못 하고 지치도록 자식 자랑을 해대곤 한다. 그녀들과의 의미 없는 모임이 계속될 때에도. 허전함이 가슴 가득 차 있을 때에도. 남편과 시댁의 재력을 늘어놓는 여대 동창을 만난 후에도 혼자 커피를 마신다. 눈물인지 콧물인지 흘러나오는 물을 주체할 수 없을 때 커피의 그윽한 향이 내 안으로 걸어 들어왔다. 세상과 만나고 싶을 때, 나의 창문은 커피 한 잔이다.

아들은 불만이 많았다. 공부는 해서 뭐하냐고. 음악을 하고 싶다고 했다. 그러면서 매일 컴퓨터 게임에 몰두했다. 세상과 등지고 싶은 마음, 기존 질서에 대항하고 싶은 마음을 충분히 이해하나 남들이 다 할 때 나만 안 한다고 세상이 달라지는가. 나만 소외되고 후회할 일만 남을 뿐이라고 열심히 얘기해봐도 아들은 들을 귀가 없나 보다. 자아로 가득 차고 음악의 세계는 한없이 풍요로워서 세상의 일은 남루하고 폼이 안 날 것이다. 각이 안 잡힌 후줄근한 상자일는지도 모른다. 아들이 세상과 만나는 창은 음악이다. 그 애가 불러주는 발라드는 가끔 나를 양탄자를 타고 동화의 세계로 들어가게 했다. 그가 켜는 바이올린의 현은 너무나 감미로웠다. 'G선상의 아리아'는 성모마리아의 눈물과 기도가 잔잔히 그려지곤 했다. 계절이 바뀔 때마다 연주하던 사계(四季)는 계절의 변화를 온 감각으로 받아들였다. 그러면서도 공부의 끈을 놓지 말라는 꼰대 같은 잔소리를 또 뱉는다.

살면서 이사를 몇 번 했다. 그때마다 집의 기준은 창이 넓어야 하는 것이다. 남쪽으로 향해있고 마루 끝에서 끝까지 유리로 한 면을 완벽하게 도배해야 하는 게 나의 선택 기준이다. 그 창을 통해 들숨 날숨을 쉬었다. 바람이 동쪽으로 불면 동쪽을 향해 돌아누웠고 서풍일 때는 숨을 골랐다.

석양 무렵의 해는 내 안의 뜨거움을 왈칵 쏟아냈다. 초경을 치르는 아이처럼 준비도 없이 그 강렬하고 혼탁한 붉음에 내 마음도 불이 붙듯 붉어져 버렸다. 내가 걸으면 내 그림자가 창에 어른거렸다. 길지도 짧지도 않음이 딱 표준이다. 그 중간지점이 표준으로 살기를 강요당했고 스스로 그렇게 중간층이라 여기며 지내왔다. 누가 만든 중간이고 중산층이었을까. 바보스럽게도 가운데쯤 어정쩡하게 서 있으면 양쪽 극한대로의 바람을 피할 수 있다고 믿었다. 내가 소리쳐 외치면 메아리가 되어 돌아왔다. 그렇게 혼자 창을 통해 울고 웃고 보낸 시간이 한 시절이었다.

나는 언제나 섬이었다. 누구와 함께 있어도 고립무원한 하나의 섬이었다. 그 섬에서 벗어나고자 책을 읽었고 글을 끄적댔다. 세상과 소통하고 싶을 때에는 유리로 만든 창을 열고 숨을 쉬었다. 숨이 약간 찰 정도의 언덕과 계단을 걸으며 찾아든 언덕배기의 17층 아파트는 나를 둘러싼 섬이다. 그 섬 안에서 가족을 위해 밥을 지었고 공간이 빌 무렵에는 책을 펼쳐 상상의 섬으로 들어가곤 했다. 바깥의 소리는 파도와 같아서 예고도 없이 밀물처럼 밀려들었다. 그러다가도 어느새인가 빠져나갔다. 고민과 고통이 뭉쳐진 바위에 부딪히는 파도는 항상 내 곁에 와 자잘자잘 머물렀으나 달이 뜨고 조수간만의 차가 줄어들면서 조금씩 사라지곤 했다.

나만의 섬에서 아이들을 키우면서 창을 통해 세상과 주고받은 대화는 이제 내 곁에 자리 잡았다. 대화는 생각을 쌓았고 그 더미는 영혼의 양식을 주었다. 시간의 줄기 속에서 내 옆에 앉은 글쓰기의 매력을 한층 더 높여보고 싶다. 자석의 양극처럼 철버덕 끌어안아 자근자근 글을 써보련다. 나지막이 열리는 창을 통해 시원한 바람이 코끝에 와 닿는다. 이 시간 이 공기와 햇살을 나는 사랑한다.

_제15회 사계김장생 문학상 2019

선(線), 그라운드 제로

　오월의 햇살이 눈이 시리도록 아름다운 오후였다. 뉴욕 허드슨 강변의 살랑거리는 강바람이 키 작은 나무의 줄기를 간지럽히듯 흔들었다. 빌딩 숲 유리창에 반사된 햇살은 기다란 스펙트럼의 띠를 놓지 않으려는 듯 오래도록 머물렀다. 나뭇잎들은 자신이 가진 최고의 색감을 완연하게 뽐내고 있었다. 낯선 땅, 이국적인 풍경에 넋이 빠진 나는 이리 둘러보고 저리 둘러봐도 끝없이 펼쳐진 공원과 사람들, 높이 솟은 건물들의 위엄에 말을 잇지 못했다. 딸의 손을 붙잡은 내 얼굴에는 여행의 설렘과 환희가 쇼윈도에 그대로 반사되어 빛나고 있었다.

　"자, 한 줄로 서세요. 이곳은 엄숙한 곳입니다. 추모의 예를 갖추신 다음 자유시간을 즐기세요."

　젊은 가이드의 목소리는 군중들이 내는 소리에 갇혀 맥락 없이 들렸다. 관광객이 너무 많아 어디를 둘러봐도 자연스럽게 줄을 서서 밀려 나가는 모양새였다. 새로이 단장한 원월드 트레이드센터의 화려함(?)에 가려, 이곳이 추모공원인지 경치 좋은 관광지인지 분간이 안 갔다. 그 옆의 9·11메모리얼 파크 앞에도 깃발을 높이 쳐든 가이드를 중심으로 크고 작은 원형의

타워들이 만들어졌다. 각 나라의 말로 이곳의 역사와 유래, 관람 포인트를 짚어주는 가이드의 목소리는 대중에 묻혀 웅얼거림으로 들렸다. 애도하는 마음은 잠시, 우리 모녀는 여느 관광객들처럼 마천루를 배경으로 연신 셔터를 눌러댔다. 뉴욕의 화려한 풍광과 자본주의의 집합체 같은 거대유산의 발자취를 눈으로 쫓느라 바빴다. 건물을 둘러보고 밖으로 나왔다. 여전히 밝은 햇살에 눈이 부셨다. 어디선가 물소리가 들리는 것 같아 햇빛을 피하기도 하고 더위도 식힐 겸 소리의 근원지를 향해 걸었다.

머리에 선글라스를 꽂은, 뽀글거리는 파마머리 소녀가 꽃을 들고 터벅터벅 걸어오고 있었다. 옷차림과 모습으로 봐선 관광객 같아 보였으나 어딘가 우울해 보이는 그녀는 계절에 맞지 않은 목장갑을 끼고 있었다. 그녀와 눈을 마주치는 순간, 나도 모르게 목례를 하게 됐다. 그녀도 살짝 미소 지으며 땡큐, 라며 지나갔다. 아, 땡큐, 그렇지 아무런 의미 없이 굿모닝 하듯 땡큐, 익스큐즈 미였지. 헐리웃 스타일로 손을 옆으로 벌리며 어깨를 움찔하며 웃어 보였다. 자연스레 그녀를 따라 걷게 됐고 걸음을 멈춘 곳은 커다란 사각형의 분수대였다. 아, 여기가 뉴스에서 봤던 그곳. 희생자들을 추모하기 위해 특별히 공들여 제작했다던 기념물이었다. 멀리서도 들렸던 물소리가 가까이 오니 폭포수처럼 세게 들렸다.

에밀리, 존, 밥 주니어, 엘렌, 탐스, 미카엘……

네 귀퉁이 돌판을 따라 테두리에 새겨진 영문 이름들이 눈에 띄었다. 검은 돌판에 금빛으로 새겨진 이름들은 한낮의 태양빛에 또렷이 드러났다. 이렇게 커다란 물웅덩이에 새겨져야만 했던 그들의 영어 스펠링이 낯설지 않았다.

이십 년 가까운 시간이 흘러 이제는 그 상처가 아물 때도 되었건만 돌판에 새겨진 그 이름들은 영원히 우리의 애도를 받아야 할 것 같았다. 영화에서 만날 수 있었던 배역들의 이름, 커피점에서 적어준 영어식 이름이었을, 여권에 새겨진 이름일 수도 있다는 사실에 갑자기 한기가 몰려왔다. 근처 돌판에는 금방이라도 다녀간 듯 생생한 장미 한 송이가 이름 옆에 놓여있었다. 불의의 사고로 먼저 떠난 아빠에게, 보고 싶은 친구에게 혹은 남몰래 사랑했던 연인에게 보내는 편지, 메모도 더러 눈에 띄었다. 그녀는 엘리사벳이라 새겨진 이름 위에 장미 꽃송이를 포갰다. 그리고는 눈을 감고 한참을 낮은 목소리로 기도했다.

그라운드 제로. 불의의 폭격이나 사고로 폐허가 되어버린 곳. 숫자 0이나 글자 무(無)로도 표현이 되지 않는 곳. 다시 시작할 수도 영원히 묻혀버릴 수도 있는 곳. 오늘의 삶을 사는 우리의 그라운드 제로는 어디일까?

물소리가 내 귓전을 때렸다. 누군가의 곡성인 듯 천둥 치는 것처럼, 포효하던 거대한 물줄기는 네모 안의 또 다른 네모 단을 하나씩 미끄러져갔다. 유속이 바뀌는가 싶더니 작은 흐느낌으로 변했다. 우물을 수십 개, 수백 개 모아놓은 것 같은 커다란 웅덩이. 빈틈없이 들어찬 물덩이들. 고여있지 않으려 쉼 없이 흐르는 물. 물줄기는 흐르고 흘러 어디로 가는 것일까? 남대천 연어들처럼 돌고 돌아 다시 원점으로 오는 걸까? 블랙홀처럼 잡아당기는 물의 힘을 놓쳐버린 사람들의 눈물이 끝 모를

소(小)설, 그라운드 제로

바닥으로 떨어지는 것일까. 한번 걸러진 물은 자신의 아픔을 깎아 내리듯 세속의 옷을 벗고 순하디순한 여린 물이 되어 천상으로 들어가는 것일까? 단지 물은 속울음 삼키듯 흐르고 흐를 뿐이었다. 그 끝은 아무도 모른다. 그네들의 영혼이 오롯이 심연으로 조용히 흘러 들어갈 뿐이었다.

하나의 작은 점들이 모여 선을 이루듯 한 사람, 한 사람, 이유도 알 수 없는 죽음의 점들이 모여 선(線)이 되고 네모라는 도형을 생겨나게 했다. 돌판으로 테두리를 두르고 다시 각(角)을 세워 선(線)을 완성하였다. 선으로 이루어진 네모 안에는 수없이 많은 물 입자들이 그 안을 채우고 아우성치듯 아래로, 아래로 흘러갔다. 종국에는 선(線)들이 모여 심연을 만들었고 그곳에서 편히 쉴 수 있기만을 기원할 뿐이다.

어떠한 말도, 아무런 표현도 할 수 없어 모든 게 멈춰 버린 것 같은 이곳에서, 그저 수많은 점이 모여 선을 이루어 심연이 되어 버린 역사의 한복판에 서 있는 나 자신을 발견하곤 숙연해졌다.

처음에는 몰랐다. 이 커다란 웅덩이 기념물이 추모하는 의미가 무엇인지? 한나절 정도, 관광의 기쁨에 겨워 정신을 못 차리고 나서야, 그 소녀를 따라가면서 불현듯 찌릿하게 스며드는 애절한 느낌과 복받치는 설움이 몰려왔다. 누군가의 아빠였고 배우자였고 바쁜 일상을 보내던 소시민들이 하나의 점으로 기억되어야 하는지? 선(線)으로 새겨져야 하는지?

내가 발 딛고 서 있는 이 자리가 9·11테러 현장이었고 이 조형물이 있는 A동, B동이 무너져버린 국제무역센터가 있던 자리라니. 그날의 아픔을 잊지 말자며 영원히 기억하려고, 숭고

한 그들의 죽음을 애도하고자, 한 점 물로 남겨진 그들의 영혼이 낮이나 밤이나 하염없이 영원토록 흐르게 한 것이 아닐까.

그 누구의 탓도 아닌, 운명도 아니었던 점과 선의 이상야릇하고 역사적인 조화에 하루를 오롯이 빼앗겨버렸다. 딸과 나의 눈에는 어느새 맑은 눈물이 고였고 아무런 말도 나누지 않았다.

"……."

"……."

WTC는 무너졌지만 2개의 분수로 부활한다. 분수는 WTC 지하 기초벽 일곽으로 만들었다. 분수 주변 흑색 돌에는 금색 글씨로 죽은 이들의 이름이 빼곡히 음각되어 있다. 분수는 죽음을 딛고 일어서는 생명을 상징하기도 한다. 그래서 이곳은 성역이 된다. 덕분에 죽었던 그들의 이름도 같이 부활한다.

폐허를 예술로 승화시킨 분수는 그래서 '집단 트라우마'를 '집단 힐링'으로 되돌린 부재의 미학이다. 채움이 아니라 비움으로써 랜드마크 건축이 됐다. 소비주의로 소란스러운 우리 도시에도 필요한 '건축 이상의 건축'이다.

이중원 건축가가 동아일보(2019-01-18)에 기고한 '생채기를 메우지 말라… 비움의 미학'의 한 부분이다.

그의 말처럼 금빛 이름들이 채움이 아니라 비움으로써 생명을 다시 얻기를 바랄 뿐이다.

"……." 말 줄임표로 우리의 애도를 대신했다.

눈부신 오월의 한낮, 뉴욕의 태양이 빛나고 있었다.

도시의 별, 그리움이 묻어나다

  예고도 없이 별이 떨어졌다. 밤하늘을 수놓듯 화려하고 아름
다운 별은 아니었다. 인생은 그래도 견딜만하다고 믿는 사람에
게만 보이던 별이었다. 그 별이 우리 집 아파트 베란다에 오게
된 사연은 간절하게 바랐기 때문일지 모른다.

  이사를 하게 됐다. 언덕배기에 자리 잡은 17층 아파트는 탁
트인 시야로 마음의 안정을 되찾아 주었다. 맑은 공기와 우거
진 숲은 덤으로 딸려왔다. 이사 오면서 거실 창 커튼 길이가 맞
지 않아 며칠을 통유리로 지냈다. 주변에 어슴푸레한 기운이
깔리고 빛바랜 하늘이 어두컴컴해지고 있는 석양 무렵, 한참을
창밖만 보고 있었다. 아무런 의욕도 욕심도 없어진 지 오래였
다. 그저 이 상황이, 이 변화가 내게 미칠 파장만을 생각하며
감정을 추스르고 있었다고나 할까. 무심히 하늘을 보니 한 점
별 같은 것이, 희미하게 보였다.
  "엄마, 우리 집에서 별이 보여요."
  "오호 그러네. 별 맞네. 도시에서 별 보기가 힘든데, 새로 이
사 온 곳은 공기도 맑고 앞이 공원이라 그런지 별이 보이네. 밤

하늘이 무척이나 맑고 아름답구나. 아마 좋은 일만 생기려나 보다."

아들과 얘기하면서 괜히 콧노래가 나오고 기분이 좋아지던 그때, 불현듯 기억 하나가 스쳤다.

대학을 잘 다니던 아들 녀석이 어느 날 선전포고를 했다. 전 공과목이 맞지 않아서 공부하기 싫다면서 휴학하고 음악을 다 시 시작하겠다고 했다. 아들은 어렸을 적부터 피아노, 바이올 린을 잘 다루고 노래를 즐겨 불렀던 재능꾼이었다. 학교 학예 회나 발표회 등에서 항상 두각을 나타내던 아이였다.

그러나 군 복무를 마친 이십대 중반에 힙합을 해 대중가수의 길로 나가겠다는 포부는 받아들이기 힘들었다. 지금 안 하면 평생 후회할 것 같다던 아들의 요구가 내게는 너무 버거웠다. 아들은 군대 가기 전에도 갔다 와서도 음악의 길을 가고 싶다 고 얘기했으나 엄마는 들으려고 하지 않고 미뤘다고 했다. 이 제는 더 이상 미루게 되면 자신의 존재 이유 자체도 의심이 들 만큼 힘들어질 것 같다는 얘기였다. 이렇듯 자신감에 차 있던 아들에게 결국은 수락을 하게 되었다.

아들은 서너 달은 누구보다도 열심히 했고, 일 년 가까이 죽 을힘을 다해 노력하는 것 같았다. 그러던 어느 날 올 것이 오고 야 말았다.

"엄마, 저 재능이 없는 것 같아요. 그만둘래요."

울먹거리는 아들의 목소리가 들려왔다.

"왜? 이왕 마음먹은 거 좀 더 해 보지. 세상에 쉬운 일이 어딨 어?"

말은 이렇게 하고 있었으나 내 마음은 끝 모를 심연으로, 칙칙한 어둠의 한복판에 내려와 있었다. 누구나 별을 꿈꾼다. 무수히 많은 별들 중에서 오롯이 크고 잘생기고 빛나는 별을 갖고자 한다. 스타는 하루아침에 만들어지지 않는다. 꿈과 희망을 접고 좌절하는, 한 점 스러져가는 작은 별이 돼버린 아들이 안타까웠다. 잘할 수 있다고 일어 세우기도 노력이 부족하다고 탓할 수만도 없었다. 제풀에 겨워 남아 있던 별빛마저 죄다 말라버린 아들을 그저 보듬어 주었다.

"수고했어, 아들. 해봤으니까 후회는 없지? 어떤 일이든 도전하며 열심히 해. 엄마는 스타는 안 바래. 내 곁에서 웃어주는 소중한 별 하나면 돼. 나의 사랑스러운 별빛 한 점이면."

이제는 알 것 같다. 숨죽여 제 목소리를 내는 작고 보잘것없는 별 하나가 오롯이 내 것이라고. 빛나기 위해 혼신의 힘을 다해왔다는 것을. 그 별이 얼마나 소중하고 아름다운지를.

고단했던 기억 두 번째는 늦은 나이에 일자리를 준비하면서 면접 보는 일이었다. 세상은 끊임없이 내게 물어보고 질문했다. 대학을 나오고 왜 쉬었냐고. 사회 경험이 전무하냐고. 직장생활, 조직 경험은 없냐고. 머리와 끝만 남고 몸통 대부분이 텅 비어버린 연체동물처럼 쓸모없는 사람이라는 느낌을 면접 보면서 알았다. 그동안 가슴이 충만하고 감성은 무르익었으며 행복은 그다지 멀리 있다고 생각해 본 적 없는 나로서는 이유 모를 분개와 수치심으로 바르르 떨렸다. 자존심은 땅에 떨어졌고 어디서부터 나라는 사람을 설명해야 하나 한숨부터 나왔다.

언제면 시계추는 내 편으로 큰 원을 그리며 맑은 소리로 울릴까. 우여곡절 끝에 시작한 알바 자리는 녹록치 않았다. 나를 버리고 상대방에게 모든 걸 맞춰야 하는, 인내심의 한계를 실험 받는 자리였다. 지금도 여전히 진행 중이고 시행착오는 더 나은 삶을 위한 준비라 생각하게 되었다.

살기에 바빠서, 나보다 더 가진 이들의 행운에 작게나마 분노하며, 화를 못 참고 힘들어하던 날들이 새삼 부끄러워졌다. 별들의 변주곡을 보고 있노라면 작은 별들이 큰 별 주위에서 빛을 보태주고 큰 별은 은은한 빛으로 작은 별들을 에워싸고 있다는 것을 알게 된다. 서로 아름다운 무늬를 만들고 지켜주기도 하며 노래하듯 빛나고 있었다. 무심한 듯 무심하지 않은 별들만의 노래를 귀 기울여 들어보면 살면서 겪게 되는 크고 작은 경험들이 별처럼 빛날 날이 올 것만 같았다. 마음 새로이 다지고 힘들어하는 아들 녀석에게 용기를 북돋워 줘야지. 이사 온 날, 한 점 별은 작았지만, 별빛의 기운은 앞길을 환하게 비춰 줄 거라 믿었으니까.

힘든 하루를 마감하며 터벅터벅 언덕 위의 집을 걸어 올라가며, 지친 어깨 너머로 바라다본 하늘에는 별이 떠 있었다. 수고했다고 내 등을 토닥거리며 계단참을 비춰 주는 것 같았다. 숨죽여 지냈던 일상의 조각들, 그리움이란 이름의 편린들, 크고 작은 소중한 기억들이 송두리째 내게로 쏟아져 내렸다.
아스라이 스러져가는 별똥별 하나를 붙들고 희망이라는 이름

도시의 밤, 그리움이 묻어나다

을 붙여보련다. 저 별이 연주하는 속삭임에 귀 기울이고 그들이 그려내는 화폭에 나만의 꿈과 이상을 실어보련다. 별을 사랑하는 마음으로 또 하루를 살아갈 힘을 얻는다. 두 손 가득 벌려 별을 담아내며 또 다른 내일이 기다리고 있어, 라며 미소를 지어본다.

_중구여성문예백일장 최우수 2017

도시의 흙

"어떻게 된 일이지? 홍시라고 했는데……."

"아 그게, 감나무 종류가 바뀐 것 같네. 분명 홍시가 열리는 감나무로 달라고 했는데……."

단감이어도 좋았다. 우리 집 마당에서 과수가 열린다는 상상을 해 본 적이 없는 나로서는 신기하기만 할 뿐이었다. 훗날 감나무 밑에서 놀기도 하고 이야기를 나눴던 기억들이 추억으로 남을 것임에.

커다란 감나무가 배달되었다. 어떻게 차에 싣고 왔는지 내리기도 버거웠다. 기사분과 남편의 도움으로 마당 한가운데 감나무가 심어졌다. 맛있는 홍시가 열릴 거라며 남편은 연신 싱글벙글이었다. 작지만 우리의 마당이 생기고 기념으로 감나무를 심는다고 했다. 그렇게 첫해 두 해가 지날 즈음 감꽃이 피고 열매 맺고 드디어 감이 열렸다. 그런데 우리가 기대했던 것과는 달리 홍시가 아니라 단감이었다.

경기도의 조그만 도시에서 신혼생활을 시작했다. 당시 대기

업에 다니던 남편은 회사생활에서 오는 스트레스가 심하다며 조심스럽게 전원주택형 아파트를 제안했다. 흙을 밟고 사는 것도 나쁘지 않을 것 같아 흔쾌히 허락했다. 이렇게 시작한 우리의 흙에 대한 사랑은 지금까지도 면면히 이어오고 있다.

어려서부터 농사짓는 부모님을 보고 자란 남편은 텃밭 가꾸는 일을 매우 즐거워했다. 흙을 일구고 뒤섞어가며 적정한 농토를 다졌다. 작은 이랑을 만들어 구분 짓고, 상추랑 방울토마토, 고추 등을 심었다. 매일 퇴근하고 들어서면 곧장 마당으로 나가 어느 만큼 자랐는지 들여다보았다. 물을 주고 사랑과 관심을 듬뿍 주니, 이 녀석들이 무럭무럭 잘 자라주었다. 아이들이 쉽게 알 수 있도록 이름표를 만들어 세웠고, 하나하나 자세한 설명도 아끼지 않았다. 두 아이는 서로 물을 주겠다고 밀치다가 컵에 든 물을 쏟기도 했다. 고사리손으로 잎을 만지기도 했다. 뒤뚱거리며 흙을 밟고 다니며 즐거워했다. 덕분에 우리 아이들은 어려서부터 자연 속에서 흙내음을 맡으며, 흙을 만지고 장난질을 치며 앞서거니 뒤서거니 잘 자라주었다.

첫 아이 탄생 기념으로 마당 한쪽에 대추나무를 심었다. 백일 떡을 돌리기보다 뭔가 의미 있는 일을 하고 싶어 나무를 심기로 했다. 아이와 나무가 같이 커가는 모습을 보는 것도 좋을 것 같았다. 나무라고 하기에는 크지도, 굵지도 않았지만, 보는 재미가 쏠쏠했다. 그러던 어느 날 탐스러운 대추가 열려 우리 모두를 기쁘게 했다. 빨간 대추만 보고 자란 내게는 설익은 대추가 연두색을 띠며 풋사과 같은 맛이 나는 줄 처음 알았다. 옆은 연두색의 싱싱한 열매는 깨어 물면, 아삭한 맛이 일품이었다.

　시골서 올라온 어머니는 우리 집 마당에서 키운 대추를 제일 좋아하셨다. 아이가 초등학교 2, 3학년쯤이었나. 못 보던 나무가 대추나무 옆에 솟아 나왔다. 어미에서 갈라져 옆쪽으로 뿌리를 내렸는지 어린 나무는 수줍게 우리와 인사했다. 대추나무가 새끼를 친 것이다. 아무런 한 일이 없는데, 새 생명이 생겼다니 신비스러웠다. 아기 대추나무도 우리 집의 따뜻한 햇볕과 부드러운 바람, 관심 속에서 잘 자라주었다.

　상추를 수확하는 기쁨 또한 빼놓을 수 없었다. 집에서 화학비료를 안치고 유기농으로 기른 상추는 모양부터 남달랐다. 자연스러운 게 모양도 좋고 맛도 좋았다. 이슬을 머금은 듯한 새 초록한 연둣빛의 상추포기는 크지도 작지도 않았고, 부드럽고 야들야들하여 조심스럽게 씻어야 했다. 고기를 얹지 않고서도 쌈을 싸 먹을 수 있음을 이때 처음 알았다. 상추 하나만으로도 입 안 가득 미소를 자아내게 했다. 입안에서 알싸하게 물이 배어 나오는 상큼한 상추쌈 한 입의 맛이라니.

　상추는 따면 딸수록 계속해서 잎이 올라오기에 우리 식구만 먹기에 아까웠다. 이웃을 초대하여 가끔 저녁을 함께했다. 그들과 밥을 같이 먹으며 아이들을 키우면서 일어나는 크고 작은 경험담이며 살아가는 이야기 등을 나눴다. 그러다 보니 이웃과의 정(情)은 덤이었다. 자연스레 상추를 나눠 먹으며 친해졌고 지금도 가끔 안부를 묻고 지내는 사이가 되었다.

78

온 니 의 흙 와 뿌

아파트에서만 지내다 보니 가끔 흙냄새가 그립다. 흙은 바위가 분해되어 이루어진 무기물과 동식물이 썩어 생긴 유기물이 섞어 이루어진 물질이라는 사전적 정의에서부터 이미 많은 이야기를 품고 있다. 아무런 대가도 없이 자신을 한없이 내어준다. 흙은 조금만 정성을 들이면 팍팍한 세상에 징검다리가 되어 주기도 하고, 사랑이 되어 준다. 흙은 자연의 변화과정을 고스란히 담고 있는 동시에 인간이 태어난 곳이자 돌아갈 곳이라는 철학적 의미를 품고 있다. 그래서일까, 흙에 가만히 손을 대면 부드러움을 한없이 느낀다.

흙의 중요성이 감소되고 출신성분만을 부각해서 좌절하는 오늘의 젊은이들이 안타깝다. 흙수저 얘기다. 삶의 진정한 의미는 경쟁 그 자체가 아니라, 그 존재의 실현일 것이다. 자신의 상태를 있는 그대로 받아들이고, 현실을 그네들이 바라는 이상으로 만들어가는 노력을 하라고 당부하고 싶다. 때론 한없이 지치고 외로우며 힘들더라도 한 걸음씩 자신만의 강점을 만들어나가다 보면 이상은 가까워질 것이다. 땅의 기운을 받아 힘내라고, 보드라운 흙의 감촉을 느끼며 자신이 추구하는 목표와 미래를 향해 나아가라고 힘을 북돋워 주고 싶다. 대지를 감싸는 흙의 포용력으로 그들을 따뜻하게 어루만져주고 싶다.

시간은 여러 겹 흘렀다. 이제 그 전원주택 단지는 재개발되었다. 도시의 잘나가는 아파트 단지의 하나가 되었다. 우리는 아이들 진학 문제도 있고 해서 개발이 되기 전 서울로 이사했다. 누구보다도 아쉬워했던 남편은 애들이 다 크면 다시 전원

주택에서 지내자고 했다.

　고등학생인 딸아이와 중학생이었던 아들이 버스를 갈아타며 예전에 살았던 동네를 찾아갔었다고 했다. 자신들이 살았던 아파트가 무너지고 뛰놀았던 마당이 송두리째 없어져 버린 것을 보고 적잖이 실망과 충격을 받은 것 같았다. 자신들의 어린 날의 족적이 콘크리트 더미에 묻히고 새로운 건물로 재탄생되는 것이 못내 아쉬웠으리라. 도시의 한쪽 귀퉁이를 장식하며, 도시의 일원으로 살아갈 아이들이 마음의 고향을 잃어버림에 나도 마음이 아팠다.

　흙으로 빚어진 유년의 뜰에서 도시로의 공간 이동을 통해 우리의 아이들이 다시 아름다운 꿈을 꾸고 새로운 미래를 만들어 가기를 바래 본다. 풀과 나무가 자라고 꽃이 피는 자연의 동산을 자신만의 색감으로 채워보기를 희망해본다. 인생이라는 캔버스에 마음껏 그림을 그려보라고 등을 두드려 주고 싶다.

　도시의 흙은 저마다 품고 있는 아련한 고향의 향수이며, 돌아가고픈 무위자연에 대한 절절한 그리움의 표현이다.

　기회가 찾아온다면 다시 감나무를 심어야겠다. 빨간 홍시가 열리는 나무로…… 아삭거리는 풋대추의 맛을 음미하면서…….

　오늘도 우리는 각자의 그리움을 마음 한구석에 쌓아가며 살아가고 있다.

백 투 더 조선(Back to the Chosun) – 익선동 골목길

빠르게 걸어가던 시간을 내려놓았다. 바깥은 시속 100킬로. 과속으로 달리던 속도를 오늘 하루만이라도 유턴하여 돌려보냈다. 뒷짐을 진 채 느릿느릿 걸어보기로 했다.

오랜 시간 굳게 잠겼던 대문의 빗장을 열고 과거 속으로 들어갔다. 내가 앉아보지 못했던 시간이 미루나무에 걸려 있다. 수백 년 전 햇살이 빛바랜 기와집과 툇마루에 머물러 있다. 오늘의 속도에 멀미가 난 나는 댕기머리 소녀가 되어 골목을 거닐었다. 나를 태운 시간여행, 이곳에서 급행으로 치달리던 현재를 가만히 내려놓았다. 흑백사진 속으로 걸어 들어갔다.

어느 한적한 오후, 종로3가 익선동 골목길에는 사람 냄새로 가득했다. 길을 걷다 보면 옆 사람과 스치기가 다반사이다. 그럼에도 이곳에서는 서로 낯을 붉히지 않는다. 그저 골목길이 좁아서 그럴 수도 있겠다고 생각한다. 대문을 열면 바로 앞집 대문이다. 들여다보고, 보이는 것에 신경 쓰지 않는다. 그러려니 하는 생각이 여기서는 일상이다.

　세상은 너무나 빨리 변해갔다. 최근 은행에서 일방적으로 종이통장을 없애겠다고 발표했다. 그마저도 거리에서 찾기도 힘든 은행에 가서 창구직원과 가벼운 인사라도 나누며 통장에 찍힌 숫자를 보며 즐거워하던 중년층에게는 어이가 없는 일이다. 컴퓨터 앞에만 서면 한없이 작아지고 가슴이 벌렁벌렁, 심장이 두근두근했다. 모든 것이 낯설고 이해하기 힘든 어른들에게는 적어도 그렇다. 디지털화, 컴퓨터로 이루어지는 일 외에는 모든 것이 무의미하고 가치를 두지 않으며 폐기처분하려고 안달이다. 그나마 돋보기라도 쓰고 손주뻘 되는 젊은이에게 스마트한 내용들을 배우고 익혀가는데도 쉽지 않다.
　변화만이 살아남을 것인가. 선진국 대열에 무난히 안착한 우리는 경제성장률 수치만큼 디지털화된 세상에 비례해 외로움과 소외감을 느끼고 있다. 어느 쪽이 옳고 그르고의 문제는 아닐 것이다. 변화에 발맞춰 가며 속도의 쾌감을 느끼는 세대가 있을지도 모른다. 느리지만 하나씩 필요한 것 위주로 체험하고 내 것으로 만들어가는 세대도 있다. 이도 저도 아닌 그저 내 방식대로 살겠다는 세대도 있다. 모두 존중하고 배려해가며 함께 걸어가야 하지 않을까. 세상은 결코 흑백의 문제로 이분법화해서는 안 되고, 적자생존만이 최선은 아니라고 생각한다. 앞에서 당겨주고 뒤에서 밀어주는 가족애 같은 분위기, 웃음이 넘치는 변화가 있어야 하겠다.

익선동 골목길을 삼삼오오 짝을 지어 오가는 사람들. 주로 젊은 세대이다. 시내 한복판처럼 화려한 간판도, 왁자지껄한 음악과 웅성거림도 없다. 목소리를 낮춰 소곤거리며 발걸음이 닿는 대로 이쪽 길로 걷다가 막다른 길이 나오면 되돌아서 다시 걷는다.

말이 필요 없고 배려와 짧은 미소만이 교차되는 곳. 대문 앞에 놓여있는 쓰레기통마저 지저분하다고 느껴지지 않고 일상의 필수품처럼 느껴진다. 아직도 동네 철물점이랑 쌀가게가 있고 대문에 이름 석 자의 문패가 당당히 걸려 있다.

콧물 찔끔거리며 동네 점방에서 달고나를 사먹었던 초등학교 교문 앞 풍경이 중첩되면서 길가 고양이에게 눈길이 머문다. 늘어지게 하품하는 녀석, 오후 세 시는 누구에게나 나른하고 한가해 못 견디는 시간이다. 대문 앞에 걸상을 내걸고 지나가는 사람들을 구경하는 할아버지의 눈에서도 기분 좋은 졸림이 역력해 보였다.

"이모, 여기 막걸리 한 병에 먹태 하나요."
"예, 곧 갑니다."
'거북이 슈퍼' 앞이다. 상호는 슈퍼이나 간단한 잡화 외에 술과 안주를 파는 곳이다. 미닫이문을 열고 들어가면 좁은 마당에 빽빽이 사람들이 자리 잡고 있다. 언제 보았던가. 접는 상다리가 있는 알루미늄 동그란 상. 그 위에는 연탄불에 막 구워낸 먹태 하나에 시원한 막걸리가 있다. 더러는 맥주를 마시는 젊은이들도 있다. 대화가 끊이지 않고 얼굴은 벌개져 가는데,

그들은 밤이 깊어도 일어설 줄을 모른다.

"여기가 헬조선이지, 좋은 조선이 언제 있었나? 조국은 누가 구하나?"

"놔둬, 금수저 물고 온 놈 끝까지 금값 하겠지 뭐, 우리나 잘 하자구."

"흙수저가 땅을 헤집고 나올 날도 머지않았어. 자자 마셔, 마시자구."

유럽풍 가구로 치장한 곳에서 스파게티와 와인을 마실 것 같았던 젊은이들도 아날로그적 감성이 통하는 것일까. 감성이란 그저 느끼면 되는 거고 좋으니까 누리는 거겠지. 즐거워 보이는 모습은 잠시뿐 이들의 대화는 소박하다 못해 안타깝다. 헬조선이 싫다고 하면서도 살아남기 위해 정규직이 되어야 하고 이왕이면 공무원이 되어야겠다고 소리 높여 떠들고 있었다. 한쪽으로 몰고 가는 세상. 공무원이 '최고의 선'이 되어버린 현실에서 처절하게 몸부림치는 이들 앞에 놓여 있는 것은 삐쩍 마른 먹태 대가리와 김빠진 맥주뿐. 끈적하게 흘러내린 막걸리의 얼룩뿐이다. 쓰디 쓴 술이지만 달게 마실 수 있는 공간이 있어 감사한 걸까.

소란스럽고 분주함을 피해 찾아든 서울의 낯선 골목, 익선동에서 아날로그와 디지털의 이유 있는 조화를 느꼈다. 아날로그에 대한 향수는 오래되어 색 바래서 묵은 물건이 아니라 살면서 손때 묻고 땀 냄새가 밴 정이 서린 감성이다. 아날로그 감성에 디지털의 공존화는 마치 계절이 바뀌어 옷을 갈아입듯이 자연스럽다. 아날로그의 향수에 디지털의 과학적 자태가 덧입혀 진다면 다가올 겨울도 춥지 않으리. 어떻게 불을 때야 하는지 어떤 땔감을 준비할지 아는 자만이 추위를 버틸 수 있기에.

오래 묵히고 곰삭아 또 다른 맛과 취향을 선물하는 옛것에 대한 아날로그 감성은 따뜻함이다. 부드럽게 타인에게 손 내미는 정(情)이다. 영원히 멈출 것 같았던 시간이 흘러 다시 한번 찾아가도 골목길의 정은 계속되겠지.

댕기머리 소녀의 하루는 이마를 맞댄 기와와 기와 사이의 조그만 마당에서 흘러나오는 대화 소리로 매듭을 지었다. 한 올 한 올의 가닥이 얽히고설켜 아름다운 우리 것의 단단한 매듭이 이어지기를 바라면서. 아직은 젊은이들이 살아내야 할 조선이 있음에. 타임머신을 타고 간 시간여행의 흥은 정(精)이었다.

할머니 손수레에 업힌 오후

　지하철에서 내리자마자 뛰었다. 면접 시간 5분 전이었다. 평일인데도 이동하는 사람들로 거리는 복잡했다. 인도에는 자전거가 지나가기도 하고 짐을 날라야 하는지 손수레를 끄는 사람도 있었다. 급하게 그 틈을 헤치고 빌딩 회전문을 밀치고 들어섰다.

　면접은 5명씩 한 조가 되어 시작됐다. 공정을 기한다는 이유로 자기소개는 1번부터, 일을 지망하게 된 동기는 5번 구직자부터 하겠다고 했다. 먼저 대답하는 게 유리했다. 준비해 간 예상 답변을 까먹지 않고 읊조릴 수 있었으며 간혹 또 다른 구직자의 답변에 만족해하는 면접관의 표정을 안 읽어도 되니까. 중간 번호인 나는 어떤 질문을 받아도 앞 사람보다 잘해야 했다. 버벅대기라도 하면 큰일이었다.

　간단한 자기소개 시간, 긴장을 풀고 속으로 마른침을 한번 삼켰다. 내 의지와는 달리 목소리가 가늘게 떨렸다.

　"전에 알바하는 곳마다 저를 녹차티백 같다고 했습니다. 은은하게 우려내면 우려낼수록 떫은 맛이 없어지며 사람들과 조화롭게 지내는 꼭 필요한 사람이라고 했습니다. 언제 어디서든 즐거운 마음으로 녹차를 준비했던 기억이 있습니다."

픽하는 웃음소리가 들렸다. 내가 의도한 것은 하찮은 녹차 티백이 스스로의 노력으로 진국이 되어가는 과정을 에둘러 표현하는 것이었다. 시간이 지날수록 깊고 그윽한 녹차의 맛과 향을 낼 수 있다는 것인데. 내 안에 가득한 열정이나 소소한 능력 등이 배어 나오게 일을 잘한다는 의미였다. 내가 생각해도 좀 우스운 비유가 되어 버렸다.

자기소개는 엉망으로 끝났다. 영업을 하는 곳인데 문학적인 표현은 좀 우스워 보였을 것이다.

"그러니까 대학을 졸업하고 아무 일도 안 하셨다는 말인지요?"

머리 색이 잿빛인 면접관이 꼬장꼬장한 말투로 물었다. 시간제, 단기계약직 등 알바한 내용을 상세히 기록했는데 굳이 아무 일도 안 했냐고 구체적으로 물었다. 경제적으로 보면 난 경력 무(無)인 식충이라는 비유를 되짚는 거 같아 불편했다.

"예, 저의 시대에는 직업이 필수는 아니었고, 저는 가정과 육아를 선택해서 열심히 살았습니다."

대답하면서도 내가 한없이 작아졌다. 면접관이 원하는 답변은커녕 사지(死地)로 떨어지는 느낌이었다. 회사가 원하는 건 손쉽게 얻을 수 있는 경력자였다. 경력이 발목을 잡았다. 이번에도 글렀어.

면접이 빨리 끝나기만을 기다렸다. 앞선 구직자들은 화려하게 자신이 어떤 일을 했고 어떻게 잘할 수 있으며 이 일이 자신의 적성과 딱 맞아떨어진다며 강한 구직욕구를 보였다. 최대한 네 명의 내 또래의 여성과 눈을 마주치지 않으려 조심하며 밖으로 나왔다.

빌딩 앞 길가에는 나뭇잎들이 여기저기 떨어져 있었다. 살짝 물기를 머금은 낙엽은 행인들의 발에 밟혀 몸이 으스러져 있었다. '아, 밟지 마세요. 저도 아프답니다.'라고 소리치는 것 같았다. 낙엽처럼 바닥에 나뒹구는 이력서를 한 장 한 장 줍기 시작했다. 얘는 면접관에게 심하게 당해서 색깔이 누렇고 쟤는 나무에서 갓 떨어졌는지 따끈따끈했다. 저쪽에 있는 단풍잎은 자존심이 구겨질 대로 구겨지고 자존감이 낮아져 너덜너덜했다.

한참을 이력서를 아니 낙엽을 줍다 보니 주변을 의식 못 했다. 사람들이 힐끔힐끔 쳐다봤다. 요즘은 멀쩡한 여자가 별짓을 다 하네, 라는 표정을 애써 감추며 지나갔다.

"어이, 새댁 뭐 하러 낙엽을 그렇게 줍고 있나?"

뒤를 돌아보니 폐지와 종이상자 등을 가득 실은 손수레가 눈에 띄었다. 그 곁에 조그마한 할머니 한 분이 기대듯이 서서 나를 내려다보고 있었다.

"할머니, 저 새댁 아니에요."

"내 눈에는 새파란 아이 같구먼."

나를 젊게 봐주는 사람이 있다는 게 신기했다.

"인상을 보니 한창때 날렸겠구먼. 인상이 아주 좋아. 그리고 미끈하게 잘 빠진 이마를 보니 앞으로도 잘나가겠어."

이미지만 갖고 세상 살기 힘들어요. 지금은 모든 게 일이라구요. 일했던 흔적, 경력이라구요, 라고 혼잣말을 했다. 할머니는 손수레를 끌다 힘이 부쳤는지, 한숨을 내리쉬었다. 이 할머니도 얼마나 고단한 삶을 사셨을까. 그냥 지나칠까 하다가 기분도 그렇고 해서 말을 붙였다.

"할머니 힘드실 텐데 여기 쉬고 계세요. 제가 근처 편의점에서 음료수 하나 사드릴게요."

"아니야, 됐어. 젊은이가 왜 헛한 데 돈을 써. 아껴 써야지."

"이쪽 벤치에 앉아 계세요. 시원한 박카스 한 병 사 올게요."

"아니 그럴 거 없어. 슬슬 걸어서 같이 가지 뭐."

할머니가 앞에서 끌고 내가 뒤를 조금씩 밀면서 편의점으로 향했다. 바퀴에 짓뭉개진 낙엽들은 아무런 소리도 미동도 내지 않았다. 면접도 망쳤고 그래도 나를 보고 인상이 좋다는 칭찬을 받으니 괜히 기분이 좋아져서 나도 모르게 내딛는 발걸음이 가벼웠다.

점심도 안 드신 것 같아서 단팥빵 하나를 할머니께 건넸다. 틀니도 없어 보이는 할머니는 괜찮다고 하면서도 입을 오물거리면서 맛있게 먹었다.

"할머니는 경력이 있으세요?"

아니 내가 뜬금없이 무슨 질문을 하고 있는지 모르겠다.

"뭐라고 뭐, 경력이 뭐여?"

"평생 해 오신 일이요. 일의 이력 같은 거예요."

"뭐 그런 거 잘 몰라. 하지만 쉬지 않고 일은 했으니 있기는 있지."

"폐지 줍는 거 말고요. 젊었을 때 하신 일이요."

"암, 있고말고."

갑자기 후드득 빗방울 떨어지는 소리가 들렸다. 편의점 유리창으로 내다보니 미처 비를 예상 못 한 행인들이 뛰는 모습이 보였다. 빗줄기는 계속해서 굵어지더니 한바탕 소나기가 되어 쏟아부었다. 할머니는 소나기에도 걱정이 없는 듯이 느리게 빵을 오물오물 씹어 세 개나 드셨다. 뭐 인생 별건가. 소나기에도 비를 피할 수 있고 맛있는 단팥빵이면 족한 것을.

빵을 마저 드시기를 기다리며 창밖을 내다봤다. 비는 어느새 그쳐가고 있었다. 편의점은 조금 전 면접 봤던 곳에서 멀지 않은 곳이었다. 회전문으로 사람들이 끊임없이 드나들고 있었다. 저 사람들 틈에 끼어서 문을 밀고 들어가고 싶었는데.

어디서 본 듯한 사람이 거칠게 회전문을 밀며 나왔다. 앗, 저 사람은 아까 면접관인 듯했다. 머리가 온통 잿빛인, 인정이라곤 눈곱만큼도 없어 보였던 그였다. 면접관은 편의점 쪽으로 우산을 들고 잰걸음으로 오고 있었다. 갑자기 시선을 어디다 둬야 할지 몰라 잠깐 생각 중이었는데 할머니가 기운차게 소리질렀다.

"어이 여기여, 여기. 어여 와서 앉어."

"아니 어쩌자고 날도 궂은데 나와 계세요? 그러다 병나요."

"괜찮어. 늘 이렇게 살아왔는데 뭘. 오늘은 지나가던 사람이 빵을 사줬어."

"어머니, 맨날 왜 그러세요. 제 생각도 해 주셔야죠? 왜 회사 앞에서 폐지를 줍냐고요?"

어머니? 그러면 이 할머니가 아까 면접관의 어머니란 말인가.

"이봐요 새댁, 나의 경력은 이놈이여. 이놈 하나 만든 게 나의 전부여."

나는 면접관과 눈을 마주치지 않으려, 나를 기억하지도 못하겠지만 조용히 일어나 화장실로 갔다. 낙엽을 줍느라 더러워진 손을 다시 한번 닦았다. 이보다 더한 경력이 있을 수 없었다. 난 두 명의 번듯한 사람을 만들었어. 이보다 더한 경력이 있으면 나와 보라고 그래. 나도 모르게 웃음이 나왔다.

종일 거리에서 고생했을 할머니나 잘해 보고자 하는 기회를 망쳐버려 힘이 없는 나나 고단해 보이기는 마찬가지였다. 살면서 막차를 놓치고 발을 동동 구르던 적이 있었기에 그녀의 하루를 떨이해주고 싶었다. 할머니는 얼마나 많은 차를 놓치고 이 도시 귀퉁이에 머물렀을까? 그녀의 하루를 마감하는 폐지의 무게에 나의 철 지난 이력서를 올려 본다. 그녀의 손수레에 다시 잘할 수 있겠다는 자신감과 희망을 살며시 얹어 본다. 할머니 무거우시죠? 제가 끌어드릴게요.

한바탕 소나기가 지나간 하늘에는 옅은 미소를 담은 구름이 떠 있었다.

_신협어부바 에세이 장려상 2019

나름 이유 있는 똥 이야기

　하루의 피로가 미세먼지만큼이나 쌓여있다. 집에 들어선 나는 허겁지겁 냉장고를 열어 밑반찬을 꺼내고 어제 먹다 남은 돼지불고기를 전자레인지에 올렸다. 냉동실에 잘 저장해둔 공깃밥 한 그릇도 급하게 돌렸다. 시원한 맥주 한 캔도 빠질 수 없다. 옆에서 애완견 블루는 언제나 자기 밥을 줄지 애절하게 나만 쳐다보고 있다.

　언제나처럼 저녁 산책에 나섰다. 성동구와 중구를 나누는 경계선에 위치한 대현산 배수지 공원은 사람들의 발길이 끊이질 않는다. 삼삼오오 혹은 저마다의 보폭으로 걷기도 하고 운동시설을 이용해 몸을 단련시키는 모습을 흔하게 볼 수 있다. 저만치 앞서가던 남자 어르신 한 분이 갑자기 멈춰 섰다.

　"아니 이건 뭐야. 내가 똥 밟은겨. 쯧쯧, 개똥 치울 여력이 없으면 개를 끌고 다니질 말던가. 이게 뭔가, 에이 재수 없어."

　개를 키우는 입장에서 이런 상황을 직면하면 나름 화가 치민다. 개를 예뻐하고 사랑하는 만큼 뒤처리도 깔끔하게 해야지 예의 아닐까. 아직도 이런 사람들이 개를 키우고 있다는 사실이 믿어지지 않는다.

그 뒤에도 여유롭게 공원을 산책하고 있는데 가로등 옆에서 블루가 멈춰 선다. 온몸에 잔뜩 힘을 주고 있다. 잠시 후 황금빛 물체가 그 자리에서 빛나고 있다. 나는 미리 챙겨 온 종이봉지를 꺼내 블루의 똥을 담았다. 이 봉지를 들고 있자니 불현듯 책에서 봤던 기사가 떠올랐다.

애완견을 데리고 산책하던 사람들이 공원 한쪽에 자리한 특수 장치로 향한다. 그곳에는 이미 적지 않은 사람들이 줄을 서 있다. 다들 한 손에는 애완동물 목줄을, 다른 한 손에는 나와 같은 봉지를 들고 있다. 드디어 내 차례가 돌아왔다.

"오늘도 한 건 했네요. (기특하다는 듯이 블루의 머리를 쓰다듬으며 육포 한 쪽을 입에 물려준다.) 우리 강아지, 잘 싸줘서 고마워."

공원 관리자는 내게서 봉지를 건네받아 내용물을 특수 장치에 넣는다. 그러자 저 멀리 보이던 가로등에 불이 켜지며 공원이 밝아진다. 사람들이 저마다 들고 있던 봉지에는 과연 무엇이 담겨있었을까? 바로 애완동물의 '똥'. 쓸모없이 버려지는 애완동물의 배변이 공원을 밝히는 에너지원으로 사용된 것이다.

실제로 2010년 9월부터 미국 매사추세츠주 케임브리지 지역의 스파크공원에서 실행되고 있는 일이라고 한다. 아주 바람직한 이색 친환경 프로젝트인 것 같다. 이쯤 되면 근사한 일이 아닐까. 언제쯤이면 우리나라에서도 선보일 수 있을는지. 이런 날이 빨리 와서 블루와 더욱 즐거운 산책길이 되었음 좋겠다.

봉지를 벌려 묵묵히 블루의 똥을 바라본다. 요즈음 내가 바빠서 블루랑 놀아줄 시간이 부족했다. 불 꺼진 아파트에서 내가 오기만을 기다리는 블루의 단추 같은 눈망울이, 벌러덩 드러누운 작은 몸짓이 눈에 밟혀 잠깐이래도 산책가곤 한다. 길게 놀아주지 못해서인지 똥 색깔이 탁하다.

다음 날 오전 ○○역 사거리에서 버스를 기다리고 있다. 병목현상이 심한지 교통체증이 심했다. 누구나 차를 갖고 나와서이다. 오늘따라 더디게 오는 버스를 기다리며 잠시 상상해 본다.

이런 버스가 있으면 어떨까? 휘발유가 아닌 순전히 똥의 힘으로 가는 버스. 어디선가 들었는데 정말 똥버스가 있다고 한다. 외국에 나가보면 장거리 여행을 하는 대형관광버스 중에는 화장실이 갖춰진 버스도 있다. 흔하지는 않지만 긴 여행에 사람들의 편의를 위해 고안된 것이다. 한쪽에서는 볼일을 보고 그 옆의 특수 장치를 이용해 똥을 에너지원으로 만든다는 것이다. 버스 외면에는 볼일 보는 사람의 모습이 우스꽝스럽게 그려져 있다. 똥버스를 움직이게 하는 건 메탄가스이다. 똥의 55~75%는 물이고, 25~45%는 메탄가스로 이루어져 있으며 메탄은 천연가스(LNG)의 주성분이다. 따라서 똥이 현재 지구에서 사용할 수 있는 양이 점점 줄어들고 있는 화석연료를 대체할 수 있는 바이오 에너지가 되는 셈이다.

동창모임을 나갔다. 친구들은 하나같이 건강을 생각해서인지 야채가 많이 들어간 음식을 시켰다. 우렁 강된장에 친환경으로 재배한 쌈을 싸먹었다. 친구들은 이제 고기를 덜 먹고 야채와

과일을 많이 먹어야겠다고 다짐하다가도 매번 실천하기가 어렵다고 토로했다. 크고 작은 스트레스로 인해 자극성 있는 달고 짠 음식을 찾게 된다고 했다. 반려식물이라도 키워야 할 것 같다고 목소리를 높인다. 한결같이 기회가 된다면 시골 생활을 하고 싶다는 로망으로 끝을 맺었다. 죽을 똥, 살 똥 하루하루 버티는 생활을 언제까지 해야 하는지 물음표를 찍으면서.

태곳적부터 사람은 먹고살기 위해 흙을 갈아서 씨를 심고 작물을 키워왔다. 이때 중요한 것이 먹은 만큼 다시 땅에다 돌려주어야 한다는 일이다. 돌려주지 않고 계속 수탈해서 먹으면 땅은 곧바로 죽음의 사막으로 변한다. 똥과 아울러 음식물 찌꺼기와 농사를 지어서 생기는 부산물들, 땅에서 끊임없이 올라오는 잡초들까지 모두 돌려주면 땅은 영원히 자원 순환의 바탕이 된다.

이제 우리가 역하다고 더럽다고 치부해버리는 똥이 새로운 신재생 에너지로 탈바꿈하고 있다. 이미 빅데이터는 지구가 나이를 먹어가며 발생하는 피해와 오염은 상상을 초월하는 일임을 알려주고 있다. 그럼에도 불구하고 우리는 환경문제, 지구의 문제 등에 대해 바쁘다는 핑계로 어떻게 되겠지 하는 마음으로 일관해 온 것은 사실이다.

주위를 살펴보면 우리 곁에서 에너지원을 발견하는 눈을 키울 수 있다. 부엌에서 음식을 만들다가도 교통수단을 이용하면서 이 에너지원은 어디에서 유래했으며 너무나 오랫동안 써서 고갈되는 것은 아닐까 하는 생각을 하게 된다. 조금만 관심 갖고 바라보면 일상에서 작은 아이디어를 낼 수 있을 것이다. 나 먼저 실생활에서 가까이할 수 있는 것들에 대해 의심해보고 궁금하면 책을 찾아본다. 가끔은 반짝이는 아이디어를 내볼까 생각 중이다. 언제나처럼 바쁘다는 핑계로 묻힐지라도.

어떤 소설가는 소설 속에서 똥에 대한 잠언집을 쓰고 싶어졌다고 했다. 나 또한 가능하다면 써보고 싶다. 모두가 더럽다고 외면해 버리는 것들에 대한 솔직하고 바람직한 이야기를. 잘 살고 잘 먹고 잘 싸는 기본적인 전제하에 인간의 행복이란 가능한 것인지에 대해서도.

그러니까 우리의 이야기는 엄마 배 속에서 태변을 누는 것으로 시작해 벽에다 똥칠하기까지 일련의 똥의 역사이기도 하다. 중간에 엉뚱한 방향으로 새기도 하고 운 좋게는 입에 금칠을 할 수도 있다. 금칠을 하든 똥칠을 하든 우리의 삶은 누구에게나 공평하다. 누구나가 배설의 욕구는 있기에 그 위에 더해지는 장식의 욕구는 금과 은으로 만들어가는 것이다. 나름의 개똥철학이지만 자신만의 가치관을 가지고 살아가고 있기에.

지난겨울 조카의 졸업식에 참석했는데 온통 싱싱한 꽃들의 향연이었다. 한겨울에도 탐스럽게 핀 빨간 장미꽃을 흔하게 볼 수 있었다. 한 송이 장미꽃을 개화하기 위해 한겨울 그 모진 바람과 추위를 어떤 에너지 연료로 담금질하였을까.

이런저런 과학 기사를 읽고 난 후에는 에너지원에 대해 궁금증이 많아졌다. 이 아름다운 장미가 가축의 분뇨로 에너지원을 얻었다고 하면 신기한 일일까. 실제로 외국에서 실행하고 있고 우리나라도 머지않아 할 것이라고 했다. 이미 하고 있는지도 모르겠다.

이제 에너지 재생 사업은 우리 일상생활과 밀접한 관계에 놓여 있다. 똥에서 시작한 연료는 내가 사는 집을 덥히고 회사까지 갈 수 있는 교통수단을 움직이게 하고 신선한 야채를 살 수 있게 한다. 꽃을 보며 감상할 수 있는 여유로움까지 선사한다.

우스갯소리로 똥 중에 가장 비싼 똥은 '루이비똥'이라고 한다. 건강의 척도를 똥으로 알 수 있듯이 똥은 철저한 자기관리의 산물이기도 하다. 세상에서 가장 소중하고 비싼 똥을 바로 내가 매일매일 생산하고 재생산시킬 수도 있으며 경우에 따라서는 그 가치를 누릴 수 있는 것이다.

오늘도 난 블루와 함께 공원의 가로등을 밝힐 것이다. 돌아오는 길에는 편의점에 들러 신선한 딸기를 살 것이다. 그리고 잘 덥혀진 아랫목에 누워 느긋한 밤을 지낼 것이다. 다음 날은 배에 힘을 주고 시원한 배변으로 건강을 체크하겠다. 언제가 텔레비전에서 보았던 '고독한 미식가'가 아닌 나름 이유 있는 '개똥철학자'가 되어 21세기의 한 페이지를 부지런히 걷고 산책하며 공기를 호흡해 보리라. 더불어 살아야 하는 지구의 건강 상태를 확인하며 친구처럼 지낼 수 있도록. 나의 작은 행보가 환경오염을 걷어내고 자원의 에너지화에 기여하며 푸르른 지구를 만드는데 일조할 수 있다는 자부심과 함께.

_제18회 국제지구사랑작품 공모전 가작 2019

열(熱)아, 추위를 녹여다오

　몇 년 전, 이사를 하게 되었다. 신도시에서 두 아이를 키웠고 잠시나마 강남에도 살아봤으니 이제는 구도심의 한적한 곳에서 살고 싶었다. 집 앞에 배수지공원이 있어 맑은 공기와 우거진 숲은 덤으로 딸려왔고 5분도 안 되는 거리에 ○○도서관이 있어서 책을 좋아하는 나로서는 주저할 이유가 없었다. 게다가 길 건너편에는 추억의 떡볶이 거리가 있어 어디서도 누리지 못할 복고풍의 감성을 느낄 수 있었다.

　잊고 살았던 시장통과 큰 골목 사이의 작은 골목은 하나하나가 얼마나 정겹던지. 언덕배기에 자리 잡은 17층 아파트는 탁 트인 시야로 마음의 안정을 되찾아 주었다. 서울 어느 곳에서도 가져보지 못한 스카이뷰에 우리 식구 모두는 환호성을 질렀다.

　하지만 남의 옷을 입은 듯한 타의에 의한 환경의 변화는 안 그래도 중년에 접어든 나를 우울하게 만들었다. 남편의 어깨에 나의 소녀감성은 사치였고 그의 눈꺼풀에 부담을 매달게 할 순 없었다.

시간과 에너지가 허락하는 한에서 간단한 알바 자리를 찾아 나섰고 동네를 위한 일에도 관심을 갖게 되었다. 일을 하면서 타인에 대한 이해와 배려심이 더 깊어졌다. 나와 다른 사람들, 한동네에 살면서 스치며 지나는 그들의 울고 웃는 삶의 조각들이 정겨워 보였다. 가족이라는 울타리 안에서 잘 살아왔다고 자신했으나 문을 열고 나간 세상은 배움 그 자체였고 인생이었다.

자연스레 동네를 통해 지역사회를 알아가게 되었다. 서울시 중구에 대해 ㅇㅇ동을 넘어 다른 동까지 기웃거리며 애정 어린 눈으로 살폈다. 그렇게 시간은 흘렀고 동네에서 봉사하고 싶어 주민센터를 찾아갔다. 내가 살고 있는 동네에 대한 애정이 새록새록 솟아나던 때, 아주 작은 일이라도 보탬이 되고 싶었다. 직원은 나의 의견을 듣더니 주민참여예산 공모사업이 있으니 적극적으로 동네 발전을 위한 제안사업에 동참할 것을 권하며 구체적인 안내와 상담을 해주었다. 제안하고픈 게 많아졌다. 평상시에 오고 가며 불편했던 것들. 이것은 좀 고쳤으면, 이런 게 있었으면 하는 좋은 것들이 뭉게구름처럼 떠다녔다.

그중에 가장 시급했던 게 겨울철 급경사로 폭설이었다. ㅇㅇ 여중에서 아파트를 따라 내려오려면 한참이나 길게 이어진 내리막길을 통해야 했다. 아파트 창에서 보면 그지없는 풍광이었지만 눈만 오면 굽이진 경삿길이 예사롭지가 않았다. 내려오던 차들이 거북이걸음을 하다 급정거하고 사람들이 꽈당 넘어지는 모습을 종종 목격하게 되면서 걱정과 두려움이 앞섰다. 주변에 제설 적재함이 있어도 새벽부터 동직원이 부지런히 염화칼슘을 뿌려도 행인들의 안전이 이만저만 심각한 게 아니었다. 계속해서 크고 작은 사고가 끊이지 않았다.

열선도로(스노우 멜팅시스템)라는 게 있다는 걸 알고부터는 구체적인 방법을 찾아 알아보고 실제로 설치한 곳을 보고서 제안사업으로 올렸다. 동네를 돌아다니며 홍보를 했고 주민들에게 꼭 열선도로를 깔아 안전과 쾌적함을 누리자고 이야기했다.

두근거리는 참여예산 투표일. 주민센터 지하 강당에서 설명회와 함께 전자 투표가 시작되었다. 사전에 실시한 서면 투표 등을 종합하여 사업이 채택되는 순간 기쁨에 환호했다. 처음 해 보는 제안이라 미숙한 점이 많았는데 실행될 수 있다니 보람이 컸다.

도로에 열선이 설치되고 나니 눈이 와도 걱정이 없고 안전하고 깔끔한 길이 되었다. 다음 해에는 좁은 인도와 도로 사이의 펜스(난간)까지 설치하고 나니 더할 나위 없이 완벽한 도로가 되었다. 폭설이 내려도 금세 녹아 들어가는 도로처럼 근심 걱정 날려 버리고 안전하고 낭만적인 겨울을 즐기게 되었다.

언제부턴가 동네가 달라지기 시작했다. 동네를 잘 아는 주민들이 직접 살기 좋고 깨끗하고 멋진 동네를 만들기 위한 노력에 손을 보탰다. 우동소(우리동네 관리사무소)라는 친근한 명칭을 통해 우리의 손으로 직접 만들어가고 발전하는 동네라는 타이틀이 감명 깊게 다가왔다.

자연스레 오고 가는 길목에 우동소를 들러 일상 장비도 대여

열(熱)아, 죽음을 녹여다오

하고 취미활동도 하며 차 한 잔을 마실 수 있는 여유까지 누리게 됐다. 무엇보다 주민 스스로가 자발적으로 참여하고 가꿔가고 만들어가는 일이 재밌고 의미가 컸다. 우리 동네 일자리 분들이 구석구석까지 찾아다니며 꼼꼼하게 방역과 동네 정비를 해주고 있다. 불편함이 없는지 어려운 이웃은 없는지 관심 있게 살피고 있다.

지금도 잘하고 있지만 제안할 점이 있다면, 우동소는 동의 주민을 위한 대표기관이라고 생각되므로 한 달에 한 번 동주민들이 모여 자유로운 토론의 장을 벌였으면 좋겠다. 좋은 미담 사례도 발표하고 동네 경조사에 품앗이처럼 정을 나눌 기회가 있었음 좋겠다. 자주 보고 의견을 듣고 나누다 보면 소외된 이웃들에게 먼저 손을 내밀 수 있을 것이다. 인터넷에서 자유로운 카페가 만들어지는 것처럼 동네 카페나 동아리 방이 활성화되었음 좋겠다. 구태의연한 방법이 아니고 사람들과 더불어 호흡할 수 있는 따뜻한 감성과 배려를 나눌 수 있는 우동소가 된다면 주민의 삶의 질도 올라갈 것이다.

방음 부스를 갖춘 음악실의 대여 서비스를 제안하고 싶다. 요즘은 이웃 간 소음 문제로 인해 고통이 크고 방음이 신경 쓰여 자녀들이 피아노나 악기 등을 맘껏 연주하기가 어려운 형편이다. 우동소에 방음 부스를 갖춘 음악실이 있어 정기적으로 관리가 된다면 시간과 공간제약이 없이 악기연주나 노래 연습을 할 수 있을 것이다. 영상이나 유튜브 작업실로 이용될 수 있을 것이다. 남녀노소 연습을 하기에 좋아 이용자의 만족도가 높을 것이다.

소설(小雪)이 지나 화이트 크리스마스를 기다리는 요즈음, 따뜻한 차 한 잔을 놓고 창밖을 본다. 처음 이사 왔을 때 낯선 동네에 대한 불안과 마음의 허전함은 눈 녹듯 사라지고 서울의 중심에서 편리함과 정다운 일상을 맘껏 즐기고 있다.

'열아, 추위를 녹여다오'라는 스위치가 작동될 것이므로, '눈이여 맘껏 쏟아지렴'이라고 말해본다.

도심에 왔으면 ○○동에 들러봐. 지인에게 메시지도 함께 띄우면서 말이다.

_서울 중구민 체험수기 최우수 2021

열(熱)아, 추위를 녹여다오

떡볶이 골목길

    몇 해 전, 겨울의 외투를 벗고 막 봄이 찾아오는 길목이었다. 여느 때 같으면 담벼락에 고개 내민 개나리를 보며 새 생명의 환희를 느끼고 봄볕을 기대했을 날이었다. 하지만 난 무거운 발걸음으로 앞으로 살아야 할 집을 보러 다니는 중이었다.

    지하철은 막막한 암흑 속을 내달리나 싶더니 어느 순간 서서히 빛이 들어오기 시작했다. 도움닫기 하듯 지상으로 올라온 전철은 눈앞에 장엄한 한강의 속살을 통째로 내보였다. 수면 가득 펼쳐진 물주름의 군무를 보자, 물속에 손을 담그고 싶었다. 살랑거리는 봄바람에 한강을 유유히 흐르는 물 주름의 결이 예뻐서 먹먹했다. 저렇게 바람이 부는 대로 나도 인생이란 삶의 결을 부드럽게 유지하며 지내왔다고 생각했는데…… 부단히 노력해도 삶의 이정표는 막다른 곳으로 내달렸고 난 그것을 붙드느라 손 마디가 으스러지는 꿈을 꾸곤 했다. 손때묻고 추억이 어린 집을 떠나 새로운 환경에 적응해야 한다는 부담감에 하루에도 몇 번씩 나는 한강 물처럼 빠르게 혹은 느리게 요동쳤다.

전철은 빠른 속도로 한강 다리를 내달렸다. 정오의 햇살을 받아 눈부시게 빛나던 한강의 물빛을 보자 북받쳐 오르던 눈물이 난데없이 터져버렸다. 지하철 선로 위에 쏟아지는 햇빛, 바람이 부는 방향, 한강의 물의 흐름을 제대로 바라다본 적이 없었다는 사실에 새삼 놀라면서. 전철 안에는 익명의 눈동자들이 각자의 방향을 향해 시선을 고정하고 앉아 있거나 우두커니 서 있었다. 지하철을 타고 강을 건너는 이 시간대의 남녀노소를 바라보면서 이제 건널 건 다 건넜다는 생각이 들었다.

네모지게 구획된 울타리 안에서만 지내왔다. 어려서는 부모님의 담장 안에서, 결혼 후에는 가장이 그어준 네모난 상자 안에서 울고 웃었던 것 같다. 안전하다고 영원토록 행복을 가져다주리라는 믿음은 서서히 금이 가기 시작했고 종국에는 울타리를 박차고 나오게 되었다. 비슷한 색깔의 옷을 입고 중산층이라는 주제와 가치관을 공유하고 있다고 스스로 자위했던 시간이 떠오르자 얼굴이 확 붉어졌다. 내 아이만큼은 이 울타리 안에서 곱게 키우고 싶다던 바람이 얼마나 현실성이 없는 생각이었던지. 서울의 남북을 가로질러 다니는 3호선 전철이 굉음을 내며 역사로 들어서자 알 것 같았다.

전철에서 내려 언덕을 향해 올라가기를 20분여, 그 끝에 아담한 아파트 몇 채가 보였다. 걸어가면서 보았던 골목의 풍경은 다소 생경했다. 발길이 닿는 대로 한참을 걷다 보니 '추억의 맛, 디스코에 맞춰 고고씽'이란 간판이 보였다. 아 여기가 그 유명하다던 떡볶이 골목이구나. 전골냄비에 한가득 담긴 밀가루떡에 당면과 가늘게 썬 어묵 등을 놓고 바글바글 끓어대는 향긋한 냄새가 풍겨왔다. 삼삼오오 모여 앉아 맛있는 음식을 기다리는 사람들의 모습은 정겨워 보였다. 혼자 줄을 섰다. 1인분은 가능하지 않다고 하여 2인분을 시키고 만두와 쫄면까지 추가하자 냄비가 넘칠 것 같았다. 주변을 둘러봐도 혼자 온 사람은 나밖에 없었다.

'그래 이걸 먹고 힘내자. 앞으로 펼쳐질 이곳에서의 삶을 위해 원기 충전하는 거야.'

눈물, 콧물 쏙 빠지게 먹고 나자 이유 모를 안정감이 찾아왔다. 동시에 내 안에 유폐된 유년의 기억이 달달하고 매콤한 떡볶이의 맛으로 버무려져 내 옆자리에 앉았다.

전날 물에 불린 쌀 대야를 이고 동네 방앗간에 간 어머니를 기다리는 시간은 어찌나 더디게 흐르던지. 만화책을 읽고 또 읽어도 흑백 텔레비전의 다이얼을 이리저리 돌려도 대문 여는 소리는 들리지 않았다.

"향이야, 일어나 떡 먹어라."

깜박 잠이 들었는지 어머니가 조청에 찍은 따뜻한 가래떡을 내 앞으로 내밀고 있었다. 입안에 맑은 침이 고이며 따끈따끈한 쌀떡의 보드라움에 신세계가 열리는 듯했다. 하루 이틀이 지나면 온 가족이 모여 꾸덕꾸덕해진 가래떡을 떡국에 넣을 요량으로 썰기 시작했다. 언니, 오빠들까지는 손 조심하라며 조금씩 가래떡을 썰 수 있었지만 나는 막내란 이유로 잔심부름이나 하라며 저만치서 구경만 해야 했다.

바구니마다 어슷썰기한 떡이 차곡차곡 쌓이고 다들 어깨가 아파 올 무렵 행사는 파했다. 떡 꼬다리나 너무 두껍고 얇게 썰린 못난이 떡국 떡은 한데 모아 고추장을 풀고 설탕을 넣고 한 소끔 끓였다. 서로 먼저 집어먹으려고 찜을 하고 물을 들이켜고, 그러다 서로의 입에 묻은 뻘건 자국을 닦아주며 놀려대기 시작했다. 며칠이 지나면 또 한 살이 더해지는데도 그때는 뭐가 좋았는지. 어머니 치맛자락을 붙들고 방앗간 가는 일이 소풍처럼 즐거웠고 떡국 먹는 날을 기다렸었다.

"당신, 신나 보이네?"
"시장 구경하고 동네 한 바퀴 돌아봤어요. 오랜만에 옛날 떡볶이도 먹었는데 맛있었어."
"그래, 다행이네. 당신이 이사하면서 우울한 것 같아 내심 미안했는데. 앞으로 우리 이곳에서 잘해 보자."
"가족을 위해 평생 애쓰다가 한 번의 고비가 왔는데 받아들이지 못해 힐책하고 비난했던 거 미안해요."
그날 밤 남편 손 붙잡고 올라갔던 집 근처 배수지 공원에서의 초승달은 내가 봤던 달 중의 최고였다. 가래떡에서 예쁘게 빚어지던 떡국 떡처럼, 저 달도 모서리가 조금씩 달빛으로 채워지면서 반원을 이루고 완전한 보름달이 되어가겠지. 아직 꽉 차진 않았지만 채워 넣을 수 있는 공간과 마음을 열어 준 이곳에서의 삶이 살짝 기대되면서 달빛 비치는 공원을, 그 아래로 펼쳐진 동네를 바라보았다. 틀을 깨고 나왔다는 자부심과 구불구불 이어지고 끊어지기를 반복하는 골목길의 모습이 이유 모

떡볶이 골목길

를 정감과 용기를 내게 불어넣어 주었다. 저 멀리 떨어져 있는 도시의 화려한 불빛이 내 앞날을 환히 비춰 줄 것만 같았다. 인생 2막에 접어들면서 새로 시작하는 이곳에서의 삶을 사랑하고 소중하게 펼쳐 보이리라.

오늘도 달빛은 동네의 크고 작은 골목길을, 그 사이를 걸어가는 사람들의 얼굴에 은은한 빛으로 환하게 비추고 있었다.

_동서식품 삶의 향기 매거진 3/4월호 2022

마을 길을 걸으며 보이는 얼굴들
– 영화 <바르다가 사랑한 얼굴들>을 보고서

주 20시간 근무. 처음에는 황당했다. 나 아직은 쓸 만해요! 소리칠 뻔한 것을 지금까지 먹어온 나이가 간신히 붙들어줬다. 내세울 경력은커녕 사회생활 경험도 없다시피 한 나였다.

지역사회에 봉사하고 주변 사람들에게 도움이 될 수 있는 기회를 주신 것만 해도 감사합니다. 한발 물러서니 여유로웠다. 책임자라는 명함은 비껴갔고 사무보조라는 명칭은 있어도 되고 없어도 되는 그런 자리였다. 열심히 하겠다고 꾸벅 인사하며 복지관 문을 나섰다. 무엇보다 일주일에 삼 일 근무하고 이틀 쉴 수 있는 점이 끌렸다.

비번인 날 혼자 영화관을 찾았다. '바르다가 사랑한 얼굴들'이라는 영화 제목에 끌려 표를 끊었다. 조조영화는 대체 누가 볼까, 라는 다소 부정적인 생각을 했던 게 무안할 만큼 이 시간을 즐기는 사람들이 몇몇 있었다. 근심 걱정 따위로부터 자유로운 화장기 없는 얼굴들은 편안해 보였다. 무심한 듯 스쳐 지나치는 옆얼굴과 드문드문 같은 곳을 바라보는 뒷모습에서 지난밤의 불면을 공유하는 느낌이랄까.

영화는 상업성이 없어 보이는 예술영화 형식이었다. 보라색으로 머리를 투톤으로 물들인 프랑스 누벨바그의 거장 아녜스 바르다 감독이 친구를 찾아가는 여정이었다.

길이 끝없이 펼쳐졌다. 라벤더밭이 같이 따라간다. 머무르는 곳에서 마주하는 수많은 얼굴들을 보여줬다. 스튜디오를 장착한 차를 운전하며 마을을 돌아다니며 그곳의 평범한 얼굴들을 찍었다. 그림을 그리고 추억할 수 있게 기념물을 만들었다. 있는 그대로의 얼굴 하나, 하나가 주인공이 되었다. 기억할 수 있음은 잘 살아왔다는 뜻이다.

바래고 기억 속에 저장된 일들은 추억으로 남고 그 기억은 후세의 누군가에 의해 뜻하지 않게 표현되기도 한다. 우리가 살아온 삶의 무늬와 색감은 얼굴 위로 옮겨오고 나의 미소에 의해 작품이 되기도 하고 여러 모습으로 굴곡질 것이다. 바르다가 비루한 두 발을 찍어 발가락의 형상을 족적으로 남기듯이, JR의 검은 선글라스가 바르다의 의지인 듯 아닌 듯 이유 없이 마지막에 벗겨지듯이. 독립영화의 잔상이 남아서였을까. 영화관을 나오면서 평소에는 관심이 없던 사람들의 얼굴을 무심코 쳐다보게 됐다.

터벅터벅 걸었다. 지하철 3호선을 타고 오늘은 집 방향이 아닌 다른 곳에 내리고 싶었다. 한 번쯤 오후 시간을 낯선 동네에서 천천히 걸어보기로 했다.

어느 역에서 내릴까 잠시 머뭇거렸다. 옥수라는 이름이 와닿

앉다. 구슬처럼 맑은 손이라는 뜻일까. 강이 내려다보이고 경의중앙선으로 연결되는 걸로 봐서 교외로 빠질 수 있는 교차점인 듯했다. 역사를 빠져나오니 왼쪽으로 '미타사, 한강공원' 방향이라는 팻말이 눈에 들어왔다.

육교처럼 생긴 난간을 내려오니 삼삼오오 가게가 몰려 있었다. 역사 아래쪽 공간에는 여러 대의 자동차가 주차돼있었고 이런저런 적치물로 빽빽했다. 인도 변에는 어젯밤 불빛을 밝혔던 포장마차의 늙수레함이 먼지를 뒤집어쓰고 있었다. 한 잔 술에 비틀거리며 총총히 집으로 향했을 중년 남자의 축 처진 어깨가 눈앞 가득 들어왔다. 애인의 손을 꼭 잡은 청춘의 얼굴이 그려지기도 했다. 혹은 나처럼 혼자 와서 국수 한 그릇을 비우고 소주 한 잔을 들이키는 희끄무레한, 지우고 싶은 얼굴도 보였다.

뒤를 돌아 남쪽으로 발걸음을 옮겼다. 아이를 유치원이나 초등학교에 보내고 여유로운 시간을 보내고 있는 듯한 젊은 엄마들의 얼굴이 싱그럽다. 좀 더 아래쪽으로 한강공원을 향해 토끼굴처럼 생긴 공간을 들어가니 영화의 한 장면처럼 뭔가 음침하고 칙칙한 기운이 감돌았다. 낯선 사내가 다가와 말을 붙인다면…… 레옹처럼 생긴 근육질 남자가 내 곁으로 밀착하며 수컷의 쉰내를 풍긴다면…… 차라리 레오나르도 디카프리오의 얼굴을 떠올리며 바쁜 걸음으로 외면하리라.

지자체가 앞다퉈 설치한 시민공원, 휴식처가 있었다. 길을 걷는 도중에 운동기구들을 쉽게 만날 수 있었다. 요즘은 남녀노소 누구나 가림막 없이 노상에서 산에서, 혹은 강가에서 체력관리를 할 수 있다. 평일 낮시간을 메꾸는 얼굴은 별다른 표정 없이, 집에서 눈치 보다 나온 듯한 은퇴 실버들이다. 한때 이 나라의 산업역꾼, 성실한 가장이었을 분들이다. 누군가의 눈을 피하며 빈곤한 근육을 열심히 돌려대는 모습이 낯설지 않았다.

삼삼오오 힘을 받는 얼굴은 단연 여성이다. 그녀들은 대오를 이루었다는 자신감과 함께 누르고 눌렸던 열기를 뱉어내기에 바쁘다. 듣거나 말거나 큰소리로, 한바탕 웃음으로 주변을 압도한다. 남편 수발과 자식 교육으로 인한 스트레스를 저 강물에 풀어내듯이. 굳이 발산해야지만 일시적으로 위안을 받는 듯이. 젊은 날의 아쉬움과 후회가 밀물처럼 다가와 부딪치는 파고를 감당할 수 없다는 듯이.

정오를 지난 태양은 이제 정점을 향해 뜨겁게 달궈질 것이다. 사람들의 발걸음도 분주해지고 열심히 살아내는 하루의 여정도 제 색깔을 선명히 드러내리라. 튼튼한 철근으로 만든 선로와 둔탁한 기둥 사이를 달리는 지하철 3호선은 오렌지색이다. 저 열차는 또 얼마나 많은 얼굴들이 타고 내리고 환승하며 자신만의 여정을 진행할까. 살아낸다는 것은 한 끼 밥을 먹는 것과 다름없음을 알기까지. 수없이 전철을 타고 내리며 갈 길을 재촉했을 내 곁의 낯익은 얼굴들.

동그라미 그리려다 무심코 그린 얼굴…… 이렇게 시작하는 오래전 노래가 있었다. 가사 말이 좋아서 한동안 사람들의 입에 오르내렸던 노래였다. 비교적 음의 높낮이가 없고 정서적인 멜로디 탓에 자주 흥얼거렸다. 음치였던 나의 면을 세워주고 무난히 패스할 수 있게 해 준 애창곡이기도 했다. 펜을 들고 종이에 혹은 모래사장에서 뭔가를 생각하고 그려 볼 때, 사람들은 선을 먼저 그을까, 원을 그릴까? 아마도 무심코 선을 그렸으리라. 점으로 시작한 흔적은 네모를 이루기도 하고 평행선을 그리기도 한다. 원을 만들어내기도 한다. 나의 모습은 어느 도형에 가까웠을까?

우리는 하루하루 살아가고 시간이 흐르면 살아낸 것들은 모두 기억으로 남는다. 그 기억이 모여 삶이 되고 건져낼 것은 없다고 믿는다. 오래된 것은 추하고 형편없다며 길들여지는 사회에 살고 있다. 나의 삶도 하나씩 덜어내고 보태지리라. 마을 길을 걸으며 다가오는 수만의 얼굴들 속에서 진정한 나의 아름다운 얼굴 하나를 남겨보리라. 집으로 가는 지하철을 탔다.

_남명문학 12월호 2020

철 수세미로 철옹벽을 닦는다
– 중국 황산시 라오제, 리양인상을 다녀와서

    와자지껄한 한 무리의 여행객들로 중국 황산 툰시의 명청대 옛거리(屯溪老街)는 분주했다. 사성이 있어 정확한 의사를 전달해야 하는 중국인 입장에선 큰 목소리가 거슬릴 것이 없어 보였다. 하지만 내게는 시끄러운 수다처럼 느껴지는 웅성거림 그 자체였다.

    거리는 세월을 비껴간 듯 벼루, 먹, 나무와 돌을 사용한 조각품들로 예스러운 느낌이 살아났다. 한시가 유행하고 한자가 전성기를 이루는 시대로 타임머신을 타고 온 기분이었다. 공자의 가르침인 유교의 덕목이 생생히 녹아 들어가 중국인들의 손과 발을 움직이게 하는 것 같았다.

    사방이 한자로 도배된 나라를 우산처럼 받들고 수천 년을 살아온 우리네 조상들. 어디까지가 전통이고 깨트려야 할 악습의 경계인지 모호하기만 했다. 미풍양속이란 이름을 달고 전승해야 할 이유가 가끔은 아리송하게 와닿기도 했다. 막연하게 지켜온 덕목들이 하나둘씩 벽돌 깨지듯 깨지는 소리가 여기저기서 들리기도 한다.

시간의 변화는 모질었다. 조금씩 먼지가 쌓이고 바람이 앉았다 떠났다. 빛과 어두움이 교차하기를 여러 번, 내 머리는 이제 녹이 슬 대로 슬었다. 비워두기를, 들여다보지 않기를 수천 번 수만 번 했더니 셀 수 없을 지경이 돼버렸다. 누구는 수세미로 그릇을 닦듯 닦아 보라 한다. 매일 먹는 식사의 뒤처리 도구인 그릇과 비교가 될까. 잘 닦여지지 않을 것 같다. 시간의 흔적만큼 굳어질 대로 굳어진 모습이라서 닦아내기가 두렵다.

자시에 제사가 끝나면 자정을 훌쩍 넘긴 시간이 되곤 했다. 음복이 있어 늦게라도 상을 차려야 했다. 조상에 대한 예의는 중국을 넘어 대한민국의 최남단 시골 마을에까지 녹진하게 자리 잡았다.

묵묵히 일손을 거들고 제사상을 차려내는 일은 더 이상 수고스럽지도 생색낼 일이 아니었다. 수없이 쏟아져 나오는 접시의 개수만큼이나 두려운 게 지워지지 않을 마음의 상처다. 혼자만 감당해야 하는 삶의 버거움, 불합리함이 가슴 한 켠에 묵직하게 자리 잡아 떠나질 않는다. 묵은 때라도 벗겨내고 싶지만 어디까지가 묵힌 거고 어디가 새로 생긴 앙금인지 구분 가지 않았다.

새벽부터 움직이기 시작한 온몸의 근육들은 서로 얽히고설켜 매듭을 풀 수가 없다. 한 달 치 가사 노동량에 맞먹는 강도를 버텨내는 것도 용하다. 뒷마무리를 끝내고 누워도 종일 노동에 단련된 근육은 제 자리를 찾아가지 못하고 있다. 한 대 맞은 거라면 강렬한 통증 끝에 서서히 사그라들어 아픔을 견딜 만할 텐데. 이건 서서히 길들어지고 익숙해가는, 이슬비에 옷이 젖는 줄 모르게 젖어 들어가는 불편함 같은 거였다.

80년대 대학을 다닐 때는 젊은이의 소수만이 고등교육을 받을 수 있었다는 사실을 인지하지 못했다. 그만큼 우리나라가 산업화 발전 단계 진행 중이어서 모든 사람이 직업전선에서 열심히 일해야만 했던 시기였다. 당시 부모님의 도움으로 편하게 대학을 졸업하고도 뚜렷한 인생 목표가 없이 시간만 죽이고 있었다.

의미 없이 인생을 덧없이 흘러버리고 난 지금은 주워 담으려야 담을 수 없는 빈 공백만이 남아 있다. 두텁게 관습의 벽으로 덧칠하고 굳어져 버린 장벽 아래 오롯이 마주해 있다. 이데올로기의 벽마저 하나둘씩 무너져가고 공존을 모색하는 현대 사회에서 내 마음의 철옹벽은 아직도 굳건하다. 스스로 만든 벽에서 빠져나오지 못했다.

리양인샹(溧阳in巷)이라는 곳에 서 있다. 달빛 비추는 거리라는 뜻이다. 중국 황산시의 사람들이 일을 마치고 저녁 시간이면 가족과 함께 삼삼오오 산책하는 곳이다. 낮에는 황산에서 여행하고 밤에는 리양에서 머물라는 광고판이 이색적이다. 젊은이들이 분위기 좋은 곳에서 만나고 얘기를 나눌 수 있게 현대적인 카페와 음식점 등으로 예쁘게 꾸며져 있었다. 길을 가다 보면 중국도 벌써 자본주의 물결, 현대적인 감각으로 변해

있음을 실감했다. 조금씩 날이 어두워지면서 분위기는 차분해지면서 하나, 둘씩 가게의 화려한 불빛으로 화사하게 변해갔다. 다리 위의 정자에도 불빛이 켜지자 강 위에 오색찬란함이 어른거렸다.

어디선가 들려오는 음악 소리에 발길을 옮겼다. 중국풍의 노랫소리는 저녁 공기와 달빛과 강물에 어른거리는 불빛과 더불어 애잔함을 띠고 있다. 한 무리의 어른들이 기체조 비슷한 것을 하고 있다. 그 옆에서는 에어로빅 비슷한 활달한 춤을 추고 있었다. 조금 더 가니 남녀가 함께 사교댄스를 추고 있다. 무작정 무리의 뒷줄에 섰다. 리듬에 맞춰 음악에 맞춰 몸을 움직여본다. 비교적 어렵지 않은 동작이라 조금씩 따라 해 본다. 나처럼 이방인이 되어서 중국의 황산 소도시 툰시에서 이런 호사를 누릴 줄 어떻게 알았겠는가. 잠시나마 중국의 문화를 접하고 그 사람들과 어울릴 기회였다. 그것도 달빛이 애잔하게 비추는 평일 밤에.

스스로 굳게 담을 쌓은 것은 아닌지? 모르고 덧대고 계속 색칠하며 굳건하게 벽을 만든 것은 아닌지? 중국 여행에서 만난 사람들과 달빛 비추는 거리에서 기체조를 따라 하며 호흡을 맞추던 그 마음이라면 뭐든 닦아낼 수 있을 것 같다. 이제야 걷어내려 하니 버거울 수도 있겠다. 힘을 주고 방법을 찾아봐도 철옹벽은 단단했다. 철 수세미로 닦으면 닦이려나? 한번 닦아봐야지. 매일 아침 세수하듯 화장을 하듯 마음의 벽을 닦아내려 가봐야겠다.

거친 황야에 서 있어도 풀잎마다 아침이슬은 맺히고 안개는 걷힐 것이다. 마음의 벽이 아무리 두텁다고 한들 사람의 의지만 하겠는가. 오늘도 난 팔을 걷어붙이고 철 수세미로 부지런히 마음의 옹벽을 닦아본다. 콧노래를 흥얼거리며. 달빛 비추는 중국의 어느 거리에서 호흡을 조절하며 기를 모아봤던 체험을 기억해 낼 것이다. 빙빙 원을 돌며 음악에 나를 맡겼던 그 느낌이라면 애잔하게 밀려왔던 그리움의 향기라면 가능할 것이다.

제3부

봄이면 나는 바람이 난다

물올림

　장식장 앞의 꽃을 바라본다. 딸아이가 엄마 보라고 꽂아 놓고 갔나 보다. 푸른색 잉크를 물에 탄 듯한 수국의 꽃망울과 곧게 뻗어나간 가지가 싱그럽다. 해마다 이맘때면 종달리에 수국이 한창이었지.

　오래전 기억 속에서, 코발트블루 색의 수국을 한 아름 안은 그가 내게로 걸어왔다. 꽃이 6월의 햇살을 받아 눈부셨을 때였다. 에이, 이게 뭐야, 난 장미를 좋아한다구요. 이 계절에는 수국이 제일 아름답소, 해변가를 따라 피어난 수국을 여러 송이 꺾느라 힘들었다오, 바람과 공기, 햇살을 머금은 싱싱한 이 꽃처럼 우리 생도 아름다울 것이오. 그렇게 6월의 신부는 한 아름의 수국을 안고 미소 짓고 있었다.

　인생에서 가장 아름답고 행복한 시절, 삶이 꽃으로 활짝 피어나는 순간은 그렇게 찾아왔다.

　바싹바싹 타들어갔다. 가장 한 사람만 바라보고 산 것을 후회해봐야 소용없었다. 사이사이 전조도 있었고 위기감도 있었다. 적극적으로 해결하지 못하고 어떻게 되겠지 자위하며 바라다본 결과는 엉망이었다. 내가 가지고 누려왔던 것들의 절반 이상을 버리기는 쉽지 않았다. 처음엔 이런 사건을 만든 장본 인을 탓하고 '왜 그랬어?'를 계속 되뇌었다. 남편이 일하는 동 안 내가 거들고 힘을 준 일도 없었는데.

주인이 물 주는 것을 잊어버렸나? 탈수가 시작된 꽃의 얼굴 이 볼품없다. 흡사 물내림으로 기운이 빠져버린 내 모습 같았 다. 필 때는 그냥 피는 줄만 알았지, 시드는 것도 관리가 없으 면 금방이라는 것을 알지 못했다. 화려함만을 영원토록 먹고 살 줄 알았다. 꽃이라면 당연히 숭어리숭어리 화사하게 피어나 는 줄 알았다. 물 한 모금이 그리운 꽃에 다정한 눈길 한번 보 낸 적이 없었으면서.

이사하면서 꽃무늬가 들어간 옷은 하나씩 버리기 시작했다. 울적하거나 일이 잘 풀리지 않았을 때 하나씩 사들였던 물품 들. 자잘한 데이지가 수 놓인 앞치마, 커다란 목단이 그려진 티셔츠, 수선화가 프린트된 원피스 따위를 말이다. 어차피 뱃 살이 나와 입을 수 없을 거라고 위로하면서. 긴 머리를 고수하 느라 샀던 꽃으로 장식된 머리핀, 헤어밴드, 화려한 액세서리 도 함께 버렸다. 그가 내 생일에 맞춰 들고 왔던 장미 송이도. 세상만사가 그렇듯, 나의 화양연화는 그리 오래가지 않았다.

가장 행복한 순간은 늘 고통스러운 한때를 품고서야 찾아오 는 것일까.

언제부턴가 바뀐 환경에 나도 모르게 우울감이 찾아왔다. 머리라도 식혀보려고 여성센터에서 무료로 하는 꽃 수업을 받아 보았다. 시간이 흐르면서 꽃보다는 흙이 담긴 화분을 더 선호했다. 한때는 꽃가게를 그냥 지나치지 못할 정도였는데.

남들은 바쁘게 한 주일을 시작하는 월요일 오전, 나는 설레는 마음으로 길을 나선다. 꽃꽂이를 배운다는 게 어딘가 상투적으로 느껴졌던 탓에 부러 외면했었다. 자연 그대로도 꽃은 충분히 아름다웠으므로. 하지만 늘 식물에 관심을 건네고 여러 개의 크고 작은 화분을 키우고 있는 내게 더 이상의 외면은 무의미했다. 무언가에 마음을 두지 않으면 서 있기가 힘들었다. 이번 해부터 나는 상투적인 취향을 마침내 받아들여 꽃을 나만의 모습으로 완성해 보기로 했다.

꽃을 원하는 형태로 만들기 위해 만지작거리는 과정에는 희열과 두려움이 교차한다. 꽃의 줄기를 만지고, 꽃을 다듬고, 재배열하는 행위 자체에서 가벼운 희열을 느낀다. 그러나 꽃에는 너무 뜨거운 내 손의 온도가 꽃을 순식간에 피어나게 하고 더 나아가 시들게 하기 때문에 꽃을 망칠지도 모른다는 두려움이 엄습하는 것이다. 마치 두 아이를 꽃피워보겠다고 무모하게 열정만 가지고 덤벼들었던 예전의 미성숙한 나의 모습처럼. 잘 커가는 아이를 바라보는 흐뭇함에 비례해 잘못되면 다 내 탓이라고 스스로 비관했던 두려움이 많았었다. 시행착오를 되풀이하면서 조금씩 나아지긴 했지만 말이다.

이쪽 세계에서 꽃을 잘 만든다는 것은 최대한 짧은 시간 안에 조화로운 색감과 형태를 창조해내는 것이다. 짧은 시간이 아니면 그 의미는 반절로 퇴색한다는 점이 되려 매력적이기도 했다. 이 사실을 깨달은 나는 언제부턴가 꽃을 만질 때 아무 생각 없이 임한다. 남들보다 잘 만들겠다는 욕심을 버리고 우선 나만의 방식대로 만들고 본다. 하지만 손이 가는 대로 만들어 놓으면 수정하느라 꽃이 시들어버린다는 약점이 생기곤 했다.

한 시간 넘게 줄곧 서서 꽃다발을 완성하고 나면, 뿌듯함도 잠시 꽃이 시들어버릴까 봐 조마조마하다. 꽃은 물올림을 해 주지 않으면 곧바로 머리를 떨구고 시들시들해진다. 이미 죽은 것 같아서 포기하려다가 줄기 끝을 사선으로 잘라주고 시원한 물을 올려주면 서서히 고개를 들어 다시 피어난다. 두 번째 생(生)이다.

여기서 중요한 것은 아사 직전 상태의 꽃이라도 포기하지 말고 정성스레 물을 올려주어야 한다는 것이다. 죽음을 코앞에 놓인 꽃이 물올림을 받고 살아났을 때의 감동이란. 나는 그 꽃이 참으로 기특해서 괜히 주변을 맴돌며 자꾸만 혼자 웃었다.

가끔은 폼나게 보이고 싶어 어설프게 그림물감을 물에 타 염색을 해 보기도 했다. 장미도 아닌 것이 더 장미다워 보였다. 한없이 화려하고 멋져 보였다. 한순간 반짝했다는 것을 왜 몰랐을까. 염료의 독을 빼느라 장미는 얼마나 속울음을 참아냈을까. 제 색깔이 아닌 남이 들여 준 색깔에 만족했을까.

살면서 가지 끝에 매달려보기도 하고 화사한 꽃망울을 터트려보기도 했다. 시름시름 누렇게 뜨면서 색이 바래기도 했다. 산소가 부족한 밀폐공간에 서 있어 보기도 했다. 그땐 몰랐다.

누군가가 끊임없이 물올림을 하고 있다는 것을. 줄기에 대롱에 관을 통해 힘겹게 물을 끌어올린다는 것을.

남편은 회사에서 머무는 한 주일 내내, 물올림을 받지 못한 꽃처럼 시들시들해져갔다. 밤늦게 퇴근해서 다음 날 출근 전까지의 휴식 시간은 제대로 된 물올림이 아닌 일시적인 분무 정도였는지 자꾸만 메말라갔다.

그는 매일 출근할 때마다 희망찬 생각과 긍정적인 다짐을 한다고 했다. 사무실에 앉아 PC 두 대를 켜고, 업무지시를 하고, 거래처와의 약속을 잡는다고 했다. 이런저런 업무에 매달리다 보면 숨통이 조금씩 조여든다고 했다.

안 되겠다 싶어 아무도 없는 화장실로 숨어 들어간다. 뒷산 방향으로 난 화장실 창으로 바깥공기를 들이마시면서 남편은 숨을 제대로 쉴 수 없음을 깨닫고는 익숙한 절망감과 당혹감에 빠져든다고 했다. 어느덧 20년 차 사업을 꾸리고 있음에도 매년 꾸준히 상태가 악화되더니 작년부터는 스스로가 불쌍한 지경에 이르렀다고 고백한 적이 있었다. 나만 힘들었던 게 아니었음에도 한 번도 뱉어보지 못한 갈증을, 그의 외로움을 짐짓 외면해왔던 나 자신에게도 화가 났다.

하지만 정말 다행스럽게도, 아사 직전의 우리에게 물올림이 되어 준 게 꽃이었다. 자연을 좋아해 산책을 같이 하게 되면서 계절마다 옷을 바꿔 입는 들꽃의 자태에 자그마한 희망을 발견하기도 한다. 저 조그마한 생명이 나오기까지 얼마나 많은 수고와 노력이 있었을까. 적절한 햇살과 바람, 공기가 힘을 불어넣었을까 생각하면 꺼질 것 같은 희망이라도 붙들고 싶어졌다.

나는 나대로 배우는 것을 좋아해 주중이고 주말이고 바지런히 움직여왔지만, 꽃을 배운다는 건 조금 달랐다. 이른 새벽 꽃시장의 수많은 꽃 속에서 원하는 꽃을 찾아낸다. 그 꽃을 수고스럽게 집으로 옮겨와 다듬고 손으로 쥐어보며, 나만의 형태와 색감을 만들어내는 일은 재미 이상의 것이었다. 완성됐을 때, 아쉬운 부분을 생각하고 다음에는 꽃들의 마음을 잘 표현해 봐야지 다짐한다.

한 단계 더 아름다워지는 모습을 상상하는 일련의 과정이 수고스럽지만은 않았다. 스스로에게 따뜻한 의미와 에너지를 안겨줬다. 더 잘해 보고 싶은 마음, 다음을 기약하는 마음이 가쁜 숨을 내쉴 수 있도록 슬며시 도와주었다. 아직은 다시 피어나 두 번째 생을 기약하고 싶진 않지만 꽃을 만지며 점점 좋아지는 스스로를 발견하고 안심한다. 지금 내게 간절히 필요한 것은 오직 물올림이므로.

꽃은 언제고 필 준비가 되어 있는 것처럼 피고 지는 순간마다 색다른 향기와 아름다움을 뿜어낸다. 꽃처럼 예뻤던 순간들이 있어서 어쩌면 견딜 수 있었으리라. 후회하고픈 과거의 일들이 있어 그 기억 속에서 나 자신과 만남으로서 변하지 않는 것은 꽃이 아니라 나 자신이었음을. 언제든 꿈꿀 수 있고 다시 추억을 만들 수 있음이. 내 옆에 있는 이 아름다운 꽃송이들을 보듬어 안아주고 싶다. 다시 화양연화를 꿈꾸며, 이제 물올림을 시작해보련다.

_제41회 근로자문학상 은상 2020

공중부양 화단의 울림

베란다에 갖고 온 흙을 쏟아부었다. 누군가는 공중부양 화단이라 했다. 17층 아파트에서 한 발자국만 내디디면 바로 아래 화단의 흙을 밟을 수도 있다며 너스레를 떨었다. 이렇게 높은 곳에서는 햇살은 1층보다 좁게 비추지 않으려나. 바람은 오다가 멈춰 서지는 않을는지. 높아서 현기증이 나서 식물들이 정서불안에 힘들어하지는 않을는지 걱정이 앞섰다.

나는 아파트 미니화단 가꾸기에 집중하고 있다. 잘 될까. 망치면 어떡하지. 걱정일랑 붙들어 매자. 시작이 반이라 했기에, 흙 한 삽 떠서 비닐로 깐 화단에 부었다. 고추도 열리고 상추는 푸짐하게 밥상을 차지할 것이다. 대파는 필요할 때마다 한 줄기씩 잘라 먹는다. 생각만 해도 군침이 도는 파릇한 날이다.

베란다 한쪽 귀퉁이에 늙은 호박 하나가 눈에 띄었다. 지난 가을 쟁여놓고 깜박 잊었었나 보다. 살짝 건드렸을 뿐인데 호박이 뭉개졌다. 겨울 긴 잠에 빠져들어 헛기침 소리조차 잦아든 줄만 알았던 호박은 혼자 속울음 울었나 보다. 바닥이 진물로 흥건했다. 추운 겨울을 못 버티고 주저앉아버렸나 보다. 소란스럽던 한 해의 끝자락, 무너질 것 같지 않았던 아버지가 어느 날 문득 그렇게 무너지셨다.

중환자실은 어둡고 쓸쓸했다. 주렁주렁 매달린 호스와 의료
기구들이 아버지를 옥죄는 것 같았다. 표정 짓는 게 쉽지 않은
지, 찡그린 모습인지 아버지의 얼굴에선 어떤 기색도 찾기가
힘들었다.

1미터 80센티 장신인 아버지는 나이가 들면서 조금씩 오그라
드는 것 같았으나 여전히 침상 위아래를 꽉 채우고 누워 계셨
다. 이 분이 내 아버지 맞는가. 9시 통금령을 내리고 제삿날 친
구 만나고 늦게 왔다고 불호령을 치시던 서슬 퍼런 아버지가
맞는가.

유복자인 아버지는 6·25 전쟁이 터지자 소년병으로 자원해
서 참전했다. 혁혁한 공을 세웠는지, 신이 도우셨는지 무사히
귀대한 아버지는 직업군인의 길을 걸었다. 그 후에는 소학교
교사, 공무원 등을 하면서 평생을 공직에 몸 바쳐 살아오셨다.
아버지의 삶에 비하면 우리 오 남매는 남부럽지 않게 지낼 수
있었다. 말년에는 지방 고위공직자의 자리까지 오르셔서 개인
의 영광과 명예를 누리게 되었다.

내 기억 속의 아버지는 흑과 백, 두 가지 색깔이었다. 타협과
대화는 없고 오로지 근면성실, 절약, 책임과 의무, 정의감 등
으로 가득했다. 빈번히 두 오빠와 부딪치는 일이 잦았으며 우
리 세 자매는 남몰래 아버지의 독재에 눈물을 흘리기도 했다.

남들은 아버지를 성공한 사람이라고 우러러봤으나 우리 집안

에 내재한 공기의 색은 잿빛이었다. 고향 마을을 위해 도로를 신설하고 마을회관을 짓는 데 앞장섰다. 고향 발전을 위해 건의하고 실천하고 애쓰신 일이 한두 가지가 아니었다. 고향 세화리에서는 인물이 났다고 했고 기념비까지 세워 줄 정도였다. 말년에는 많은 돈을 기부했다. 어머니하고는 의논 한 마디 없으신 채.

그러던 아버지가 퇴직한 후에는 TV 드라마를 보시면서 매번 눈물을 훔쳤다. 두 다리에 힘이 빠지면서 넘어지는 일이 잦았다. 당뇨로 인한 합병증으로 고생을 많이 했다. 급기야 중환자실에 누워버렸다. 가느다란 호스 줄에 생과 사를 맡기고 의식없이 잠을 청하고 있었다. 아버지의 가늘어진 팔다리가 오늘따라 왜 이리 길어 보이는지. 순번을 정해 아버지 병상을 지키던 우리 오 남매는 안타까움과 후회스러움에 낯빛이 어두워만 갔다.
불현듯 아버지가 일어나셨다.
"출근 시간이야. 얼른 시계를 다오."
아버지는 평생을 공직에 종사했다. 아마 출근 채비를 하려고 일어선 것 같았다. 얼른 시계를 채워 드렸더니 방긋 웃으신다. 그리고는 바로 누워버리셨다. 그 옛날 색 바래고 굵직한 시계가 주인의 것인데도 헐렁거렸다. 마지막까지 몸에 밴 직업정신과 책임감이 아버지의 뒷모습을 장식하는 것 같아 마음이 울컥했다.

땅 다지기가 끝나면 토닥토닥 흙을 잘 눌러줘야 했다. 기초 공사가 튼실해야 식물은 잘 자라고 열매가 맺히리라. 시멘트 화단이라 씨앗은 아니고 어느 정도 자란 모종을 심기로 했다. 줄 맞춰 심어 놓고 나니 나만의 화원인 양 뿌듯했다. 이 아이들 이 우리 집의 공기와 창을 넘어오는 햇살과 바람을 맞으며 조금씩 조금씩 자라나겠지. 집주인의 관심과 애정 또한 한몫할 것이다.

흙은 아버지의 재산이셨다. 시골에서 빈농의 아들로 자라나 성공하기까지 한 번도 흙을 소홀히 하지 않았다. 철 따라 작은 마당에 나무를 심고 꽃을 피우고 열매 맺게 하는 것은 아버지 의 몫이었다. 그 옆에서 둥글게 바가지 머리를 했던 어린 나는 쪼그리고 앉아, 흙장난하고 놀았다. 옆에서 보고 자라서 그런 지 나 또한 조금씩 흙을 만지고 식물을 가꾸며 커가고 있었다.

성공한 아버지 주변에는 시골에서 올라온 친척들과 어려운 사람들로 넘쳐났다. 마당의 식자재로는 부족하였는지 손수 귤 과수원을 일구었다. 한 푼이라도 아껴야 하기에 어머니와 우리 오 남매는 주말마다 일손을 도와야 했다. 어린 자식들에 대한 배려인지 미안함 때문이었는지 일을 하고 나면 아버지는 시간 당 얼마 셈을 하여 용돈을 주셨다. 어머니는 고기와 맛난 음식 으로 배를 든든히 채워주셨다. 막내인 나는 잔심부름을 거들곤 했다.

올해는 어떤 꽃을 심을까. 우리 집 높은 곳에 올라와 짧게는 하루 이틀에서 수년을 살다 가는 식물들과의 교감은 이제 나의 일상사가 되었다. 강철 같았던 아버지는 평생을 함께했던 손목시계를 차고서 쓸쓸히 가셨다. 아버지가 우리집 화단에 부려놓은 식물들은 해마다 결실을 맺었다. 나를 위해서 더 나아가 주변의 불우한 이웃과 친구들을 위해서 손수 나눔의 큰 정을 남기고 가셨다. 혼자만 사는 세상이 아니라고 넉넉하게 텃밭을 가꿔서 함께 할 수 있음을 실천하셨다.

  알게 모르게 그 피를 이어받은 나는 크고 작은 화단을 만들며 살아가고 있다. 하나의 싹이 트고 줄기가 튼실해지는 것을 보고 있노라면 아버지가 생각났다. 그 커다란 손으로 삽질하며 땅을 일궜다. 거름을 뿌리고 가지치기하며 땀을 흘리시던 모습이 눈에 선하다. 옆에서 졸졸 따라다니며 호미를 갖다주고 씨앗 바구니를 나르던 내 유년의 뜰 안으로 들어가고 싶다. 아버지를 한번 안아드리고 싶다. 당신의 막내딸이 이렇게 예쁘게 컸어요. 당신의 손주는 이렇게 사랑스러워요. 그들은 오월의 태양을 받으며 눈부시게 자라나고 있어요. 자신들이 얼마나 축복받고 아름다운 젊음인지 모른 채. 내가 그랬던 것처럼.

  흙을 보면 만지고 싶고 아버지가 그립고 나의 삶이 흙과 어우러짐을 느낀다. 베란다를 열고 나가면 보드라운 흙의 촉감과 구수한 흙냄새가 오래도록 내 곁에 머문다. 나의 삶을 지탱해준 아버지가 몹시 그리운 오월의 한낮이다. 그리움과 애증의 작은 울림이 삭막한 콘크리트 아파트 베란다에 한동안 따스한 햇살처럼 머문다. 소리 없는 바람처럼 머물다 간다.

_제39회 근로자문학상 동상 2018

빈 화분

이사를 앞두고 화분 정리를 한다. 올곧게 커가는 대형화분 두어 개만 남기고 모두 버릴 셈이다. 봄이 오면 철철이 심었던 철쭉이나 베고니아, 상추를 키우던 스티로폼 상자, 옹기종기 모여 있는 다육이들과 줄기만 앙상한 채 시선을 어디로 둬야 할지 모르는 화분들을.

그러다 베란다 후미진 곳에 처박혀 있는 문주란이 눈에 들어왔다. 잎사귀는 축 늘어진 채 누렇게 떴으며 바짝 말라 바스라질 것만 같았다. 윤기라곤 찾아볼 수 없는, 고개를 푹 숙인 문주란이 내 나이만큼 힘겨워 보였다.

한때 짙푸름을 뽐내며 풍성한 잎과 함께 나날이 굵어져 가는 줄기를 보며 잘 자라네, 라며 관심 있게 바라보던 꽃이었다. 언제부턴가 두 아이 키우느라, 생활하느라 그 자리에 있는 줄도 모르고 살았는데 이 녀석은 나만 바라보고 있었던 거였다.

누런 잎들을 하나씩 모두 떼 내고 바스락대던 표피를 벗겨내니, 볼 나위가 없었다. 삐쩍 말라 비뚤어진 게 아사 직전이었다. 미안한 생각에 분갈이라도 해야 할 것 같아 모종삽을 꺼내들었다. 마침 지난번 장터에서 사 온 달항아리 같은 백자 화분이 빼꼼히 얼굴을 내밀고 있었다. 막상 하려니 귀찮아서 슬며시 옆으로 밀어버렸다. 대신 물을 흠뻑 주고 다음을 기약했다.

뭍으로 나오던 날 아버지는 문주란 세 뿌리를 주셨다. 결혼 생활에 외롭고 지칠 때 바라보면 위안이 될 거라고 했다. 마당 한 구석에 잘 자라고 있던 문주란을 아낌없이 캐어 돌돌 말아 짐 싸듯 나와 함께 비행기 탔다. 그동안 잘 자라주었다. 해마다 하얀색 실꽃이 화사하게 고개를 들었다가 소리 없이 졌다가 어느새인가 다시 꽃이 피어났다.

버려야 할 것과 쓸 수 있는 것을 구분하고 더 이상 설레지 않은 물건들을 과감히 버렸다. 평수를 줄여야 한다는 것은 어찌 보면 나와 관련된 추억이나 경험의 한 부분까지도 도려내야 하는 거였다. 아이들 기죽이지 않으려 과외를 시키고, 이 정도는 하고 살아야지, 라며 품위를 유지시키다 보니, 소중한 것은 모래알처럼 손마디 사이로 빠져나가고 많은 것들이 떠나버렸다. 미래를 위한 저축과 내 집 마련 등에 소홀했다. 좁혀져 가는 평수를 견디다 못해 이제는 도시의 반경을 크게 벌려야 했다.

시골집에 내려갈 일이 있었다. 지나가다 제주보훈지청이 보이길래 들렀었다. 국가유공자인 아버지에 대한 혜택이 지방자치단체별로 상이하다는 기사를 어디선가 읽고 나서였다.

담당자는 컴퓨터를 조회해보더니 의료비 및 복지혜택은 배우자와 장자에게만 해당된다고 했다. 기대는 하지 않았지만, 질문의 의도가 드러난 것 같아 얼굴이 붉어졌다. 내 꼴이 베란다의 시들어버린 문주란처럼 씁쓸했다.

가족묘지 공원행 버스를 탔다. 여기저기 척박한 모래땅을 비집고 문주란이 보였다. 서로 어깨동무하듯 연두색 이파리를 무성하게 드리우며 맑고 짙푸른 색감에 눈이 부셨다. 흰 실을 여러 가닥 길게 뽑아놓은 꽃이 살짝 노란빛을 띠면서 바람에 흔들렸다. 생생하고 청아한 꽃이 바라만 보아도 아름다웠다. 아버지는 늘 문주란을 애지중지 키웠다. 어린 나를 무릎에 앉히고 아버지가 들려주던 이야기가 해안도로를 따라 돌아가는 버스의 흔들림 따라 굽이굽이 펼쳐졌다.

아버지는 열 살 무렵 할머니가 돈을 벌러 일본 대판(오사카)으로 가면서 작은집에 맡겨졌다. 눈칫밥을 먹어가며 남들이 책보따리를 메고 학교 갈 때 아버지는 혼자서 땅에 낙서하거나 근처 바다에서 헤엄을 치며 놀았다.

평화로운 마을에 무장세력들이 들이닥쳤다. 4·3사건이 일어난 것이다. 무장토벌대들은 마을 사람들을 찾아내 이유 불문하고 학살하기에 이르렀다. 작은집도 예외가 아니었다. 작은아버지는 자기 식구들만 안전한 곳으로 피신시켰고 혼자 남겨진 아버지는 허둥대다 마당 한가운데 있던 짚단 더미에 몸을 숨겼다.

이윽고 무리를 이루어 나타난 무장세력들은 사람 모습이 보이지 않자 집에다 불을 지르고 사람들이 나타나길 기다렸다. 그러면서 분이 안 풀렸는지 여기저기 대검으로 사람들이 숨어 있을 만한 데를 찌르고 다녔다. 볏짚단 속 아버지는 푹푹 들어오는 대검을 이를 악물고 피했다.

　뜨거운 열기가 스며들었다. 모든 걸 포기한 아버지는 조용히 눈을 감았다. 운명에 몸을 맡겼다.

　순간 불이 붙어가던 짚단 사이로 희미한 빛이 스며들었다. 그것은 한줄기 가는 꽃송이. 마당에 핀 문주란 꽃이었다. 화마 속에서도 자신을 지탱하느라 배배 꼬여가면서도 꽃얼굴을 떨 어뜨리지 않았던 그 문주란 줄기의 생명력을 느끼며 아버지는 기필코 살아서 어머니를 만나야겠다고 다짐했다.

　"저 꽃을 보지 못했다면 나는 없었어. 볏짚단 사이로 얼핏 스 치던 저 문주란꽃의 생생함이 나를 붙들어 맸어. 오로지 살아 서 어머니를 만나야겠다는 생각뿐이었지."

　무장세력들이 물러감과 동시에 빗방울이 후드득 떨어졌다. 이어 세찬 소나기로 변하더니 초가집과 볏단 위에 쏟아져 내려 아버지는 목숨을 건졌다. 마을을 지키던 퐁낭(팽나무)도 가지마 다 그늘을 드리운 채 세차게 몸을 떨었다.

　옛날 생각을 하다 보니 어느새 버스는 바닷가 근처까지 왔 다. 문주란을 가까이에서 보고 싶어 중간에 내렸다. 이 꽃을 꺾어 아버지 묘비 앞에 올려야겠다. 아버지의 그늘에서 못 벗 어난 못난 막내딸의 손을 아버지는 꼭 잡아주시리라.

　묘지 주변 담장 위를 어슬렁대던 수고양이가 꾸벅꾸벅 졸고 있는 나른한 오후 세 시, 햇살은 보드랍고 따뜻했다. 바람은 끔쩍 않는데 어디선가 문주란 꽃봉오리가 후드득 떨어졌다. 실 핏줄 같은 가느다란 꽃잎 속에 해독 못 할 아련함이 숨어 있었다. 소나기에도 지워지지 않을 아버지만의 슬픈 의미들이.

 빈 화분이 생각났다. 아버지는 아끼던 꽃을 내게 주었는데 난 문주란을 아사 직전까지 가게 했다. 깜박하고 마무리를 못했다. 아직까지 살아있을까. 올라가자마자 화분에 제자리를 찾아 심어줘야겠다. 제발 살아있기를 바라는 마음뿐이었다.

 늦은 밤, 집에 들어서니 하루의 피로가 한꺼번에 몰려왔다. 남편과 아이들은 자는지 조용했다.

 베란다 문을 열었다. 한눈에 봐도 문주란은 시들시들해 보였다. 흙이 메마르고 갈라졌어도 계속 버텨주는 게 내게 끈을 놓지 말라고 전하는 것 같았다.

 베란다 등에 의지해 문주란을 옮겨 심었다. 죽은 잔뿌리를 쳐내고 남은 뿌리를 잘 펴서 흙을 조금씩 뿌리며 두둑이 덮었다. 맨 위의 흙을 손으로 꾹꾹 누른 후 바닷가에서 주워 온 조개껍데기를 몇 개 장식하고 물을 흠뻑 줬다. 달빛이 비치는 달항아리 화분을 집 삼아 빼빼 마른 문주란이 그래도 좋다고 웃고 있었다. 아버지가 활짝 웃고 있었다.

동백

선운사의 동백을 찾아갔었다. 최영미 시인은 꽃이 피는 건 힘들어도 지는 건 잠깐이더라고 했다. 골고루 쳐다볼 틈 없이, 님 한번 생각할 틈 없이 아주 잠깐이더라고. 우리의 삶도 설원에서 꽃망울을 터트리기까지 속으로 부단히 참아내고 사랑하며 지켜내는 건 아닐는지. 인생이란 수레에 꽃을 한가득 실었다가 때가 되면 슬며시 내려놓아야 하는 것처럼.

제주도 시댁을 찾았다. 며느리라는 옷은 벗으려 해도 벗을 수 없는, 내게는 잘 맞지 않는 옷이었다. 개인의 취향과 기호를 무시하고 나를 더 빛나게 받쳐 줄 외출복이 아닌 평상복이었다. 기제사나 명절이 돌아오면 신경이 예민해지곤 했다.

오랜만에 온 가족이 모여서 무탈하게 차례를 지냈다. 각자가 그동안 지내면서 인상적이거나 힘들었던 일, 일상적인 일들을 두서없이 늘어놓으며 웃기도 하고 마음 아파하기도 하였다. 대화의 말미는 내년부터 우리가 모셔야 할 기제사와 명절 건이었다. 이미 마음의 준비를 하고 있었지만 막상 현실이 되니 두려움과 불편함이 앞섰다.

남편은 제사와 더불어 불현듯 과수원에 농막을 짓겠다고 한
다. 농막이 있으면 과수원 일을 도울 수 있고, 가족과 친지를
자주 볼 수 있어 좋다고 했다. 부담 없이 내려와 하룻밤 지내기
에 딱이라며, 말하는 내내 미소가 가득했다. 동생들은 너무 좋
다며 환영했다. 퇴직을 앞두고 '나는 자연인이다'를 열심히 보
더니 귀향까지 꿈꾸는 건 아닌지 모르겠다. 아버님은, 너희들
이 너무 힘들지 않겠냐, 하면서도 애써 흡족한 기색을 감추지
않았다.

분명 그 자리에 있으나 나는 아무 말도 할 수 없었다. 그리
고 아무도 나의 의견과 심정을 헤아리는 사람은 없었다. 심지
어 남편은 내게 한 마디 의논도 없이 계획을 말하다니…… 일
은 여자가 하는데 결정은 남자가 한다. 여자의 배려와 수고 없
이 모든 일이 가능할까 의심스러운 순간이다. 한참을 마음으로
생각들을 곱씹다가 방문을 열고 나와 버렸다.

혼자 시외버스를 타고 정초부터 어디론가 내달렸다. 한참을
가다 보니 차창으로 동백꽃이 군데군데 보였다. 겨울은 기다란
꼬리를 숨기고 아쉬운 듯 봄에게 자리를 내주는데 파란 잎으로
무성한 나무마다 붉디붉은 꽃이 얼굴을 내밀고 있었다. '위미
동백군락지'라는 푯말이 보이길래 버스에서 내렸다.

붉음이 피부에 와닿는다. 정열적인 플라멩코의 리듬에 맞춰
춤추는 집시처럼 도도함을 뽐내는 꽃들이 있는가 하면, 외따
로 떨어져 색이 바래 가는 꽃 얼굴들도 있었다. 얼굴만 댕강 떨
어져 수북이 쌓인 밑동에서 애잔한 그리움이 밀려든다. 열정을

채 피워 보지도 못하고 지는 꽃에 눈길이 간다. 동백은 미련 없이 떨어지고, 보는 사람이 있건 없건 발길을 머물게 하고 꿈을 펼쳐 보는 상상을 하게 했다. 청명한 공기를 들이마신 꽃들은 연신 피어나고 먼저 핀 꽃들과 소곤대며 조화로운 분위기를 만든다. 하나하나의 꽃들이 내뿜는 향기와 어우러짐에 눈이 부셨다.

　위미마을 어귀에 꽃 사태가 났다. 아름다운 동백을 보고 있노라니 마음이 조금씩 풀리기 시작했다. 설날 아침부터 집을 뛰쳐나온 성급함이 부끄러워졌다. 내 딴에는 열심히 했는데, 알아주지 않는 것 같아 속상했던 것 같다.

　동백은 가장 화려한 순간에 통꽃으로 떨어지는 청춘의 꽃이다. 아무런 보상도 없이 송두리째 떨어져 희생하는 동백의 순정을 닮고 싶다. 마음의 안정을 되찾게 해준 동백의 미소가 싱그럽다. 선운사의 동백처럼 저마다의 사연을 마음으로 새기며 애틋하게 꽃을 피웠다가 남모르게 져버려도 그지없이 아름답다.

　얼마나 그리웠기에 헤아릴 수 없는 수많은 밤에 붉음을 토해내기 위해 속삭이고 속삭였던가. 기다림에 지쳐 빨갛게 멍이 들 정도로 열정을 품고 있었나. 자신을 불살라 피울음을 토해 냈을까. 만지는 손가락마다 붉은 피가 묻어날 것만 같다. 열정을 피워 보지도 못하고 지지는 말아야지. 동백꽃 화관 쓰고 내 앞에 마주한 생에 도도하게 버티고 싶다.

불구경을 끝낸 아이처럼 마음을 다잡고 일어섰다. 땅에 떨어진 동백꽃을 얼기설기 엮어 팔찌를 만들어봤다. 샤넬 로고가 부럽지 않았다. 동백의 열정을 마음 깊숙이 간직하고 왼팔로 긴 머리를 쓸어올린다. 동백꽃 향이 코끝에 와닿는다. 또 다른 색깔의 삶의 열정을 향해 한걸음 내딛는다.

_동서문인집 '꽃들의 체온' 2022

봄이면 나는 바람이 난다(고사리 바람)

앞만 보고 걷다가 고개를 돌리니 벚꽃이 흐드러지게 피어 있었다. 어느새 봄은 우리 곁에 머물고 저 꽃은 찬란한 절정을 끝으로 다음을 기약할 것이다.

꽃은 자연의 추이에 따라 피고 지는데 지금의 코로나 상황은 언제면 끝낼 수 있으려나. 연일 사람이 모이는 곳에는 가지 말라고 뉴스는 보도하는데 라일락 향기는 맡을 수 있을까? 꽃이파리 난분분하게 흩날리는 봄바람에 고향 집 감나무를 떠올리기도 하고 어디론가 떠날 준비를 하며 여행 가방을 싸는 상상을 하기도 한다. 집 근처 도서관에서 마음의 여행을 해 보기로 했다.

빽빽한 책 사이에서 가볍게 읽을거리를 집어 들었다. 하얀색 바탕에 연녹색으로 물든 오름을 뒤로 하고 배낭을 멘 두 여자가 버스를 기다리는 모습을 그린 표지가 마음을 일렁이게 했다. 나도 한때 흙먼지 자욱한 버스정류장에 서 있었다. 어떤 버스에 올라타야 미래의 총명하고 완벽한 나 자신을 만날 수 있을까, 고민하고 헤매던 학창 시절이 떠올라 미소가 지어졌다.

잘 올라탔다고 생각했던 버스는 어느 날 망망대해에 나를 떨어뜨려 놓고는 뒤도 안 돌아보고 가버렸다. 어리둥절한 나는 겁먹은 얼굴로 손에 잡히는 대로 아무거나 움켜쥐고 붙들었다. 부단한 노력을 통해 도약해야 했으며 대의를 위해 기존의 질서와 매너리즘을 깨야 했다. 가끔은 놓아야 할 때와 방법을 몰라 시행착오를 겪기도 했다.

나는 봄이면 바람이 났었다. 봄의 향기를 따라 바다를 건너 뭍의 신산한 풍경을 벗 삼아 도시까지 닿고 싶었다. 내 안의 모든 욕망과 열정, 미래를 거기에 쏟고자 했다.

하지만 봄은 시시하게도 고사리와 함께 왔다. 유독 기제사가 많았던 우리 집은 봄이면 일 년 치 고사리를 꺾느라 분주했다. 어머니는 고3인 내게도 한 이틀만 일손을 도우라 했다. 딸의 미래는 안중에도 없는 어머니가 야속했지만 할 수 없이 목장갑과 꽃무늬 모자를 썼다. 뒤쪽에서 아줌마라고 부르는 소리에도 무덤덤하게 고사리를 찾았지만 내 눈에 보일 리가 없었다. 결국 혼자 터벅터벅 걸어 하산했던 나는 영어참고서를 펴들었다.

길가의 개나리가 막 봉우리를 터뜨릴 때였다. 다방에 죽치고 앉아 있다가 커피잔만 만지작대던 상대방은 성냥개비 쌓기 놀이를 하자고 했다.

하나씩 서로 엇갈려 가며 쌓아 올렸더니 꽤 높이 쌓았고 제법 단단해 보였다. 남은 성냥개비 두 개를 하나씩 꼭대기에 얹혀 마무리하자고 했다. 마지막으로 한 개를 얹으며 그는, 이제 우리만의 집을 지읍시다, 라며 나를 똑바로 쳐다봤다. 당황한 나는, 아니요, 생각해 볼게요, 라며 얼굴을 붉혔다.

　다음에 만났더니 그는 다짜고짜 가을에 대학원 입학이 확정되어 미리 당겨서 결혼했으면 좋겠다고 했다. 예? 만난 지 한두 계절도 지나기 전에요? 창밖으로 막 목련이 실한 웃음을 폭죽 터지듯 사방에 흩뿌리고 있을 때였다. 봄바람이 싱그럽게 불어대던 오월의 어느 봄날, 그렇게 우리의 만남은 지난가을에 시작해 봄에 결실을 맺었다.

　"우리 바람 한번 필까?"

　결혼 30주년 기념일을 앞두고 남편은 그동안 못 해 본 바람(?)을 피자고 했다. 봄바람이 좋다며 고사리 꺾으러 가자고 한다. 커다란 바구니에 고사리도 담고 잊고 살았던 고향의 햇살과 바람, 추억까지도 담아보자고 했다. 리마인드 웨딩을 기대했는데 고작 고사리라니. 해외여행이나 근사한 선물 혹은 서른 송이 장미를 한가득 그려보던 나는 실망을 감출 수가 없었다. 아, 고사리. 리마인드 웨딩에 고사리꽃은 아니지 않나! 투덜대면서 할 수 없이 따라나섰다.

　"여기 좀 봐. 고사리가 덤불 사이에서 빼꼼히 얼굴 내밀었네. 참 보드랍지."

　남편은 신이 나서 고사리꽃을 내게 보여줬다. 지긋지긋하던 고사리를 이렇게 볼 줄이야. 줄행랑치듯 뭍으로 달아나 버렸던, 다시는 고사리 따윈 꺾지 않을 거라며, 자신만만했던 젊은 나는 어디로 가고 들에 피어나는 고사리꽃을 보며 봄의 생명력을 느끼는 것일까. 계절의 소중함을 저버리면서 얻고자 했던 것은 무엇이었을까. 들녘에 앉은 나는 시간의 두께만큼 굵어지고 성숙했을까.

고사리는 아무도 쳐다보지 않는 잡풀들에 섞여 제 모습을 드러내듯 말 듯 구석진 곳에 꼿꼿하게 서 있었다. 하나씩 꺾고 또 꺾어도 다음 날 그 자리에 어김없이 올라온다고 하니 참으로 강한 생명력이다. 화사하고 향기 짙은 봄꽃에 밀려 흡사 나를 쳐다봐 달라는 듯이 다소곳이 자리를 지키고 있는 고사리를 보면서 두 아이를 키웠던 시간이 스쳐 지나갔다.

고사리는 결코 서두르는 법 없이 자신을 키우고 성숙시킨 그 자리에서 사람의 손길을 기다리고 있었다. 땅에서 옮겨져 자신을 맛있게 먹어주는 마지막까지 고사리의 생애는 깔끔하다. 양지의 화려한 해를 탐하는 것도 아니요, 자신의 가치를 알아주는 계절이 올 때까지 음지의 녹진 바람과 스산함, 공기를 먹고 지탱해 왔다. 탱글탱글한 줄기의 질감을 키우고 누군가에게 의외로 예쁘다는 말을 듣고 싶은 꽃을 피워내기 위해서 겨울의 매서움과 혹독함을 버텨냈다.

봄바람에 고사리꽃이 한차례 흔들렸다. 마치 멀게만 느껴졌던 이상향에 대한 동경과 반비례하듯 현실의 무게에 몸부림칠 때처럼. 이대로 음침한 땅에 박혀 차디찬 이슬을 먹고 성긴 그늘과 기운을 받아 묻혀버릴 것 같은 두려움으로 열병을 앓았을 때처럼. 누구나가 상위 몇 프로의 성공한 삶을 사는 건 아닐진대 그들처럼 흉내 내느라 손마디에서 소중한 것들이 빠져나가는 줄도 몰랐다.

"늘 곁에 있어 줘서 고마워. 저 고사리의 강한 생명력처럼 우리도 활기차고 건강하게 인생 후반부의 봄을 만끽해 보자구."

잠시 휴식을 취하며 차를 마시고 있을 때였다. 남편이 고사리꽃으로 성글게 급조한 부케를 내 손에 쥐어주며 사랑 고백(?)을 했다.

해마다 봄이 되면 고사리는 그 자리에 다시 피어나고 나의 리마인드 웨딩은 이번뿐인데 다른 꽃들을 제쳐 두고 고사리꽃을 들다니. 그렇지만 고사리꽃 사이로 삐쭉 뻗어 나온 나무줄기가 늘 푸르러서, 공기가 맑아서, 눈치 없고 미워하고픈 남편이 옆에 있어서 그저 웃고 말았다. 못 이기는 척 받아들긴 했지만, 그와 함께 보낸 셀 수 없이 많은 봄의 공기가 차향과 어우러져 가슴속으로 스며들었다.

내 손에 든 소담스러운 고사리꽃의 자태가 청아해 보였다. 팔랑거리며 불어오는 봄바람과 부드러운 햇살은 우리의 결혼 기념일을 축하하듯 눈부셨다. 푸르른 초원 위에 하늘 향해 제 키를 늘이는 나무들과 꽃을 찾아드는 나비를 보며, 천천히 지난 삶을 음미해본다.

살짝 남편의 어깨에 머리를 기댔다. 이번 봄 여행은 크고 작은 일상의 꿈 조각들이 맑고 푸른 하늘 위에서 두둥실 떠다니며 우리만이 독특한 그림을 그리고 있었다.

해마다 봄이면, 나는 바람이 날 것 같다.

리마인드 프러포즈 in 황산

　요기 어때? 세계테마기행을 보고 있던 남편이 갑자기 소리 쳤다. 기암절벽 위로 구름이 두둥실 떠다니는 환상적인 화면이 얼핏 스쳐 지나갔다. 산은 좀 그런데요, 힘들어서 싫다는 표시 를 했다. 지난번 북한산 산행 때 발목을 접질렸던 기억이 떠올 랐고 정상에서 한 잔 마신 막걸리가 하산 내내 머리를 핑 돌게 했기 때문이다.

　"당신도 이걸 보고 나면 달라질걸. 굉장할 거야. 산 타는 건 조금이고 케이블카 타면 어렵지 않아. 나머지는 관광이야. 명 청대 거리랑 호수가 유명하다던데."

　중년에 접어들면서부터 우리 부부는 부쩍 배둘레햄이 되었 다. 남편은 주말마다 열일 제껴 두고 가까운 산에 올랐다. 버 킷리스트의 하나가 '체력충전 후 에베레스트 등정'이었다. 산악 인처럼 깃발을 꽂는 정복이 아니라 부부가 함께 오르는 '해피 해피 에베레스트 산행' 정도로 이름 붙이면 좋을 듯했다.

　외국이라면 돈 아깝다고 국내가 얼마나 아름답고 좋으냐며 흔한 패키지 여행마저 거부하던 남편이었다. 워밍업 한다 생각 하고 중국 오악 중의 으뜸이라던 황산을 그렇게 남편의 권유로

가게 되었다. 산 정상에서 하룻밤 묵을 수 있는 호텔이 있다는 점이 무엇보다 끌려서였다.

중국의 산은 우리와 다르게 에둘러 돌아가는 게 아니라 바로 치고 갈 수 있게 가팔랐다. 로켓 탄환처럼 하늘 향해 솟아오른 산세라 길을 내기도 붙잡을 곳도 많지 않았다. 전부 돌계단이었다. '고공잔도'라는 길이 높은 산봉우리를 휘돌아 감듯 둘러쳐 있었다. 흡사 아파트에 달린 베란다 난간처럼 하늘 향해 일직선으로 뻗은 산의 둘레길을 만든 것이다. 어떻게 이런 구조가 가능할까, 라는 생각이 들 정도로 단단히 높은 산 둘레를 돌 수 있게 만들었다. 우리와 다른 신기한 풍경에 잠시 넋을 잃기도 했다.

황산의 백미인 서해 대협곡은 지형이 가파르고 험하기로 소문이 난 만큼 아름다움이 빼어난 곳이다. 언제 또 올 수 있을까, 왔을 때 무리가 되더라도 정상에 서보고 싶었다.

용기를 내어 올라가 보기로 했다. 그러나 너무 힘이 들어서, 괜히 정복하겠다고 말한 것이 후회될 정도였다. 눈물이 날 정도였다. 하지만 여기를 통과해야 오늘 밤 산장에서 잘 수 있었다. 특이한 산행코스를 의논도 없이 계획한 남편에게 눈을 흘겼다. 중간에 포기하고 싶었다. 그러면 저녁 일몰도 다음 날 일출은 물 건너가는 것이다. 산장에서의 하룻밤 여정은 얼마나 로맨틱한가. 그 생각만 하고 이를 악물고 올라갔다.

높디높은 산 둘레를 빙빙 돌아서 가며 보는 경치는 가히 압권이었다. 세상 천하의 아름다움을 다 가진 듯한 무아지경에 빠졌다. 단지 너무 힘들고 가도 가도 끝이 안 보일 것 같은 불안감에 비례해서 불평과 짜증이 늘었다. 하루 일정으로 숙소까지 등정하는 게 무리인 것도 같았다. 자세히 몰랐기에, 산장에서의 낭만적인 하룻밤을 꿈꿨기에 체력안배와 에너지의 고갈은 나중 일이 돼버렸다.

황산의 날씨는 연중 맑은 날이 많지 않다고 한다. 달력이나 화보에서 보듯 신비로운 구름과 안개에 싸여 몽환적인 풍경을 연출하던 중국의 산을 떠올려봤다. 남편은 이왕 온 김에 욕심내서 구석구석 잘 보자고 했다. 날씨까지 우리를 도와주니 얼마나 멋진 산행이냐며 감격에 겨워했다.

너무 피곤해서 일몰이고 뭐고 산장에 짐을 풀자 나는 곯아떨어졌다. 다행히 호텔 식당에서 먹은 도가니찜 비슷한 요리가 맛있어서 방전된 기운을 조금이나마 회복할 수 있었다. 온종일 힘들었던 종아리와 발, 무릎의 영양분을 보충해주라는 의미에서 이런 요리가 산중에 있는 게 아닐까, 라는 생각을 해봤다.

남편이 일출을 보러 가자며 나를 흔들어 깨웠다. 갈까 말까 고민했다. 몸이 고단해 더 자고 싶었다. 평상시에도 아침잠이 많은 나였다. 그냥 혼자 갔다 와, 소리가 입속에서 머물렀다. 매일 보는 태양 뭐 그리 특별하겠어? 갑자기 공기의 무거움이 감지됐다. 남편이 씩씩거리는 호흡이 가늘게 들렸다.

그래 일어나자. 어쩌다 한 번, 게다가 산 위에서 보는 일출 아닌가. 꼼지락거리는 나의 행동으로 인해, 해는 벌써 앞이마를 내보였다. 우리는 배낭에 뜨거운 물을 준비하고 모두가 몰려드는 일출 터가 아닌 산장 옆쪽의 아담한 봉우리에 올랐다.

여기서도 벅차오르는 감흥과 함께 병풍을 펼치듯 신비스러운 풍경이 파노라마처럼 따라왔다.

아침의 공기는 산뜻했다. 갓 피어난 태양 빛이 내 얼굴에 와 닿았다. 분위기 잡고 모닝커피를 우아하게 홀짝였다. 그때 남편이 배낭에서 주섬주섬 뭔가를 꺼냈다. 어디서 구했는지 장미꽃 화관을 내 머리에 씌우고 자신은 빨간색 나비넥타이를 목에 걸었다. 무슨 일인가 싶어 어리둥절해 있는데 그는 사진을 찍어주겠다며 바위끝 쪽까지 성큼성큼 걸어갔다.

아, 됐어요, 떨어지면 어떡하려고? 사진이 뭐 대수야? 그러면서 남편을 불러세웠다. 아슬아슬하게 바위 끝까지 걸어간 그는 황산의 장엄한 풍경을 뒤로하고, 아아, 목소리를 가다듬었다. 아침의 좋은 기운을 머금은 햇살이 그의 얼굴 위로 쏟아져 내렸다. 그는 핸드폰을 꺼내 잔잔한 음악을 틀었다. 그리고 녹화 버튼을 꾹 눌렀다. 갑자기 아나운서처럼 매무새를 고치고 분위기를 잡더니 한쪽 무릎을 끓었다. 내레이션을 하기 시작했다.

"내 사랑 미향, 당신과 함께 한 모든 순간, 시간이 축복이었소. 우리의 결혼 30주년을 축하해요. 그날의 맹세처럼 나 김○○은 오미향을 영원토록 사랑하고 아끼며 살았소. 나랑 함께해서 고맙소. 험난한 산을 두 손 잡고 올라왔듯이 앞으로도 당신하고 마지막까지 함께 하겠소. 영원히 사랑하오."

어느새 살다 보니 30주년이었다. 세상이 큰 원을 세 번씩 그릴 동안 아이들만 훌쩍 성인이 되버렸다. 나는 제자리 걸음인 것 같아 못내 아쉬웠다. 최선을 다하고 열심히 살았지만, 현실의 모양새는 뒤로 달리는 열차 같았다. 흰머리를 감추기 바빴고 눈가 주름이 질까 봐 크게 웃지도 못했다. 남들처럼 리마인드 웨딩이다 뭐다 해서 이벤트를 하고 은근히 근사한 선물을 기대했었다. 꿈쩍도 안 하는 남편과 밥 한 끼 근사하게 먹고는 아쉬움을 감추기 바빴는데 프러포즈라니.

나도 모르게 웃음이 튀어나왔다. 생전 애정 표현 못 하던 사람이 진지하게 말하니 어색하기도 하고 우습기도 했다. 잡아 놓은 물고기에 먹이를 줄 필요가 없다는 듯이, 안방의 장롱처럼 무미건조하고 빼빼 말라가던 우리의 결혼생활이 스쳐 지나갔다. 나름 얼마나 준비했을까. 이벤트와 목소리 낭독까지. 이번 여행도 남편이 모두 계획하고 몸만 오라 해서 가볍게 나섰는데 이렇게 정성껏 준비하다니 감동이었다. 황산 정상에서 떠오르는 태양과 함께 마시는 차 한 잔은 풍미가 깊었으며 지금이 꽃자리구나 싶었다.

텔레비전을 틀었는데 낭랑한 중국어 소리와 함께 화면 가득 황산의 풍광이 펼쳐졌다. 코로나가 길어지면서 여행 프로그램은 보고 또 봐도 힐링이 됐다. 재방송이어도 가본 곳이 나오면 새록새록 그 기억이 떠올려지며 눈여겨보게 된다.

점심을 뒤로 미루고 나는 커피 한 잔을 앞에 놓고 황산 정상, 그 시간 속으로 걸어 들어갔다. 덜덜거리던 남편의 목소리가 귓전에 들리는 듯하다. 우리의 얼굴 위로 쏟아지던 눈부신 햇살이 찻잔 위에 내려앉았다. 세상 어디에도 내놔도 뒤지지 않을 황산의 풍경이 눈에 보이는 듯했다. 그렇게 내 마음속 황산은 고운 색깔이 입혀지면서 또 다른 계절을 맞이하고 있었다.

사려니숲의 나무 한 그루

  제주가 고향인 나는 고등학교를 졸업하고 줄곧 서울에서 생활했다. 섬이 아닌 뭍으로의 탈출은 기회이자 희망이요 또 다른 목표가 되었다. 야심차게 펼쳐지리라 여겼던 서울 생활은 생각만큼 녹록치 않았다. 직장생활 대신 선택한 이른 결혼으로 많은 것을 포기하고 받아들이는 삶을 살아야 했다.

  두 아이의 양육과 가사 등으로 피로감이 쌓였다. 종가의 맏며느리라는 자리는 줄곧 부담으로 여겨졌고 버겁게 느껴졌다. 내색은 안 했지만 둘째 아들처럼 책임감과 의무감에서 홀가분하게 벗어나고 싶었다. 가끔 명절 때 비행기를 타고 유럽의 고풍스런 도시로, 동남아의 휴양지로 떠나는 꿈을 꾸기도 했다.

  그러나 현실은 그 이상도 그 이하도 아닌 주어진 삶을 꾸려가야 했다. 추석 연휴만 해도 어김없이 제주를 찾았다. 이제는 큰아이가 직장생활을 할 만큼 시간이 흘렀고 익숙해져서 명절이 어렵지는 않다. 하지만 어떤 일을 하면 완벽하게 잘 해야 된다는 생각이 있어 긴장을 늦출 수는 없다. 매번 가족과 친지들이 한자리에 모여 예법에 따라 조상의 은덕을 기리고 돌아가신 분들을 추모한다. 가족, 친지 간의 친목을 다지고 화합을 꾀한다.

차례가 끝난 후에 아버님이 말씀하셨다.

"내년부터는 모든 기제사를 서울로 모시고 가서 지내라."

'아, 올 것이 왔구나.'

예상치 못한 일은 아니었지만 순간 몹시 당황스러웠다. 시골로 내려가서 지내는 것이 내 집에서 치르는 것보다 훨씬 수월하다는 것을 알기 때문이었다. 친척들이 머물러야 한다면 방이 더 있어야 하고 거실과 부엌도 지금보다는 커야 하는데…. 큰일을 치르자면 식기에서부터 침구류, 가구 배치 등 신경 쓰고 갖춰야 할 것들이 많다. 내 마음을 아는지 모르는지 가족들은 서울로 가야 하는 자신들의 부담감과 불편함에 대해서 대화하고 있었다.

이튿날, 남편에게 조용한 숲으로 가고 싶다고 말했다. 스트레스도 풀고 머리도 식힐 겸 가까운 숲으로 가서 좀 걷고 싶었다. 남편은 근사한 데가 있다며 차를 몰고 사려니숲으로 향했다. 명절이 지나서인지 나들이 나온 사람들로 입구부터 북적였다. 삼삼오오 가족 단위, 연인, 친구, 또는 혼자 온 무리들이 뒤섞여 출발선에 선 마라톤 선수처럼 서두르고 있었다.

숲해설사가 사려니 숲길에 대한 코스 안내와 간단한 설명을 덧붙였다. 나는 가볍게 1시간만 걷자고 마음먹었다. 숲으로 들어서는 순간 짙푸른 삼나무가 하늘을 향해 빽빽하게 뻗어 있는 것이 아닌가. 순간 가슴이 뻥 뚫리는 것 같았다. 사람도 저렇게 근심 걱정 없이 자신의 꿈과 희망을 쭉쭉 펼쳐나갔으면 좋겠다. 젊은 날의 준비도 없이 현실을 살아야 했던 나로서는 삼나무의 튼튼한 줄기와 짙푸른 잎들이 부러웠다. 땅에 뿌리를 내려 올곧게 잘 자라준 삼나무들. 나름 시련이 있었겠지만, 숲 입구부터 군락을 이루고 사람들을 맞이하는 삼나무들이 장하게 느껴졌다.

여러 종류의 크고 작은 나무들이 대부분인 숲길에 유독 나의 눈길을 끄는 작은 꽃나무가 있었다. 산수국이라고 했다. 이 꽃은 초여름에 한창이라며 남편이 사진을 찍어주겠다고 했다. 풍성한 수국과 달리 야생으로 피어나는 산수국은 작고 초라하다. 자세히 들여다보지 않으면 꽃이라고 할 수도 없는, 희미한 흰색 꽃들이 연보랏빛을 머금고 피어 있었다. 호젓하게 자리를 지키고 앉은 산수국이 흡사 내 모습 같았다. 화려함을 뽐내지 않고 묵묵히 봉사하고 자신이 맡은 바를 누가 알아주든 말든 열심히 하라는 이미지 같았다.

숲의 정중앙을 향해 길은 계속 이어진다. 구불구불 이어진 오솔길은 흩어졌다가 다시 하나로 이어진다. 우리의 삶도 이와 같지 않을까. 초반에 웅장한 삼나무의 기운과 기대를 받으며 시작한 여정은 중간중간 오솔길을 만나고 조금 돌아갈지 곧장 갈지는 자신의 몫이다. 바라는 것이 많고 도전 의식이 있는 사람은 여러 갈래의 길들을 거칠 것이다. 궁극적으로 돌아서 간 사람이나 곧장 내달린 사람이나 종국에는 하나의 길에서 만난다. 시간과 속도의 조절. 각자의 길에서 얻은 마음의 양식과 경험이 다를 뿐이다.

결혼과 육아라는 외길을 걸었던 나는 이길 저길 모두 걸어보았다. 똑같아 보여도 마음에 와닿는 느낌이 다르다. 제주의 곶

자왈 지대인지라 낮인데도 어두컴컴한 곳이 있는가 하면 이글 거리는 한낮의 태양이 눈부시게 반사하는 길도 있었다.

초등학교 4학년 때인 것 같다. 친구들끼리 버스를 타고 근처 바닷가로 놀러 갔었다. 해가 지는 줄도 모를 정도로 신나게 놀고 아이스케끼까지 사먹었더니 버스비가 모자랐다.

돈이 없어서 일주도로를 따라 걷고 또 걸었다. 한참을 걷다 보니 사방이 어두컴컴한 밤이었다. 무섭기도 했지만 전화할 데도 없었고 부모님께 혼날 생각을 하면서 그저 부지런히 걷기만 했다.

집에 도착했더니 난리도 아니었다. 우리 일행이 없어진 줄 알고 경찰에 신고했으며 마을 어른들이 모두 우리를 찾아 나섰었다. 나를 보는 순간 불호령을 내릴 것만 같았던 아버지는 아무 말씀이 없으셨다. 어머니만 내 등짝을 한 대 후려쳤다. 아프고 속상했던 마음에 원망했었는데 이제 내가 부모가 되어보니 그 마음을 알 것 같다. 길을 잃고 헤매다 다시 가정이라는 품 안에 들어갔었던 어릴 적 추억, 그 기억이 오늘의 나를 있게 해준 것은 아닌지?

숲이 이끄는 대로 오늘 하루는 휴식이다. 한라산 중턱 인적 드문 곳에 수천 년을 지내온 숲길이 있었다. 숲은 내 마음을 아는지 모든 것을 내려놓으라 한다. 불어오는 바람과 공기, 나무와의 대화에 귀를 기울여 보라 한다. 살면서 무엇이 그리 바빴는지 자연을 보고도 사진 몇 장 찍고 숲을 체험한 것처럼 후다

닥 나왔다. 자연이 우리에게 주는 에너지와 생기를 마음으로 못 받아들이고 살아왔다.

살랑거리는 가을바람, 한없이 맑디맑은 구름, 짙푸른 나무들이 뿜어내는 피톤치드의 향, 이 숲에서 난 무엇을 느끼고 생각할까? 실타래처럼 얽히고설킨 마음의 복잡함이 제주의 청정한 숲길에서 오롯이 무너져 내렸다. 한라산이 있어 나무가 많고, 비옥한 토양에 깊이 뿌리내린 이 울창한 삼림이 나의 고향이고 안식처이며 보금자리임을 이제야 깨닫게 되었다.

다음번에도 고향에 내려가면 사려니숲을 찾으련다. 가끔 도시 생활에서 찌들고 병든 내 마음을 치유하려고. 매사에 감사하고 부족하게 느낀 것을 배우고 사랑하며 채워달라고. 아름다운 제주를 든든하게 받치고 있는 사려니 숲길아, 고맙다.

_산림문학상 응모작

말 타고 보덴제호수 건너기*

빛바랜 사진처럼 오래된 약속 하나를 저 물속에서 건져 올린다. 젊음이라는 열차에 두근거리는 마음으로 나의 자리를 찾아갈 때, 찬란한 빛이 차창에 눈부시게 쏟아질 때, 세상은 아름답고 미래는 장밋빛이었다. 하지만 현실의 무게는 버거웠고 일상의 두께는 얇아 보여서 시도 때도 없이 혼자만의 고독과 우울의 문을 넘나들었다. 내가 만든 우물에 빠져 혼자 버둥대며 낯설고 힘들었던 시간을 견뎠다. 누군가 물 안으로 튼튼한 동아줄을 내려보냈다. 그 끈을 붙들고 밝은 세상으로 걸어 나올 수 있었다. 말 타고 보덴제호수를 건너보겠다던 약속이 있었다.

호수의 맑은 물을 들여다본다. 어디에서 발원하여 이곳까지 흘러들었는지, 우리의 삶과도 같은 물주름이 아침 햇살에 영롱하게 빛나고 있다. 여행길에 마주한 호수, 주왕산 길목의 주산지는 긴 잠에서 깨어난 왕버들 수십 그루가 그 자태를 드러냈다. 물속에 비친 제 그림자가 황홀한 듯 그윽한 미소를 띠고 있

---

* 독일 작가 페터 한트케의 희곡

다. 산자락이 붉음과 푸르름이 뒤섞인 묘한 아름다움을 드러내고 고운 자태로 주변을 홀릴 때, 연못은 뒤질세라 살포시 물안개를 드리우며 청아한 옷으로 갈아입었다. 이곳에서 스무 살의 소녀, 나를 잠시 떠올린다. 핀컬 파마로 앞머리를 살짝 내리고 당시 유행하던 운동화를 신고, 무엇이 좋은지 자기 앞의 무지개를 닮은 소년에게로, 첨벙첨벙 물을 튕기며 호수 위를 뛰어가고 있었다.

서울에서의 대학 생활이 시작되었다. 기대가 컸던 만큼 캠퍼스는 실망의 연속이었다. 눈부신 봄의 햇살이 교정을 내리쬘 때도 아무런 명분도 없이, 나는 그저 말없이 응달에 앉아 있던 아이였다. 내 또래의 여학생이 도서관 옥상에서 쪽지를 뿌릴 때도 험악한 아저씨들이 그녀들을 끌고 갈 때도 난 방관자였고 엿보는 자였다. 샌님처럼 도서관에 처박혀 책을 들여다보고는 있었지만, 글자만 맴돌 뿐 머릿속으로 들어오는 게 하나도 없었다. 집에서 부쳐주는 돈은 빠듯했고 학교와 학과는 내 적성과 이상에 맞지 않았다.

첫 단추를 잘못 끼웠음을 한 학기를 보내고 나니 알 수 있었다. 지금처럼 재수를 선택하고 전과가 흔치 않았던 때여서 나의 고민은 깊어만 갔다. 아니 방법조차 몰라서 허둥대던 날들이었다. 그 깊었던 고민이 나를 병들게 하고 내려놓을 수도 다시 시작할 수도 없는 어정쩡한 사람으로 만들어가고 있었다.

그렇게 표면의 나를 숨긴 채 방에서 책을 펼치거나 뒹굴거리며 지내던 어느 날이었다. 하숙집 할머니가 전화 수화기를 내어준다. 초등학교 동창, S였다.

"남산 괴테하우스에서 독어 연극을 하는데 보러 와."

'말 타고 보덴제호수 건너기'라는 독특한 제목이었다. 페터 한트케, 부조리극을 쓰는 다소 생소한 작가의 작품이었다.

초대까지 했는데 작가와 작품을 모르는 것도 예의가 아닌 것 같아 도서관에 가서 책을 뒤졌다. 작가의 언어관이 독특했다. 언어를 우리의 존재와 세계를 받치고 있는 얇은 얼음판으로 생각한다고 했다.

언어는 우리에게 직접적이지 않고 간접적으로 작용하는데 예를 들자면, 가끔은 사람들은 위험 그 자체로 인해 죽는 것이 아니라 위험에 대한 상상, 관념으로 인해 죽는다는 것이다. 모르고 어떤 위험을 지나왔을 때, 그것을 뒤늦게 깨닫고, "휴~ 말 타고 보덴제호수 건넜네!"라고 말하곤 한다고 했다. 여기서 언어를 인생으로 바꿀 수 있다고 했다. 처음 접하는 관념어인 언어유희와 언어비판의 세계가 어렵게 다가왔다.

남산을 가기 위해 남대문시장에서 버스를 내려 한참을 걸어 올라갔다. 관객은 많아야 열 명 남짓이었다. 세 명의 남자 배우가 부지런히 무대 위를 움직이며 주고받았던 말들이 일상대화를 넘어선 문장부호 같은 심오한 표현이었다.

극 중 인물들은 일상의 여러 관용적 표현, 진부한 문구, 소소한 대화, 오해와 편견, 잠꼬대 등을 뒤섞고 미끄러지듯 계속하여 다음 상황을 이어가며 연기했다. 산만하고 모호한 언어의 경계를 넘나들었지만 모른다고 하면 안 될 것 같아 부러 고개를 끄덕이며 이해하는 척했다.

그날 연극에서 들은 언어적 사건의 의미는 종종 뒤늦게, 당혹스러운 충격으로 경험되기도 했다. 당시 상황은 데모와 최루탄으로 어지러웠던 시절, 무어라 정의할 수 없으나 우리의 스무 살 언저리를 싸늘하게 둘러싼 그 기운의 정체는 무엇이었는지. 이방인의 메르쏘가 햇살이 눈부시다는 이유만으로 권총 방아쇠를 당겼을 때와도 같은 묘한 울림이 일었다. 우리도 보덴제호수를 용감하게 건너야 하는 젊음이었기에.

배역에 맞춰 뽀글이 파마를 한 동창의 모습이 우스꽝스러워 통 집중하지 못했다. 기억 속 그는 엄격한 부모님 밑에서 전교회장을 도맡아 했던, 흐트러짐이 없었던 단정한 모범생이었기에. 나의 예상을 깨고 완벽에 가까운 반전에 성공한 그는 흡사 반항의 아이콘 같았다. 너덜거리는 청바지에 앞가슴을 풀어헤친 셔츠 바람이었다. 전공과는 무관한 독어 연극에 빠질 수 있다는 것만으로 그가 남달라 보이던 순간이었다. 가슴 한구석에 묻어둔 낭만과 감성이 송두리째 드러나 보였던, 그날의 연극을 잊을 수가 없었다. 의미를 알 듯 모를 듯 어렴풋하고 심오한 대사들의 반향도 무대 위 조명등처럼 빛 번짐이 좋았다.

보덴제호수가 어디쯤 있냐고 물었다. 독일에서 가장 큰 호수라며 보덴제는 실제 가보지 않아도 우리의 마음 안에서 만날수 있는 곳이라고 했다. 누구나 열심히 미래를 향해 나아가다 보면 바다와도 같은 장애물을 만날 수 있고 그것을 뛰어넘으려

157

말 타고 보덴제호수 건너기

는 노력을 하다 보면 호수는 자기 것이 된다고 했다. 살얼음판 같은 수면을 말을 타고 건너려면 굉장한 인격 수양과 관조, 철학과 지혜까지 있어야 할 것 같았다. 그래서 좋아하는 사람과 둘이 말을 타고 사랑의 힘으로 인생이란 호수를 건너가는 것도 나쁘지 않을 거라고 그가 말했을 때 나는 살짝 얼굴을 붉혔다.

여름 방학이 찾아왔다. 고향 바다를 함께 볼 수 있어 좋았다. 날이 맑아서, 바람이 불어도, 시간이 많아서 이유는 갖다 붙이면 됐다. 나란히 방파제 위를 걷기도 하고 테트라포스에 앉아 그가 불러주는 노래를 감상했다. 막걸리를 앞에 두고 서였나? 그는 소주 한 잔에도 껄껄껄 웃으며 '명태'라는 가곡을 호탕하게 불렀다.

'어떤 외롭고 가난한 시인이 밤늦게 시를 쓰다가 쐬주를 마실 때~~ 명태, 명태라고 이 세상에 남아 있으리라.' 비장하게 불러주던 바리톤 저음의 울림이 멋져서, 가사가 유머스럽고 우스워서 한참을 서로 깔깔대며 파도가 떠나가도록 크게 웃었다. 내 젊은 날도 외롭게 글을 쓰고 술잔을 기울이며 시대를 탓하고 개혁하고 싶은 열망으로 한때는 장식되어 있었지. 초등학교 동창으로 친구처럼 장난스럽게 만났던 그 시절이 있었다.

노래와 연극, 문학을 사랑한다던 그는 더 이상 이런 낭만을 가질 수가 없었다. 부모님이 원하는 대로 대학 2학년 때부터 본격적인 고시 공부에 들어갔다. 왠지 그의 미래를 위해 내가 뒤로 빠져줘야 할 것만 같았다. 나는 나대로 학교생활을 하고 졸업을 했다. 이따금씩 전해오던 소식이 완전히 끊겨갈 무렵,

그렇게 나의 첫 번째 봄날은 한번 흐드러지게 꽃 피어보지도 못하고 물 흐르듯 흘러가 버렸다.

　왕버들처럼 물속에 잠겼던 S에 대한 기억이 수면 위로 하나 씩 올라왔다. 어렴풋이 젊은 날의 아련한 두근거림이 파문을 만들었다. 물 위로 몸을 드러내며 자신의 모습을 부드럽게 보여주던 왕버들도 나름 숨기고 싶고 감추어진 예전의 기억이 있었으리. 물속에 담가 두고 곰삭였을 옛일들이 있었으리. 그 기억이 주는 추억의 힘으로 지금의 버드나무를 굳건히 받치고 있는 것임에 왕버들의 늘어진 모습이 애잔하게 보였다.
　"아니야 그 길이 아니잖아. 내가 있는 곳으로 와봐. 햇살이 눈부시게 빛나고 있어. 연못 속에 비친 나무의 모습을 봐. 세상은 이렇게 아름다운 거야."
　S가 말하는 것만 같았다. 그의 목소리가 들리는 것 같아 고개를 돌려 뒤를 봤으나, 기억 속 내가 유유히 걸어가고 있을 뿐이었다. 아쉬움 때문이었는지 부러 그의 목소리를 외면하며 나는 말 없이 어디론가 걷고 또 걸어가고 있었다.
　저 산과 햇살과 공기는 하나가 되었다. 시간의 축적 속에서도 호수는 변치 않을 자태를, 아름다움을 선사하고 있었다. 어슴푸레 홀연히 일어선 아침나절의 햇살은 고고하게 자아를 향해 솟아오르던 나의 이십대였다.
　스무 살의 나는 새초롬히 말을 아끼며 못 할 게 없어 보였다. 그 누구의 말도 필요치 않게 혼자 꼿꼿이 서고 싶었던, 하늘까지 맞닿고 싶었던 신기루 같았던 한 줄기 빛이었다. 그 빛으로 인하여 훌훌 털고 일어설 수 있는 용기를 가졌다. 그늘을 향해 돌아누운 저 왕버들은 보기에는 축 늘어져 있으나 물속 깊숙이 자신의 뿌리를 굳건히 내리고 있었다.

무수히 가는 끈으로 엮이고 조여 가며 자신을 단련시키면서도 고개를 다소곳이 숙이고 있다. 물과 햇살에 순응하며 왕버들만의 색채를 만들어간다. 오랜 시간이 그 위에 덧입혀지면서 수려한 자태를 뽐내고 있다.

가끔은 사랑이라는 연못에서 나를 건져내어 정신을 차려보고도 싶고 풍덩 다시 빠져보고도 싶다. 주산지, 가을 단풍과 빛, 햇살이 빚어낸 큰 그릇을 보고 있으려니 아련함과 우수 어린 감성이 새벽 안개처럼 몽글몽글하게 피어오른다. 겨울이 채 도착하지 않은 어느 가을날에 시간이 허락한 곳에서 말 타고 보덴제호수를 건너갔던 스무 살의 나와 마주한다. 이 모든 아름다움의 시작은 물속에 비친 왕버들의 늘어진 자태였다. 가끔은 호수 밑바닥 그 어두운 심연에서 나를 끄집어내 가을 햇살에 말리고 싶다.

_황순원문학제 나의 첫사랑 이야기 가작 2021

감물 들이기

　기제사가 다가왔다. 유치원생 딸 아이 손 잡고 돌이 채 안 된 어린 아들 품에 안고 부지런히 귀향길에 올랐다. 외국에서 사업하는 남편을 대신해서, 혼자 서두르는 귀향길이 어린 새댁에게는 쉬운 일이 아니었다. 두 아이는 보채고 물을 엎지르고 낑낑댔다. 기저귀며 우유병 등 커다란 짐과 함께 시댁에 도착했다.

　대문에 들어서자 상큼한 꽃향기가 솔솔 났다. 온갖 피로를 잊게 해줬다. 말없이 미소 지으며 반갑게 맞아주시는 아버님.

　"수고 많았다. 오느라고 고생 많았지?"

　아버님 뒤편에는 언제나 감꽃이 만개해 있었다.

　감꽃이 한바탕 흐드러지게 피고 나면 돌아온다던 남편의 약속은 차일피일 미루어졌다. 감나무에 탐스러운 붉은 감이 달려 있을 때도 그 감이 하나둘씩 떨어져도 남편의 사업은 제 자리를 찾지 못했다.

　지인의 소개로 외국에서 사업을 시작한 남편은 열심히 일에만 전념했다. 애들이랑 감물을 들이자던 약속은 조금씩 색이 바래갔다.

아들이 유치원에 들어갔다.

"할아버지 언제 감 따주실 거예요?"

"조금 기다리렴. 덜 익은 감은 떨어서 못 먹어."

그러면서 잘 익고 보기에 좋은 커다란 감은 항상 당신의 손자 몫이었다.

해마다 감물 들이는 날이면, 할아버지 옆에 선 아들의 눈빛이 초롱초롱했다. 마당에서 덜 익은 풋감을 한 바구니 따왔다. 도구리(함지박)에 넣고서 덩드렁마께(나무방망이)질은 아들 몫이다. 풋감이 으깨지면서 연두색 즙을 만들었다. 아들은 고사리같은 손으로 천에 감물이 잘 들도록 조물락거리며 주물렀다.

감물이 스며들면 천에서 감 찌꺼기를 털어내고 천 모양을 바르게 하여 바람이 잘 통하고 햇볕이 잘 드는 곳에 널었다. 멍석에 누운 감색 천이 편안해 보였다. 햇볕에 널어 건조하고 다시 물을 적신 후 건조를 반복하면 제주만의 고운 색이 만들어질 것이다. 한낮의 뜨거운 태양과 기분 좋은 바람이 감을 붉게만들어 더 질겨지고 시원한 갈중이가 되는 것이다. 아버님은손수 감물 들인 천을 뚝딱 마름질하여 아들의 윗도리와 바지를만들어 주신다. 아들은 내내 이 옷을 입고 골목대장을 자처하며 쑥쑥 자랐다.

남편을 기다리는 날이 길어만 가던 어느 해인가, 혼자 감물을 들여 봤다. 작은 손수건이 쪽빛 향으로 곱게 물들면서 바다 건너 힘차게 날아가, 땀이 많은 그에게 전해질 거라 믿으면서였다. 청량한 가을바람이 우리 가족의 안부를 전하고 눈부신 햇살은 그간의 고생을 환하게 말려줄 것이다. 희망을 매달은 손수건은 한동안 빨랫줄에서 펄럭였다.

예고에도 없던 태풍이 한차례 지나갔을까? 내가 서툴게 만들었을까. 가을 햇살과 바람에 살랑대며 제 몸이 알맞게 물들어가던 손수건이 어느 날 자취도 없이 사라져버렸다. 바닥에 나뒹구는 또 다른 서너 장은 얼룩이 여기저기 묻어 있었다. 감물 들이는 순서가 잘못되었나. 나의 정성이 모자란 것은 아닐까. 잘 해 보려는 일이 엉망으로 돼버려 속상한 마음보다 그이의 안부가 불현듯 걱정되었다. 처음 하는 거라 그럴 거야. 다음번에는 잘 할 수 있어. 그렇게 마음을 다잡아가며 매년 감물 들인 손수건이 늘어만 갔다.

어느 이름 없는 오지의 섬에서 일하고 있던 남편은 간간이 감꽃 향이 생각난다고 했다. 달짝지근하고 떫떠름한 감꽃을 주워 입에 물고 풀 향기 가득한 웃음을 쏟아내던 그였다.

담장 안에 감꽃은 저렇듯 예쁘게 피어 있고 그리움을 목에 걸고 흔들리는 추억을 포장하고 있는데, 감꽃 향기 유난히 코끝을 간질이는데 그이의 목소리는 어둡기만 했다. 누구나 그렇듯이 처음 사업을 할 때는 가능성만을 가지고 장밋빛 환상에 젖어들기 마련이다. 같이 동업한 사람이 미련 없이 손을 뗄 적에도 성공하리라는 의욕에 어려울 것 없어 보였다.

한 해 두 해가 지나면서 남편의 얼굴은 까칠하게 변했고 이

163

유 없이 체중이 빠졌다. 계속되는 위경련과 역류성 식도염이
발목을 잡았다. 크고 작은 잔병을 달고 살기 시작했다. 회교도
의 나라에서 이슬람문화권의 관습은 불편과 소통 부재로 이어
졌다.

아버님이 그이의 팔 길이와 바지, 허리 치수를 물었다. 제주
도에서는 감물 들인 갈중이를 자주 입는다. 무엇보다도 질기고
시원해서 과수원 일을 할 때 입는다. 평상시 즐겨 입어도 멋스
런 생활한복 같은 스타일이다. 땀을 많이 흘리는 남편이 타국
에서 얼마나 고생하는지 안쓰러워서 시원한 갈중이 한 벌 만들
어 보낸 것이다. 곱게 접어 부쳐온 갈중이는 머나먼 길을 떠나
주인을 찾아가겠지.

동네 개들이 어슬렁거리다 졸음이 쏟아지는지 꾸벅꾸벅 졸
고 있는 오후, 담장 위로 드리워진 감나무 가지가 가볍게 흔들
렸다. 감꽃이 떨어져 내렸다. 한 잎 한 잎 주워보았다. 그가 머
무는 곳에도 감꽃이 피었을까. 그렇게 떫디떫은 문장들을 주워
담으며 가족에 대한 그리움을 삭혀가던 남편이었다. 그러기를
몇 해, 아버님과 가족의 성원에도 불구하고 그이는 사업을 접
어야 했다. 고생은 위염을 선물했고 비싼 수업료를 물어야 했
다.

집에 있는 날이 많아졌다. 그보다도 온몸의 열정과 체력이
다 고갈되어 버린 몸으로 그가 덩그러니 앉아 있었다. 다음 일

거리를 찾는 것도 쉬운 일이 아니었다. 지속되는 답답한 공기 속에서 그의 결정만을 기다리는 내 신세가 처량해졌다. 이럴 때 나라도 일을 할 수 있다면 좋으련만.

길가의 홍시가 탐스럽게 익어가던 어느 가을날 그가 가까운 북한산에 오르자고 했다. 등산복이 아닌 갈중이를 입고 가겠다기에 잠깐 머뭇거렸지만, 곧 꺼내다 주었다.

지척에 있는 산이라 등한시했는데 막상 걸으니 만만치 않았다. 흐르는 땀을 연신 닦아내며 말없이 걸었다. 이름 모를 꽃들이 얼굴을 내밀고 얽히고설킨 나무뿌리가 발판이 되었다. 한두 가지 버섯밖에 모르는 내 눈에 비친 화려한 모양의 버섯들이 신기했다. 푸르른 하늘과 공기는 더없이 상쾌했다. 나란히 걷다보니 어느새 사모바위였다. 나름 정상에 올랐다는 기분을 만끽하기가 무섭게 그가 소리 질렀다.

"자, 이제부터 다시 시작이야. 힘을 내 김○○."

자신에게 약속이나 하듯이 우렁찬 목소리가 공중으로 날아갔다. 메아리가 되어 울리듯 되받아치는 소리. 이제부터 다시 시작이야. 큰소리를 쳐서 그랬는지, 갈중이를 입어서 그랬는지 사람들이 쳐다봤다. 쳐다보면 어떠리. 당당히 맞서고 싶었다. 이곳은 서로 사랑하는 사람이 운명의 장난으로 인해 이루어지지 못한 사랑을 갈구하다 멈춰버린 사모바위 아니던가. 그 안타까운 사랑의 힘을 부여안고 다시 한번 용기를 내 볼 수 있는 곳이었다.

풋풋하고 생생한 젊음이 아름다웠던 남편이 어느새 황갈색의 피부로 변해가고 있다. 으깨지고 부서지며 청아한 감물을 내뿜는 풋감처럼 이곳저곳 감물이 스며들어 단단해져 가고 있었다. 뜨거운 햇살에 몸을 맡기고 시원한 바람에 머리를 누이며, 자신을 단련하며 성숙해지고 있다. 수 차례의 담금질과 건조를 거쳐야 훌륭한 옷감이 완성되듯이. 사랑과 정성으로 빚어낸 옷이 그를 기다리고 있었다. 그는 붉은 기가 감도는 갈색의 갈중이처럼 꼿꼿했다. 맨땅을 딛고 일어서는 한 벌의 갈중이는 오늘도 태양과 바람을 벗 삼아 앞으로 나아갈 것이다.

이제는 부쩍 커버린 아들과 감물을 들이고 있다. 아직 붉게 속이 꽉 차기 전, 어리숙한 모습의 땡감을 하나둘씩 땄다. 이 풋풋함이 곰삭혀져 이번 추석 명절은 곱게 감물이 들 것이다.

제4부

원담이 있는 바다

무게

어버이날을 며칠 앞두고서였다. 또 한번 급작스런 전화에 마지막이라는 생각으로 울음을 삼키며 서둘러 공항으로 향했다.

공항은 가족 단위 여행객들로 붐볐다. 코로나로 인한 사회적 거리두기가 어느 정도 풀려가고 황금연휴가 겹치자 봇물이 터지듯 사람들이 밀려들고 있었다. 어린아이들을 대동한 젊은 아빠 엄마들이 많이 보였다.

탑승수속을 위해 기다리고 있었는데 내 옆에 앉은 아기엄마가 기저귀를 갈아야 한다며 난감해했다. 아이는 계속 보채다가 큰소리로 울어댔다. 괜찮다고, 아기가 편해야 하지 않느냐고, 나는 괜찮으니 어서 갈아 주라고 했다. 아이의 똥이 얼마나 예쁘고 냄새도 고소한지 키워봐서 안다고. 아기가 잘 싸 주는 게 엄마에게 큰 기쁨이라고 말해 주자 아기엄마의 얼굴에 화색이 돌았다. 민폐를 안 끼치려는 듯 빠른 손놀림으로 움직이는 새댁의 모습에서 스치듯 나의 지난날이 떠올랐다. 늦게 얻은 아들의 똥 기저귀를 갈아 주면서 얼마나 행복했던가. 아들한테 바라는 게 하나도 없었던, 그저 잘 먹고 건강하게 자라주는 것만이 최상의 기쁨이었다.

무게

어머니는 병실에 덩그러니 누워 계셨다. 양팔을 벌려 세상의 균형을 오롯이 당신의 몫으로 들고 있어야 했던 어머니는 이제 흥건히 젖은 기저귀로 남았다. 혼자 남겨진 외로움 위에 여태껏 풀어야 했던 삶의 버거운 숙제를 내려놓고 텅 빈 저울 위에 달랑 빈 몸뚱이로 누워 있었다.

그런데, 예상보다 무거웠다. 바람 불면 바로 꺾일 것 같았던 한줌 어머니의 몸이 이렇듯 묵직하게 다가올 줄은 생각도 못 했다. 뼈대만 남은 빈 등이 이렇게 버팅기고 있을 줄은. 곧추세워야 죽이라도 떠먹일 텐데 한사코 당신의 머리와 고개는 옆으로 쓰러지면서 바닥으로 눕고자 했다. 가눌 수 없다는 것은 땅을 향해 들어가고 싶다는 것일까. 당신 혼자 힘으로 할 수 있는 건 코로 숨을 미약하게 들이마시고 바짝 타들어가는 입으로 곡기를 받아 넘기는 것. 그리고 배설하는 것. 생의 한 가닥 끈을 놓지 않으려는 마지막 의지가 이런 몸부림이었을까.

가끔씩 내가 글을 쓰면서 인용해왔던 삶의 무게란 표현은 다 거짓이었다. 껍데기뿐인 낭만이었다. 백 년 가까이 지탱해 오느라 까맣게 타들어가, 텅 비어버린 음침한 동굴. 그곳을 감싸고 있었던 솜 뭉텅이 기저귀가, 오줌으로 축 늘어진 무게가 이렇게 무거울 줄 몰랐다. 시원(始原)의 골짜기 같은 그 동굴을 통해 내가 태어났고 삶이 일어섰으며 가치관과 생각이 자라났음을. 원시림의 수풀을 통해 영양을 공급받아 내가 커갔고 양육되었음을 부정할 수 없었다.

에너지가 넘치던 한낮의 태양과도 같았던 그곳이, 이제는 버림받아도 좋을 만큼 황폐해졌다고 감히 누가 말하는가. 성인의 요 냄새가 몇 날 며칠을 손을 씻고 닦아도 없어지기 힘들다는 것을 이제야 알게 되었다. 병든 노모를 요양원에 보내놓고 효도란 겉옷을 걸쳤다고 자위하며 가끔씩 들여다보는 것으로 할 도리를 다했다고 여겨왔다.

집을 방문하는 손님을 위해 스스로 차린 따끈한 밥상이 아니었다. 바쁘고 힘들다는 핑계로, 아줌마, 여기 차 한 잔요, 하며 내다주길 바라는 사모님처럼 우리 오 남매 모두는 그렇게 어머니를 마주 대했다. 마지막 가시는 길 너희들도 이 어미의 잔재와 부스러기 한 줌이라도 만져보고 맡아보라고, 어머니는 그렇게 전화 한 통으로 당신의 부재를 알렸다.

이렇게 마음과 몸이 향하던 어머니에 대한 연민과 사랑은 일주일 간호로 밤을 지새우고 나니 시큰둥해졌다. 나 역시 속물 중의 속물이었음을 알아버렸다. 쓰임새가 다한 물건처럼 닳고 해지듯이 모습이 변형돼 가며 어머니의 모든 기능이 마비돼갔다. 담당 의사와 병원은 감정 따윈 아랑곳없이 본분에만 충실했다.

조금씩 간호에 지쳐갈 무렵 날름날름 음식만큼은 거부하지 않는 어머니의 내장 기관을 탓하고 아이처럼 갈아대야 했던 어른의 기저귀는 힘에 부쳐갔다. 혼자서 일으켜 세워서 밥을 먹이고 옷을 갈아입혔다. 번갈아 몸을 돌려가며 기저귀를 갈아야 하는 일은 솔직히 버거웠다. 여자병실이라는 이유로 두 오빠는 밤샘 간호를 안 했고 큰올케는 직장 걱정을, 작은올케는 허리가 아파 간호하기 힘들었다. 서울 사는 세 딸만 이삼일씩 왔다 갈 뿐 뾰쪽한 대안이 없었다.

눈을 감고 있어도 어머니는 다 보고 있었으리라. 내가 너희들 키울 때 제사는 한 달에 한 번 주기로 지냈어. 아버지는 가끔씩 외박을 했으며 시어머니는 맨날 타박을 했어. 너희들 기저귀 갈아대면서 앞날 따윈 생각하지 않았지. 근데 하나도 아닌 다섯이 이 어미 하나 감당 못 하겠다고? 결혼해서 식구가 배로 늘어났으면 성인 열 명인데. 다 자란 손녀, 손자까지 하면 스무 명이잖니? 그 무게를 합쳐서 이 어미 하나 들어 올릴 힘이 없다고? 쯔쯧. 인생 헛살았어. 마치 이렇게 허공을 향해 맥없이 반쯤 떠 있는 눈이 말하는 것만 같았다.

나만은 그렇게 안 하리라 생각했다. 적어도 그렇게 생각했었다. 서울서 대학교 다니다 방학에 내려가면 사랑스런 막내딸의 귀향에 극진 대접을 받았기에. 어머니의 가슴 한 편에 박힌 못 배운 한을 풀어준 딸을 자랑스러워하는 자부심을 고스란히 전해 받았기에. 막내라 마지막까지 어머니의 치맛자락을 붙들고 자랐기에. 그런데 몇 번 갈아 본 기저귀 앞에서 이처럼 무너질 줄이야.

어느 해인가 요양원에 계신 어머니가 사라졌다는 전화를 받았다. 그때만 하더라도 부축하지 않아도 조금씩은 움직일 수도 있었고 대화가 가능했던 때였다. 요양원에서 주는 밍밍한 환자식 식단에 질렸을까, 단체생활에 염증이 났을지도 모르겠다. 사방 천지에 아픈 사람들만 보고 있어서 벗어나고 싶었을 거야. 집으로 가시고 싶으셨는지 입소 시 들고 갔던 빈 트렁크를 끌고 요양원 문을 밀치고 나와 버렸다.

"막둥이 기저귀 갈아줘야 해. 종일 얼마나 꿉꿉하겠어. 집으로 가려면 몇 번 버스를 탔더라. 전화번호 쪽지를 어딘가에 잘 뒀는데……."

이렇게 중얼거리면서 하루 종일 버스 정류장 앞에 서 있었다고 했다. 아, 올 것이 왔구나. 우리 오 남매가 순번을 정하고 어머니를 찾아보기로 했던 횟수가 서서히 줄어들면서 흐트러지기 시작하더니 간극이 벌어져 버렸다. 파출소 한쪽 의자에 비스듬히 앉아계신 어머니가 빙그레 웃으셨다. 아무렇지도 않은 듯이. 이렇게라도 자식 얼굴 한 번 더 보게 돼서 그동안의 불편함과 노여움, 외로움이 싹 가셨다는 듯이 해맑게 웃고 계셨다.

어머니의 손을 붙잡고 눈을 맞추며 당신이 가시는 길을 애도하는 마음이었을까. 아니면 막내딸의 인사를 전하려는 나의 발버둥이었을까. 그럼에도 불구하고 살아내야 할 일상의 무게는 나를 다시 서울로 향하게 했다.

귀경길 비행기 안에서, 기저귀의 순환을 떠올려봤다. 첫 아이를 갖고 소창지를 끊으며 이제 엄마가 되었다는 주체할 수 없는 흥분과 설렘이 하늘까지 가 닿았었다. 여기에 비례해 찾아드는 무한한 책임감에 비로소 어른이 된다는 것의 의미를 생각했었다. 기저귓감을 만들 때의 뿌듯함. 빳빳하게 잘 다려진 순면의 촉감과 순백의 향긋함을. 누구보다도 새하얗게 빨아대고 개키며 얼른 아이가 자라기만을 기원했던 풋풋했던 시절. 한동안 인생의 여름, 가을을 겪느라 잊고 살았던 기저귀를 다시 보았다. 봄의 새순처럼 파릇파릇하고 생명력 넘치던 계절이 있었다면 낡아 떨어지며 인생의 마지막 부스러기까지 다 털고 가야 하는 겨울도 받아 들여야 함을.

칭얼대며 보채던 옆자리의 아기가 나를 보며 방긋 웃는다. 기저귀 하나의 무게가 제주행 비행기 안에서 보았던 솜털 구름의 무게보다도 더 가벼워 보였다. 이 아기처럼 어머니도 불편하다고, 갈아달라고 입술이라도 움직였으면. 손짓이라도 아래를 가리켰으면. 횅한 눈만 깜박거리지 말았으면. 차라리 분노의 눈빛이라도 띄웠다면 마음이 이처럼 무겁지 않았을 것을.

어머니가 가셔야 할 그곳의 무게가 당신의 아름다웠던 젊은 날처럼 가벼웠으면 좋겠다. 반평생 이상 함께했던 아버지를 만났으면 좋겠다. 자식 다 필요 없다고 당신밖에 없었노라고 하소연하며, 아버지의 품에 가볍게 안겼으면 좋겠다.

_제15회 동서문학상 은상 2020

소분점도(小盆店島)

섬으로 다가가기는 쉽지 않았다. 모래는 어느새 물이 살살 배어들어 질퍽거렸다. 가까이 갈수록 돌들의 마찰은 심했고, 뻘의 물기가 운동화 속으로 밀려들었다. 빛은 조금씩 사그라들더니 어디가 물이고 뻘인지 분간이 되지 않았다. 지금까지 흙탕길, 자갈길 다 걸어왔는데 설마 물에 잠기기야 하겠어. 자몽맥주의 달콤한 뒷맛이 괜한 용기를 불러일으켰다.

토기를 구웠던 가마터(盆店)는 모래로 뒤덮여버렸고 이름 모를 나무와 풀들로 가득해 물이 빠져야만 걸어가 볼 수 있는 섬. 하루에 한두 번 자신을 허락하는 길을 열어주는 그 절박함이 나의 시간대와 공간과 맞물린 건 아닌지. 가끔은 무인도가 되어버린 곳이 애틋하게 다가오는 것은 그 절절한 외로움 속에서 자신을 단련시키며 꼿꼿하게 버텨내는 인내와 성숙함 때문이리라.

참나무 장작이 타닥타닥 작은 불씨를 일으키며 타들어 갔다. 사위는 고요한데 어디선가 날벌레 울음소리만 곡진히 들려왔다. 학암포 캠핑장 마당에 드문드문 이어지는 대화 소리가 바람을 가르며 계절의 리듬을 변주하고 있었다. 날이 맑아서인지 별들이 하나둘씩 보였다. 분위기 탓이었을까. 각자에게 짓눌려진 일상의 조각들을 걷어내며 고즈넉한 어촌마을이 주는 정겨움에 취해갈 무렵, 갑자기 터진 나의 울분에 순간 정적이 감돌았다.

"답답하고 숨이 막혀. 글이 잘 써지지 않아. 내 방이 필요해……."

"남들처럼 노트북 사서 카페에서 글 써요." 아들은 심드렁하게 내뱉었다. 딸은 불멍을 하며 핸드폰만 만지작거렸고 남편은 고구마가 타지 않는지에만 관심이 있어 보였다.

뒤늦게 배운 수필을 써본다고 애쓰는 요즘, 마음처럼 진도가 나가지 않았다. 노안이 왔는지 모니터 보기가 답답하고 손끝이 미끄러지면서 자꾸 자판을 헛짚었다. 게다가 식구들이 다 빠져나가거나 잠이 들어야만 온전히 내 시간을 가질 수 있었다.

집이라는 공간은 코로나로 인해 풀가동 되면서 뭔가 삐걱대기 시작했다. 매번 허덕이며 일을 처리하는 것은 오롯이 주부의 몫이었다. 기간제 교사를 하다가 임용고시 준비하는 아들을 배려해 덜커덕 안방을 내주고 나서, 좁은 방을 남편과 함께 쓰며 책을 읽고 공부하려니 불편함이 극에 달했다.

재택근무가 겹치는 날이면 짜증부터 몰려왔다. 땅따먹기 놀이도 아니고 눈에 보이지 않는 작은 전쟁이었다. 누군가의 공간에 껴들어가야 한다는 부담이 실전처럼 다가왔다. 언제부턴가 공간사냥을 나서게 되었다. 한차례 쓰나미가 몰려왔다. 언덕 위에 자리 잡은 아담한 아파트가 바빠졌다.

코로나로 일주일에 한두 번씩 재택근무를 하게 된 남편과 딸까지 들이닥쳤다. 노량진 고시학원은 폐쇄돼 집에서 공부하는 아들도 마찬가지였다. 갑자기 온 집안 식구가 집에서 활동하게 되면서 내 공간이 사라져버렸다. 컴퓨터도 문제였다. 각자 본체 외에 노트북, 태블릿을 꺼내놓았으나 내 차례는 오지 않았다.

딸 방을 노크했다. "우리 없으면 다 엄마 공간인데 나중에 쓰면 안 돼요?" 중요한 프로젝트라 오늘 완성해야 한다고 했다.

안방 침대에 간이책상을 놓고 작업하는 남편에게 갔다. "내 모습 안 보여? 나도 오죽하면 애들 피해서 이렇게 회사일 보겠어."라며 눈도 맞추지 않았다. 임용고시 준비와 경제활동은 우선순위이고 나처럼 수필 끼적이는 일은 말 그대로 해도 되고 안 해도 되는, 먹고사는 데 지장이 없으니 알아서 시간과 공간이 겹치지 않을 때 하라는 소리로 들렸다.

할 수 없이 식구들이 자는 밤을 이용해야겠다고 생각하고 착상이라도 얻을 겸 독서를 하려고 책장이 있는 아들 방으로 갔다. "엄마 책은 엄마 방에 둬. 안 그래도 비좁아 죽겠는데, 그리고 저쪽에 있는 엄마 물건 다 치워요."라고 아들은 매정하게 말했다.

순간 눈물이 핑 돌았다. "책이 어때서? 책 많이 읽는 게 잘못이니? 여기는 원래 엄마 방이었어!" 소리를 지르고 말았다.

나만 참으면 되었다. 투명 인간처럼 입까지 다물어버리면 모두가 행복해 보였다. 방이 네 개인 평수로 옮기자는 말을 코로

소문점도(小盆店島)

나로 매출이 절반가량 비어버린 남편의 속눈썹에 매달게 할 수
는 없었다.

대화가 어떻게 끝을 맺었는지 기억에 없다. 나만 울먹이며
신세 한탄을 했고, 아무도 해결책을 못 내놓고 애꿎은 폭죽만
터지는 바닷가에 가 있었다. 야영장 뒷문을 빠져나와 조금만
걸으면 바다였다. 밤낚시를 위해 헤드랜턴을 두른 아저씨들이
힐끔힐끔 쳐다보았다. 여차하면 물에 빠질지도 모르는 몰골과
슬픈 분위기를 휘감은 아줌마의 얼빠진 눈매를 보면서 쑥덕거
렸다.

낮에 보았던 평화롭던 파도는 자신의 키를 늘려가며 앞에 보
이는 소분점도를 맞이했다. 이불처럼 덮었던 파도를 걷어낸 백
사장도 알몸으로 누워있었다. 섬은 보이는 것보다 멀었다. 저
섬에 무엇이 있을까. 나의 존재를 알아줄 것만 같은 섬으로의
혼자만의 산책이었다.

컴퓨터가 있는 간이책상과 넉넉히 책을 꽂을 수 있는 책장
이 뭐길래. 내 한 몸 누일 공간에 나만의 흔적을 만들 수 없는
것일까. 답답함이 풀리기를 기대하며 걷고 또 걸었다. 등 뒤로
물이 밀려드는 시간이 임박했으니 여행객들은 안전한 곳으로
나오라는 안내방송이 들렸다. 하루에도 몇 번씩 물올림과 물내
림을 반복하듯 생각이 찾아와 정신을 못 차릴 즈음이었다.

"다시 한번 알립니다. 안전에 유의하시고 속히 빠져나오기 바
랍니다."

주변에 사람도 보이지 않았다. 공포가 밀려왔다. 나도 모르
게 호흡이 가빠져 오는데 물이 어느새 바짓단을 적시고 정강이

까지 차오르기 시작했다. 한가롭게 감상에 빠져들 동안 자연의 추이는 시계추처럼 나를 철퍽철퍽 때렸다. 앞만 보고 뛰기 시작했다. 마음만큼 속도가 붙지 않았다. 그사이 물은 무릎까지 차올랐다. 걸어 나가서 가족을 만나야 하는데, 내 마음은 저 섬에 머물러 있는 듯이 계속해서 나를 끌어당겼다. 파도가 내게 말을 걸어왔다.

－어서 섬으로 올라와. 소분점도에서 이 섬의 기운을 받고 글을 써봐.

－아니야, 난 가야 해. 글도 소중하지만, 가족이 기다리고 있어.

－가정을 깨고 나와. 다시 태어나는 거야. 바다 밑바닥까지 가라앉았다가 다시 수면 위로 네 모습이 조금씩 드러날 때의 희열을 느껴봐. 한 뼘씩 깊어져 가는 글의 무게를 느껴 보라구. 가만히 몸을 맡기고 물의 흐름을 느껴봐. 파도를 온몸으로 받아야 너를 단련시킬 수 있어.

그렇게 물과 씨름하면서 나는 서서히 섬처럼 굳어져 가고 있었다.

나는 섬이 되었다. 아무도 찾아주는 이 없이 혼자만 덩그러니 남아 울고 웃는 고립무원의 섬이었다. 부서지는 파도의 끝자락에는 내일을 준비하는 물의 흐름이 있었다. 그럴수록 나는 드러나고 싶었다. 우뚝 서고 싶었다. 내가 쓴 글로서 엄마로 당당히 소분점도처럼 여유롭게 물을 들이고 내치고 싶었다.

"알려드립니다. 섬 주변에 계신 분들은 속히 빠져 나오시기

소분점도(小盆店島)

179

바랍니다. 위험합니다."

순간, 아차 싶었다. 빨리 걸어 나가야 했다. 주변에는 짙은 어둠만이 가득했다. 나도 모르게 호흡이 가빠져 오더니 물이 어느새 정강이까지 차오르기 시작했다. 한가롭게 감상에 빠져들 동안 자연의 추이는 시계추처럼 나를 철퍽철퍽 때렸다. 스르르르, 기분 좋은 선율로 맴돌던 파도는 어느새 처얼썩, 처얼썩으로 바뀌어가고 가슴은 쿵쿵 뛰었다.

핸드폰 플래쉬 불빛이 나를 향해 비췄다. 남편이 나를 구하러 뛰어오고 있었다. 남편의 등 뒤로 야영장 불빛이 보이는 곳에선 아들이, 딸이 목청껏 나를 부르고 있었다. 그렇게 첨벙거리며 허우적대다가 남편과 조우했고 나는 그의 손에 이끌려 해변 모래사장에 철버덕 주저앉았다.

"엄마, 힘들었구나. 미안해."

"앞으로 우리가 잘할게. 엄마 사랑해."

달과 해가 서로 번갈아 가며 끌어당기고 밀쳐대느라 바다는 늘 출렁거렸다. 아이들 목소리를 자장가 삼아 잠이 푹 들었으면, 다시 섬이 되어도 좋겠구나 싶은 밤이었다.

이제 피하지 않으리라. 밤새워 고민하고 어려워하던 과제를 풀면서 물속에 잠겨 가라앉았다가, 아침이 되면 수면 위로 떠오르는 그 환희가 나를 더 단단하게 만들어 줄 것이다. 한가위 보름달이 환하게 비추고 어디선가 가을 풀벌레 소리만이 들물 위로 고즈넉하게 내려와 앉았다.

지금 나는 식탁 등에 의지해 있다. 서둘러 저녁을 짓고 뒷마무리를 하고 각자의 방으로 가족들은 들어갔다.

어디가 내 공간인지 살펴본다. 가장 알맞은 장소에 자리를 잡았다. 어제는 안방 드레스룸 화장대가 책상이었고, 이번 주에 읽을 책은 베란다 화분 옆에 두었다. 내일 재택근무야, 라는 딸아이의 메시지에 화들짝 놀라며 얼른 글을 완성해야 한다는 부담감이 몰려왔다. 달라진 건 없었다.

나는 여전히 소분점도였다. 하루에도 몇 번씩 나의 공간을 찾아, 생각을 찾아 물을 들이고 내치는 외로운 섬이다. 나무들은 햇살을 받아 눈부셨고 해풍에 가볍게 흔들렸다. 이 모든 것을 두 눈에 담고 싶어 쓰다가 지우기를 반복했다.

손마디가 뻐근해질 즘이면 물 위에 둥둥 떠서 푸른 하늘에 걸려 있는 깃털 같은 구름을 바라봤다. 나를 짓눌렀던 감정들이 하나둘씩 사라지고 있었다. 쓰지 못할 이유 따윈 없었다. 섬은 온통 아름다운 것들로 둘러싸여 있었다.

나는 서서히 섬이 되어가고 있다. 이 시간 이 섬에서 일어나는 모든 일을 나는 사랑한다.

바람 든 연근(상흔)

어머니는 바람 든 무는 내다 버리라 했다. 아무짝에도 쓸모가 없다고. 그래도 집 앞 마트에서 무겁게 들고 온 커다란 무가 시야를 가려 쉽게 버릴 수가 없었다. 날 선 식도를 들고 가운데를 가르니, 쩍 소리가 나면서 두 쪽으로 갈라졌다. 혹시나 했는데 꽉 찬 몸 어디에서 그런 상흔이 숨어있었던지, 사이사이 밀도 풀린 옅은 상처가 보였다. 구멍이 숭숭 내비치는 것은 아니었다. 유치원 다니는 아들이 언덕배기에서 넘어져 무릎이 까졌을 때처럼 어눌한 상흔이 희미하게 스며있다. 가운데를 도려내고 요리를 해 볼까 잠시 고민하다 어머니 말이 떠올라 과감히 버렸다. 들고 오느라 어깨가 빠졌던 아픔은 쉽게 잊힐 것이므로.

"물 좋은 고등어 사세요, 고등어. 한 대야에 오천 원."
쏟아지는 정오의 햇살이 분주해질 때면 골목이 왁자했다. 머리까지 집어넣어 여러 토막 내고 무 잔뜩 깔은 고등어조림이 자작자작 졸아들면 어머니의 비릿한 냄새가 배어 나왔다. 정작 당신은 아까워서 버리지 못한 바람 든 무 사이에서 어머니가 보였다. 이 골다공증의 뼈들로 가벼워진 어머니는 마디마디 바람을 품었다.

밖으로만 떠돌던 아버지라는 육중한 무게의 바람은 조금씩 사위어갔다. 바람의 통로가 되었던 줄기는 고통의 부피만큼 가벼워졌다. 시도 때도 없이 잦아들던 시니컬링한 바람 소리도 어느새 조용해졌다. 가벼운 바람만이 스치듯 어머니의 삭은 무릎 위를 지나쳤다. 어디 무뿐이랴. 어머니의 삶 전체가 소리도 없이 멍들고 상처가 깊어져 갔다. 땜질하며 살아내야 한다며 상처 부위를 도려내고 긁어내 보아도 주변은 생기를 잃어 회복이 더딘 것을. 쉽게 아물지 못함을. 오늘 저녁 소고기무국은 고기만 둥둥 떠다닐 것만 같다.

지난봄 안산 자락길을 산책하다 봉원사에 들렀다. 활짝 핀 연꽃의 향이 입구에서부터 났다. 연꽃은 아무도 거들떠보지 않는 연못 속 지저분한 물에 살지만, 용케도 그 더러움을 꽃이나 잎에 묻히지 않는다. 불가에서는 연꽃을 만물을 탄생시키는 창조력과 생명력의 근원이라고 한다. 바라만 보아도 행복해지는 연꽃의 밑에 힘겹게 꽃을 밀어 올리는 연근이 있음을 떠올리기가 쉽지 않은 까닭이다.

물에 뜨는 부석처럼 뜨기 위해 연근은 물속에서 스스로 뼈를 깎으며 인내의 시간을 갖는다. 아홉 개의 구멍 사이로 치고 들어오는 바람이 차다. 뻘의 호흡 또한 가파르다. 깊은 물 속에서 하늘로 비상할 희망에 뿌리의 성긴 구멍 사이를 오르락거렸지만 가끔은 매서운 바람이 연의 목을 꺾어버렸다.

겨울 연못에 가면 씨를 다 털리고 말라버린 연밥이 허리를 꺾고 있다. 무성하던 연못은 그렇게 침몰하기도 했다. 연밭은 한때 푸른 에너지가 넘쳤던 곳, 생성과 소멸의 순환이 지나고 나면 허무와 상실만이 남았다. 묵직했던 과거의 영화도 한낱 깃털처럼 가벼워진다. 한때 날개를 꿈꾸던 꽃도 지고 매끈하던 손도 거칠어졌다. 연근처럼 숭숭 뚫린 몸처럼 손의 균열은 안간힘으로 살아내고자 했던 삶의 기록이었다.

섬에서만 자라나서 뭍으로 올라온 나는 시간이 지날수록 연못 속 뻘 안에서 허우적대며 뼈를 깎아 내고 골수를 우려내며 연근이 되어가는 중이다. 버젓이 물 밖으로 집이라도 한 채 들어 올리려면 기둥이 되어야 했다. 이 연근 기둥을 딛고 '즐거운 나의 집'이라는 연꽃을 피워냈다. 탁한 기운을 가라앉히고 모처럼 피어난 꽃을 보려는 사람들이 많아질수록 연근의 뼈는 단단해졌다. 매 순간 흔들리지 않았던 적이 없었고 유혹의 끈은 질겼다.

나는 구멍이 시원하게 뚫린 연근이다. 절집 연못에서 연꽃으로 활짝 만개하여 사람들의 이목을 끌었던, 물밑에서 열심히 무등을 태워 꽃을 빛나게 했던 그 연근이다. 빛바랜 결혼생활이 가끔씩 내 발목을 잡을 때마다 연못 속의 연근을 떠올렸다. 뼛속 진액을 다 뺏기고 허방다리 짚으면서도 간절히 한 줄기 바람에 의지했다. 봄이면 구멍 숭숭한 연근 속으로 환한 꽃밭이 비쳤다. 꽃빛이 스며들었다.

여름이면 진초록색의 열기가 나를 들뜨게 했다. 가을의 우수가 주위를 덮었다. 숨죽여 몸을 낮춰야 하는 겨울이면 뿌리도 한결 가벼워졌다. 연꽃이라는 보기에 더없이 아름다운 꽃은 짙은 어둠 속에서 자신을 밀어주고 받쳐주었던 연근의 수고를 알기는 한 걸까.

꽃을 피우기 위해 때로는 진흙 뻘에서 나 홀로 나뒹굴어야 했다. 그러면서도 알이 굵은 연근을 만들기 위해 물밑 작업을 고단하게 하면서 현재를 저당 잡혀야 했다. 아이들이라는 미래. 눈부신 노후, 행복이라는 열매를 위해. 그러나 그 어떤 것도 진정 연근이 바라던 삶이 아니었음을 몸에 구멍이 숭숭 뚫리듯 바람이 들어서야 알게 되었다.

살면서 가끔은 바람이 필요했다. 고향 바다에서 불어오는 깔깔한 바람 소리가. 비릿하게 온몸에 휘감기는 끈덕지게 찰진 바람이. 한때 그 바람이 싫어 뭍으로 내달렸던 내 젊은 날의 바람. 내 열정과 젊음의 끝자락을 매달고 맴돌던 그 바람을 잡고 싶어 열병을 앓았던 그 시절이 그립다. 그럴수록 나를 키운 건 대부분이 바람이었음을 상기한다. 그 바람을 둘러싼 섬에서 나만의 바람을 키우고 있었던 것은 아니었을까. 몹시도 그 바람이 그립다. 얼굴이 틀 정도로 맨몸으로 받았던 그 거친 고향 바다의 바람. 그 바람이 싫어서 뛰쳐나왔는데 그 바람을 맞고 싶어 어디론가 걸어가고 또 걸어가고 있음을 깨닫는다.

오랜 시간 연의 뿌리로 숨죽여 있었던 나는 어느 날 용기를 내어 물 밖으로 나왔다. 구멍 사이로 스치는 햇살과 바람이 몹시도 부드러울 때였다. 내 몸의 뼈를 깎고 다듬어 바람의 통로,

바람의 통로

185

빛의 길을 열었듯이 물 밖 세상을 보고 싶었다. 그 바람이 남산 자락에서 불었다. 용산도서관 글쓰기 교실, 산책하다 우연히 들렀던 그곳에서 잠들었던 여고 시절의 문학소녀가 걸어 나왔다. 한때 첫차를 타고 무한한 가능성의 도시로 향했던 나는 결혼과 함께 모든 것을 접어야만 했다. 자신이 갇힌 우리에서 길들여지고 있음을 인지하지 못한 채. 자발적 복종이라는 덫에 걸려 빠져나오지 못했다. 이제까지 무언가에 열정을 쏟아붓고 갈망하며 영혼의 허기에 굶주려 본 적이 없었음을. 나 자신의 목소리에 귀 기울여 본 적이 있었는지 새삼 묻게 된 것이다.

살면서 뜻하지 않게 커다란 돌부리에 걸려 넘어지기도, 아무 것도 아닌 일에 스스로 엎어지기도 했다. 상처는 남아 덧대지고 커져가며 상흔이 되었다. 바람 든 무처럼 골골대던 어머니가 그 무수한 상처와 상흔들을 딛고 일어나셨다. 보이지 않은 바람의 통로를 삶의 지혜로 찾아내지 않았을까. 나 또한 어머니처럼 바람길을 내보려 한다.

다시 들른 봉원사에서, 탐스럽게 핀 연꽃을 들여다본다. 이 꽃의 향과 아름다움이 영원한 것은 보이지 않는 바닥에서 온몸에 진흙을 묻히고도 잘 살아왔다고 자부할 수 있는 긍정의 힘이 있어서이다. 연꽃에 이 모든 수고와 사랑을 전할 수 있어서이다.

무념무상의 상태로 오월의 햇살을 받으며 꽃과 내가 하나가 되어본다. 보고만 있어도 들여다만 봐도 굳이 마음을 전하지 않아도, 이 연꽃은 활짝 미소 지음으로 답하고 있다. 내가 아름다운 것은 너의 수고가 있어서라고.

오후의 바지랑대

남편은 시골 생활을 좋아했다. 그의 부추김에 못 이겨 전원 주택으로 옮긴 지 한 달여 만이다.

햇살은 마당 가득 새로 심은 상추와 고추 모종 위에 쏟아졌다. 공기는 청아했다. 현관문을 밀치니 어느새 못 보던 잡초가 내 발등까지 올라와 있었다. 열쇠 하나면 모든 것이 완벽하게 차단 되던 생활의 편리함이 가끔씩 생각나는 순간이다. 회사와 학교 로 가족을 밀어 넣고 혼자 커피 한 잔을 마신다. 삐이 삐이삐, 빨래가 완성됐다는 신호음을 들으며 몸을 일으켰다. 한가득 빨 래 바구니를 들고 이층 옥상으로 향했다. 햇살이 눈부셨다.

'햇빛이 있을 때 건초를 만들어라.(Make hay while the sun shines.)'
학창 시절 줄줄 외우고 다니며 좋아했던 영어속담이다. 열심 히만 하면 기회는 항상 내 편이고 찾아온다고 믿었었다. 그토 록 햇빛이 비칠 때 난 무엇을 하고 있었을까.

"엄마, 내 교복칼라가 왜 이렇게 누래? 엄마는 집에 있으면 서 빨래도 안 해요?"

날카롭게 쏘아붙였던 불만 많았던 여고생. 매일 오빠에게 치이고 눈에 보이지 않았던 위계질서에 짓눌렸던 열여섯 살 소녀가 스쳐 지나갔다. 나를 키운 것의 8할이 감성이었다. 공부만이 이 따분한 섬을 벗어날 수 있다고 믿었고 뭍으로 내달릴 생각으로 가득 찼었다. 밤새워 읽었던 문학 소설이 없었다면 버티기 힘들었던 그때. 바닷바람에 잘 말려지고 어머니의 손을 통해 잘 개켜진 교복을 입고 꿈과 희망을 잉태하며 지냈다.

원했던 도시 생활은 하면 할수록 먼지가 수북이 쌓여가고 얼룩이 늘어만 갔다. 실수로 엎지른 커피 자국, 누군가가 밟고 간 흔적, 나 스스로 마음에 그어댄 낙서 자국들. 마음의 때와 얼룩을 지우고 또 지워보기도 했다. 여러 번의 손놀림에도 없어지지 않는 상처와 상흔이 무수히 많았다.

일이 잘되지 않아 눈물과 회한에 젖은 빨래를 혼자 끌어안았을 때의 그 막막함이란. 누군가의 도움이 아니라 그저 바람만 잘 지나가 주기를, 가끔은 행운을 실은 미풍이라도 불어왔으면 기대했었다. 시원한 바람이 불어 답답한 마음을 헤아려 주었더라면 삶의 한복판에 꼿꼿이 서 있었을까. 바람에 빨래가 제 몸을 맡기듯 삶도 그렇게 흘러갔을까.

들어설 틈이 없을 만큼 빽빽하게 자리 잡았던 빨랫줄이 언제부턴가 느슨해졌다. 빨래무게를 못 이기던 바지랑대를 추슬러 몇 번인가를 붙들어 매고 바로 세웠다. 이제 바지랑대는 꼿꼿하게 서 있다. 지나가던 오월의 바람 소리와 한가한 조각구름이 걸터앉아 쉬어가던 빨랫대. 지나가던 종달새 소리가 빨래집게처럼 물려있었다. 보일 듯 말 듯 속울음 삼키다가 마침내 터져

버린 내 눈물 자국이 진하게 배어있었던, 가끔 나의 한숨 소리까지 함께 널었던 빨랫대. 하늘을 찌를 듯한 자식 사랑에 치맛바람을 열심히 일으키고 다녔던 그 허영기도 이곳에 널었다. 나의 치맛바람에 주눅 들어 자꾸만 작아졌다던 딸아이의 닭똥만한 눈물방울이 그렁그렁 맺혀 걸렸었다. 갖은 병치레로 마음 졸이게 했던 아들의 눅눅한 옷가지들도 나란히 널려 있었다.

속옷조차 빨아 본 적이 없었던 나는 결혼하고 날마다 벗어던지는 많은 빨랫감을 어떻게 할 줄 몰랐다. 그래서 내 빨래는 시어머니 눈에 안 띄게 장롱에다 숨겨 놓았었다. 외출에서 돌아와 보니 내 방의 빨랫감이 온통 빨랫줄에서 늠름하게 휘날리고 있는 게 아닌가. 이사할 때 버리고 가는 헌 이불 더미처럼 뒤돌아보고 싶지 않은 몸속의 찌꺼기가 쌓이는 날, 이 방 저 방 다니면서 묵힌 빨랫감을 찾아낸다. 어디론가 숨어들고픈 날, 이제는 딸아이 방에서 주섬주섬 흐트러진 옷가지들을 챙기고 나온다. 어쩜 이렇게 방을 어지르고 다니는 거야. 제때 빨아야 할 옷을 내놓기만 해도 좋으련만. 혼자 구시렁대며 찾아낸 빨랫감을 세탁기에 넣고 돌린다. 기계가 다 돌아가기까지 한 시간여의 공백이 이유 모를 안정감을 준다. 미세먼지가, 몸 안의 독소가, 씻어내고픈 욕망이 숨만 쉬고 있어도 쌓였다는 사실을 인정하는 시간이다.

빨랫감은 내밀하다. 슬픔을 감춰 두기 좋은 곳이다. 건망증이 두려운 것은 그리움이 사라진다는 것.

가끔씩 잊어버리는 날이 많은 날, 은밀한 슬픔을 내보이기 싫은 날, 조용히 빨래를 한다. 욕조 안에 담긴 담요 더미라도 발로 질근질근 밟는 날은 기쁨이 배가 된다. 몽실몽실 게워내던 비누 거품이 '마이 스위트 홈'을 지켜내기 위한 윤활유 같았다. 헹구어도 헹궈도 가시지 않았던 그 거품이 끝없는 가사노동의 재현인 것 같아 살짝 우울하기도 했었다.

욕조 안의 삶이 때로는 버거웠나 보다. 넘쳐흐르던 물을 걷어내기에 바빴다. 삶의 지문을 그리고 지워내던 흔적들이 고스란히 남아있는 그 욕조는 두 아이가 첨벙첨벙 물을 튀기며 놀았던 그리움의 그릇이었다.

한 살배기 턱받이를 두르던 딸애가 어느덧 눈부신 세일러 칼라를 단 교복의 주인공이 되었다. 누구보다도 새하얀 딸아이의 카라를 보며 어머니가 풀 먹여 다려주었던 내 검정 교복이 생각났다. 그때는 바쁘고 공부가 힘들다는 핑계로 매일 툴툴거렸다. 교복칼라가 새하얗지 않다, 빳빳하게 다려달라고 아침마다 불평을 늘어놓았었다. 말없이 받아주던 어머니. 이제는 따로 떼어내 빨 필요도, 다릴 이유도 없는 편한 교복이 즐비하다. 허리선을 따라 몸에 착 들러붙게 줄여달라는 요구를 들어주기만 하면 됐다.

그 교복이 어느새 산뜻한·면접용 검정 정장으로 바뀌었다. 항공사 승무원처럼 쪽진머리를 하고 새하얀 블라우스에 깔끔한 정장을 차려입었다. 굽 낮은 검정 구두, 입가에 미소, 단아한 말소리, 거기에다 머릿속에 완벽하게 저장한 지식들. 몇 번의 세탁 끝에 딸아이는 취업에 성공했다. 날마다 머리를 빗기고 꽃단장을 시켜 내놓았다. 어떻게든 가장 고울 때 집을 나서게 하고 싶었다. 내 사랑의 수고는 꽃이 피었지만, 향기가 매번 찾아든 건 아니었다. 이제는 단지 손을 탈탈 털며 돌아서고 싶을 뿐이다. 들물처럼 다가왔던 추억의 순간들을 날물처럼 내보내며 삶의 바다를 만들었다.

순한 바람의 등에 업혀 잠이 들 것만 같은 보드라운 남자아이 우주복. 그 가랑이 사이로 기저귀를 바꿔 가며 온 우주를 품었던 아들의 뽀얗던 얼굴. 곳곳에 벗어 두고 간 땀 밴 청바지가 개구리 군복으로 바뀌었다. 그가 거수경례를 부치면서, "어머니, 사랑합니다"를 외치던 날, 나의 블라우스 앞가슴이 가볍게 벌렁거렸다. 아직도 현관에 바짝 엎드려 달려 보고픈 운동화의 열기가 아들을 쑥쑥 성장하게 했다.

파란 가을 하늘에 이불을 넌다. 덮은 어제를 말릴 양이다. 여름내 습하고 눅눅했던 마음을 저 가을볕에 널었다. 햇살 냄새 보송보송 묻어나는 옥양목 이불같이, 땀에 절고 녹진했던 내 마음도 바짝 마를 수 있을까. 우리가 함께했던 길고 긴 우기를 이제 끝낼 수 있을까.

무릎이 튀어나온 헐렁한 꽃무늬 바지는 한바탕 집안을 뒤엎어 청소한 흔적이다. 덜어내고 비워내는 소박한 삶을 원하기에, 일상의 옷은 미세한 때를 벗겨내며 조금씩 가벼워지고 있다.

느린 걸음의 오후 3시, 햇살이 눈부셨다. 바지랑대만 애처롭게 한낮의 햇살을 지지하고 있었다.

쑥버무리

베란다 한쪽 구석에 처박혀 있었던 천일염 포대는 뜨거운 태양 아래 조금씩 말라갔다. 더 남길 게 있었던가. 한여름 녹진 무더위에 뜨뜻미지근한 물이 흥건히 흘러내렸다.

그렇게 요양 병동의 어머니도 기저귀를 차고 몸에서 흘러내리는 액체를 담아내고 있었다. 곱게 뻗은 팔다리는 엿가락처럼 휘어 휠체어에 의지해도 금방이라도 구부러질 것만 같았다. 웃는 건지 평소 얼굴인지 얼굴의 근육조차 희미했다. 멀쩡하던 몸은 날이 갈수록 천일염처럼 바짝 말라 타들어갔다.

이제는 오줌을 지리며 죽음에 가까이 가고 있었다. 병든 어머니의 무너진 몸의 형상은 비루하기 그지없다. 연민과 슬픔과 미안함으로 나 또한 편치 않았다.

먼저 가신 아버지께 들은 연애담에 의하면 어머니는 무척이나 아름다웠다. 부잣집 딸을 향한 아버지의 사랑은 위태위태하였지만 운명의 신은 아버지의 손을 들어줬다고 했다.

머리 좋기로 소문난 아랫동네 총각은 홀어머니에 가난했다. 이웃집 처녀를 보고 한눈에 반했지만 언감생심이었다. 처녀의 아버지는 총각의 총명함과 출중한 체격, 잘생긴 얼굴을 믿고 딸을 주기로 했다. 말 한 필을 지참금으로 보냈다. 요즘으로 치면 자가용 한 대인 셈이다. 총각은 자신보다 연상인 그녀의 웃는 모습에 잠을 못 이루었다는 후문이 있었다.

　가지고 간 쑥버무리를 내밀었다. 구순이 넘은 어머니는 귀로는 막내딸의 목소리를 더듬고 눈으로는 뿌예진 형상을 보고 코로는 쑥 향기를 맡는 듯했다.

　해마다 온 산이 파릇파릇 새 옷을 갈아입을 때면 어머니는 과수원 일 끝내고 돌아오는 길에 쑥을 한 바구니 캐고 왔다. 부잣집 딸로 태어나 고생 안 하고 살아온 어머니가 아버지의 성화에 못 이겨 조그만 과수원을 장만하고서 일을 도맡아 하게 되었다. 어린 나의 눈에도 그 시절 과수원 일이 버거워서 자주 부모님이 다투시는 일을 종종 목격하곤 했다. 그럴 때면 어머니는 말이 없고 묵묵히 불만 어린 몸짓으로 일만 했다. 그래도 봄이 오면 좋았다.

　과수원 일을 마치고 돌아오는 길에 쑥을 캐오던 어머니는 갈아 둔 쌀과 함께 버무려 맛있는 쑥버무리를 뚝딱 완성했다. 우리 오 남매의 간식이었다. 도란도란 둘러앉아 쑥 향기 가득한 뜨근뜨근한 쑥버무리를 먹었던 기억은 아직도 새롭다. 어머니는 과수원 일보다는 쑥 캐는 일이 더 좋았던 것 같았다. 우리가 맛있게 먹어주면 어머니의 그 예쁜 미소가 떠나질 않았으니 말이다.

주변의 우려가 컸다. 저렇게 몸이 약해서 애를 낳을 수는 있을는지? 병치레는 하지 않았으나 유난히 체력이 약하고 말라깽이인 나는 출산일이 다가오자 내심 두려움이 앞섰다. 영화나 드라마에서 보는 것처럼 죽다 살아날 정도의 산고를 치뤄야 할 것이다. 마음 단단히 먹고 차분하게 나만의 방식으로 태교에 집중했다.

출산일을 앞두고 한 달 전쯤 시골 어머니 옆으로 갔다. 예정일 보다 열흘 빨리 진통이 시작됐다. 꼬박 하루를 뒤틀리고 쥐어짜고 나뒹굴며 힘든 시간이었다. 남편은 회사일 때문에 오지 못했다. 나 혼자 이 고통을 오롯이 감내해야 하다니.

친정아버지는 병실 밖에서 서성거렸다. 어머니의 꼭 잡은 손이 없었다면 어떻게 버텼을까. 지금 생각해봐도 애간장이 타들어 가던 경험이었다. 옆 침상에 누워있던 산모들은 몇 사람이나 분만실로 옮겨져 출산했다. 나는 언제까지 이렇게 힘을 쥐어가며 기다려야 하나? 아가야, 이 엄마의 산도를 돌고 돌아 숨어 있지 말고 밝은 세상으로 나와. 우리랑 만나. 너도 이 세상이 낯설고 두렵겠지만 웅크리지 말고 주저하지 말고 나오렴. 엄마의 손을 잡아봐. 조금만 더 손을 내밀어봐, 엄마가 당겨줄게. 조금만…….

내가 배 속의 아이와 씨름하고 있는 동안 어머니는 내 손을 놓지 않았다. 내민 손에 파릇파릇한 쑥 향기가 배어든다. 어머니의 손에선 따뜻한 쑥의 온기, 향기가 스며있었다. 나를 일으켜 세운 건 어머니의 진한 쑥 향이었다.

봄의 향기는 소리도 없이 내 곁에 와 머문다. 봄이 기지개를 켜느라 분주하다. 수건을 머리를 두르고 소쿠리를 옆구리에 낀 봄처녀처럼 봄 따러 가볼까. 쑥 캐러 가볼까나. 두 아이가 함께해 아름다운 봄이다. 파릇파릇한 풀꽃들이 널려 있다. 이쪽에도 저쪽에도 강한 생명력의 흔적이 엿보인다. 살아내기 위해 이 여린 꽃들은 얼마나 많은 고통을 감내했을까? 요양원에도 이 향기가 퍼질까? 보낼 수만 있다면 바람에 태워 이 향을 그곳까지 날리고 싶다.

허공을 응시하는 어머니의 눈에 녹색의 산과 들을 보여 드려야겠다. 꽉 막힌 코에 쑥 향을 불어넣어 잠시만이라도 지상의 공기를 맡게 해드리고 싶다. 당신의 손주들이 내미는 쑥의 감촉을, 손으로 느껴지는 체취를 전해드리고 싶다. 어머니께 조금만 더 살아서, 여러 해를 버틴 쑥의 생명력과 짙푸름을, 쑥이 열어주는 봄의 향연을 더 즐기고 가시라고 전하고 싶다. 첫 아이를 출산했을 때 옆에서 맡았던 어머니의 쑥 향을 아직도 간직하며 지내고 있는 나를, 때로는 힘든 삶을 이어가는 나를 조금만 더 지켜봐 줄 수는 없으신 건지.

사는 게 바빴던가. 생각만큼 어머니를 찾아뵙는 일이 차일피일 미뤄지며 뜸해졌다. 내리사랑이라고 했던지, 자식을 향한 애정과 집착이 강해질수록 어머니한테서 멀어져가고 있었다. 언제부터인가 흙의 냄새, 들의 모습, 꽃들의 향기에서 멀어지나 싶더니 쑥의 향기가 다 사라져버리도록 봄을 느끼지 못하고 지냈던 것 같다. 이번 주말에는 꼭 찾아봬야겠다.

언제나처럼 코끝에 와 닿는 쑥의 향기. 이번에는 어머니처럼 들에서 캐지는 못하고 바쁘다는 핑계로 시장에서 쑥을 샀다. 떡집에서 떡을 맞췄다. 그 옛날 어머니가 해 주던 맛은 안 나겠지만 같이 맛볼 수 있다는 기대감에 기분이 좋아졌다. 고소하다고 해야 하나, 아련한 고향의 향기라 해야 하나. 봄이 되어야만 맡을 수 있는 이 향기, 이제 더 몇 번의 봄을 어머니와 함께할 수 있을까?

어머니의 거친 손으로 캐고 버무려 준 떡을 먹고 자란 우리 남매는 이렇듯 잘 컸는데. 누구 한 사람 어머니를 모시지 않았다. 요양원에서 흘린 안타까운 눈물은 차를 타고 오면서 혼탁한 매연과 함께 금세 버무려져 버리는 것을…… 자동차 바퀴는 길가에 나뒹구는 쑥들을 짓뭉개며 저 멀리 도시의 강렬한 불빛을 향해 질주하고 있었다. 쑥들은 가쁜 숨을 참아가며 차가운 아스팔트 위에 널브러져 누구의 손길도 없이 흔적도 없이 사라질 것이다.

"엄마, 쑥 냄새가 이상해." 아들은 코부터 막는다. 이건 할머니가 엄마를 위해 직접 들에서 캐어 만들어준 쑥떡하고 같은 맛이야. 첫맛은 씁쓸하겠지만 조금씩 먹다 보면 구수한 떡 맛이 그만일 거야. 아들에게 조금 뜯어 먹여주니 마지못해 먹는다.

"달지도 않고 너무 써요."

그렇구나, 요즘은 건강을 생각한다고 합성 감미료와 소금을 덜 넣고 만들지. 나도 어릴 때 달달한 신화당의 맛을 잊을 수가

없었다. 어린 입맛에 와 닿지는 않겠지. 하지만 아들아, 나중
에 엄마가 힘들어하면 쑥떡 사다 줘. 먹고 힘낼 테니까. 그리
고 쑥을 보면 엄마의 엄마가 그랬던 것처럼 예쁜 미소만 떠올
려다오. 어머니의 굵다란 손에서 건네진 쑥은 내게 와 머물렀
고 사는 동안 행복했고 그 감성을 너희에게도 전해주고 싶어.
아는지 모르는지 아들의 얼굴은 해맑기만 했다.

_이마트24 자랑스런 나의 어머니 공모전 우수 2018

신시모도
– 시간의 궤적을 찾아서

"이번 주말에 바다 보러 갈까?"

괜히 남편의 옆구리를 찔렀다. 출렁이는 파도가 보고 싶었다. 바위에 부딪치는 햇살과 바람을 쐬면 찌근거리던 두통이 나을 것 같았다.

집안 대소사로 신경을 많이 썼더니, 간절히 휴식이 필요했다. 가까운 바다를 생각해내다가 전에 텔레비전에서 보았던 〈시간〉이란 영화가 떠올랐다. 여자 주인공이 시간의 궤적을 찾아 헤맸던 섬이 어딘지 궁금했다. 해변가에 신비스러운 조각들이 설치돼 있는 게 인상적이었다. 한번 찾아가 보고 싶다는 생각을 했었는데 검색해보니 인천 근처 섬이었다.

영화가 주는 메시지가 심오했다. 연인들의 단순한 해프닝이 아니었다. 아무 생각 없이 보다가 영화의 주제가 무엇인지 궁금해서 감독 노트를 찾아봤다.

새로움을 찾는 것은 본능이다.
시간을 견디는 것이 인간이다.

반복 안에서 새로움을 찾는 것이 사랑이다.
…시간 속에서 영원한 것이 없다는 것을 깨닫는 것이 인생이다.

여기 죽도록 사랑하는 연인이 있다.
그러나 오랜 만남으로 사랑이 식은 것이 아니라 설렘이 식었고 몸이 식었고 열정이 식었고 그리움이 식었다. 나는 이 연인에게 한 가지 문제를 던진다.
말도 안 되는……
2006년 1월 김기덕 감독은 이렇게 시간을 찾아 인천의 섬으로 들어갔다.

그 섬에 가보고 싶었다. 영화 포스터에 나왔던 손가락 모양의 계단에 앉아 바다를 바라보고 싶었다. 시간이란 굴레에서 우리가 얼마나 자유로울 수 있는지 생각에 젖어보고 싶었다. 내게 시간의 의미는 무엇인지, 시간이란 관념어를 내 식대로 정의 내려보고 싶었다.

차를 몰고 인천 공항 방향으로 향했다. 도심을 빠져나오니 탁 트인 도로가 이 세상 끝까지 달려 보고픈 욕망을 일게 했다.
커다란 남녀가 트렁크를 끌고 서 있는 조각상이 보였다. 스치며 지나가는 풍경을 보고 있노라니 한여름 강렬한 햇살과 해풍을 맞으며 달려볼 수 있는 게 작고도 쏠쏠한 행복감이었다.
삼목항에서 배를 기다렸다. 갈매기는 끼룩끼룩 울어댔다. 여행의 설렘을 부추기는 양, 갈매기는 사람들이 건네주는 새우깡을 받아먹으며 섬을 향해 달려가는 내내 길동무가 돼주었다.

　신시모도. 신도(信島), 시도(矢島), 모도(茅島)의 앞글자만 떼서 붙여진 이름이다. 이쪽으로 돌아도 저편으로 돌아도 한 바퀴 돌고 나오는 데 그리 길지 않은 시간이라 했다. 드문드문 사람들이 가벼운 발걸음으로 걷고 있었다.

　MODO(모도)라는 글자를 형상화한 분홍색 조각품 앞에 섰다. 긴 머리를 휘날리며 한 여성이 동그라미 안에 걸터앉아 저편 바다를 내려다보고 있었다. 저마다의 이유로 섬을 찾아든 사람들은 자신만의 방법으로 섬과 바다를 감상하고 있었다.

　수양버들을 연상시키는 나무가 서 있었다. 가까이에서 보니 철로 만든 나무였다. 가는 철사 혹은 스텐의 재질로 만든 철의 웅장함에 입이 다물어지지 않았다. 엿가락처럼 늘어질 수 있게 철을 제련하고 자연의 나무를 형상화하는 기법이 놀라웠다. 차가운 철의 속성이 해풍에 단련되고 부드러워지면서 사람과 함께 조화를 이루는 듯했다.

　철나무의 가운데는 움푹 파여 있었다. 한 사람이 겨우 들어갈 정도로 좁은 홈이었다. 숨통을 열어줄 수 있는 이 작은 공간이 사람이 시간을 유예하는 장소가 아닐는지.

　조각 가운데에 비집고 들어가 보았다. 서늘한 무엇인가가 나를 훑고 지나갔다. 정신이 번쩍 들었다. 시간이 잔잔한 조류처럼 흘러가는 거라면, 한 번쯤 철이 흐르는 금속성의 시간 안에서 멈춰 선 듯한 경험은 시간의 소중함을 느껴보라는 뜻이 아닐는지.

나의 이목을 끈 것은 손바닥 형상이었다. 영화에서 본 것처럼 크고 장엄하진 않았다. 푸른빛이 도는 청동으로 왼손바닥과 오른손을 대칭시켜 만든 조형물은 시간이라는 계단참을 하나씩 오르며 시간이 훑고 간 궤적을 따라 가라는 모양새였다. 치켜든 엄지손가락은 우리가 걸어가야 할 미래의 이상이 아닐는지. 계단에 앉아 있으니 온 바다가 두 손 안에 가득 들어찼다. 지금 이 순간, 이 조각상 손의 주인은 '나'이듯이 시간의 흐름 속에서 시간을 붙잡아 나만의 시간으로 만들어봐야겠다는 생각이 들었다.

조각공원을 뒤로하고 섬의 둘레를 돌아봤다. 한 점 작은 흔적인 나라는 점만이 백사장 위에 놓여 있었다. 서울 도심의 복잡했던 모습들, 상처받은 일들, 서운했던 감정들, 몸과 마음이 시들대로 시든 모습들이 불어오는 바람에 실려 가고 있었다. 조용한 백사장 위에 서 있으니 나라는 존재가 한없이 작아지면서 모든 사물에 사람들에게 감사하는 마음이 생겼다. 가슴 한 구석이 뻥 뚫리는 기분, 이 느낌 그대로 집까지 가져가고 싶었다.

마음을 비우고 걷다 보니 머릿속 꽉 찬 생각들이 하나씩 사라져갔다. 볼거리가 많은 곳이라서가 아니라 호젓하게 자리 잡은 섬 안의 펼쳐진 해변 하나만으로도 벅차고 뿌듯했다. 섬은 자연이 우리에게 주는 선물이다. 인적 없는 바닷가에서 갯벌 위를 걷다가 발밑으로 자작자작 물이 들어오면 불어오는 바람에 나를 맡기고 저녁 햇살이 이끄는 대로 걸었다.

섬을 찾는 이유는 바다가 보고파서, 바다의 냄새를 맡고 싶어서이다. 더 정확히는 뭍으로 단절된 그들만의 세상이 궁금하고 그곳에서 위로받고 싶어서이다. 모든 문명의 이기와 편리가 단절된 곳에서 그들만의 방식대로 자연에, 바다에 순응하며 살아가는 그들을 만나고 싶어서이다. 정작 섬사람들은 이런 생각조차 안 하는데. 삶의 한 가운데에서 한 그릇 밥을 먹기 위해 살아갈 뿐인데……. 그들의 모습이 자연스러워서, 평화로워 보여서, 나도 그렇게 지내고 싶어서 섬을 찾아간다. 뭍과의 단절을 숙명인 양 받아들이고 시간의 궤적을 따라 자생하며 살아내는 섬사람들. 그네들이 흘리는 값진 땀방울의 의미를 다시 한 번 되새기며 발걸음을 옮겼다.

시간에 대한 나만의 정의를 내리기는 힘들었다. 섬 안에서 걷다가 멈춰서 생각하고 다시 걷고 생각하고. 이게 시간이지 않나 싶다. 생각에 대한 사치(奢侈)를 접어두었다. 삼목항에서 잠깐만 배를 타면 시간이 멈춘 듯한 곳에 신시모도가 있었다.

못

수도꼭지가 말썽이라고 했다. 얼마나 오래 사용했으면 헤드가 댕강 떨어져 나가버려 물을 틀 수가 없다고 했다. 나이가 들면서 씻는 걸 귀찮아하는 어머니가 오죽했으면 전화했을까. 쌀을 씻어서 밥이라도 앉혔을까.

혼자 사는 노인네의 방은 예감이 틀리지 않았다. 들어서자마자 습하고 텁텁한 냄새가 올라왔다. 환기는커녕 제자리에 있어야 할 가구와 물건들이 조금씩 삐딱하게 자리 잡아 귀퉁이가 닳고 해진 모습을 보자 괜히 부아가 치밀었다. 사지 멀쩡한데 요양원은 왜 가냐며, 어머니는 혼자 사는 게 편하다고 했다. 삼성혈 근처에 허름한 집 한 채를 얻어 지내고 있다. 재산은 은근 오빠들에게 물려주려고 아껴두는 모양새였다.

어머니는 내 손에 든 게 뭐냐고 물었다.

"뭐긴, 정 여사 일용할 양식이지. 돈 아까워서 어디 사드시기라도 하겠어."

한 방 쏘아 주었다. 어머니는 이런 말이라도 해 주는 사람이 그리웠던지, 화를 낼 기운조차 없었던지 가만히 계셨다. 뭐하러 애꿎은 데 돈 쓰냐며 말을 하면서도 곰국과 불고기 양념, 김

치가 겹겹이 쌓인 도시락통을 보며 흐뭇해했다.

공구통을 들고 들어서는 남편을 향해, 김 서방 왔는가, 오느라고 수고 많았네, 라며 손을 꼭 잡았다. 어머니는 나보다 사위를 더 기다리는 눈치였다. 어머니의 고장 난 몸처럼 삐그덕대며 아쉬운 소리로 둘러싸인 잡동사니들은 어느 것 하나 제 기능을 못 한 채 그의 손길을 기다리고 있었다.

수도꼭지를 교체하고 헐거워진 몸통을 꼭 조였다. 형광등 안전기를 달고 텔레비전 볼륨을 조절했다. 하수구의 이물질을 빼고 트레펑을 쏟아부었다. 방충망을 떼어내 새것으로 교체하고 실리콘으로 이곳저곳을 마감했다. 돌아갈 때마다 45도로 인사하는 선풍기 헤드도 손봤다.

그가 부지런히 기사 역할을 하는 동안 나는 찬장의 그릇들을 모두 꺼내 설거지에 들어갔으며 양념통을 교체하고 냉장고 안을 소독했다. 온 김에 보일러까지 들여다보았다. 올겨울에는 교체해 드려야 할 것 같았다.

이것 좀 박아달라며 어머니가 들이민 것은 가족사진이었다. 대학생 때의 나보다도 더 젊었던 어머니가 나를 안고 있고 오빠와 언니들은 똘똘한 표정으로 앞을 바라보고 있었다. 못 박기가 수월치 않았다. 시공할 때 급하게 마감했는지 단단해 보이던 벽은 안 보이는 틈이랄까 공간이 생겨 자꾸 못이 튕겨 나왔다.

단단히 그 자리를 지켜낼 줄 알았던 가족사진이 어느 날 위태로웠다. 못 박힌 자리가 헐거웠는지 못의 무게가 사진의 중량을 이겨내지 못했다. 한때 오 남매의 애정은 식을 줄 몰랐고 부모에 대한 효는 서로 뒤질세라 아름다운 그림이었다. 사진의 한쪽 귀퉁이가 낡아 떨어져 나가듯이, 빛이 바래는 것처럼 무너져 내렸다. 못을 빼고 다시 박아야 할지 망치로 더 두드려 단단히 할지 고민이었다. 행복이란 못을 물고 버티었을 시간의 무게가 내려와 앉는 날, 어머니는 모서리를 잇고 틈을 메워가며 가족을 이어 주던 못 하나를 간절히 원했다.

"김 서방이 최고여."

"어머니 그런 말씀 마시고 언제든 불편하심 부르세요. 어디 아프신 데는 없으세요?"

"아이고, 안 아픈 데가 하나도 없어."

어머니는 왜 사서 이 고생을 하실까. 내 결혼을 극구 반대했던 어머니가 이제는 나보다도 더 사위를 좋아하는 눈치다.

"여보, 이것 좀, 고장 났나 봐."

나는 아쉬울 때마다 그를 부른다. 영원한 기계치인 나는 사물에 손만 대면 망가뜨리는 재주가 탁월한 마이너스의 손이다. 아예 이상이 있으면 가만히 놔두라고 식구들이 요구할 정도였다. 그의 호주머니 속에는 앙증맞은 빨간색 맥가이버 칼이 들어있다. 언제 어디서나, 여보, 하고 부르기만 하면 나타나 능숙하게 사고수습을 했다. 그래서 김가이버란 별명도 얻었다.

그는 종종 못이 되기도 했다. 땀이 송글송글 맺히는 줄도 모르게 그는 여전히 뚝딱거리고 있다. 뭔가를 만들고 있다. 그의 거친 손에서 이 세상에서 하나뿐인 작품이 나올 것이다. 은은한 삶의 향기가 배어있는, 따뜻한 온기도 함께 실려 있는 우리만의 작품이. '우리 집'이라는 세상에서 가장 아름다운 건축물을 만들어내기 위해 바위에 넘어지고 부단히 파도에 휩쓸리며 옷이 젖어 들었다. 고통과 역경을 마주할 때마다 든든하게 버텨낸 대못인 김가이버의 그을린 얼굴이 안쓰럽다. 아무리 고급 장비라도 김가이버의 손을 거치지 않으면 완성이 되지 않았다.

삶의 길목에서 가족에게 용기를 주고 힘을 북돋워 준 것은 무엇이었을까? 아마도 눈에 띄지 않았을, 조그마한 못 하나였을 것이다. 아내라는 못 하나가 거드는 손이 의지가 되고 더 작은 아이들이란 못들이 여기저기서 힘을 받쳐주었을 것이다.

미완의 잔재를 떨쳐내고 하나의 작품이 완성되기까지 필요한 곳에는 못을 박는다. 벽이 고르지 않으면 먼저 벽을 다져야만 했다. 못이 튕겨 나올 때는 조금씩 기다려 주는 여유도 생겼다. 휘어져 버린 못은 다시 박아주기도 하고 가끔은 부서져 내린 못은 장도리로 뽑아 버리는 용기도 필요했다. 매 순간 적절한 곳에 바르게 자리를 잡아야 버틸 수 있었다.

쾅쾅, 내 딴에는 단도리 한다고 몇 번 힘주어 못을 박았다. 무심코 뱉은 말들이 누군가의 가슴에 대못으로 박혔다. 못이 뽑히지 않아 견딜 수 없는데 더 큰 못을 들이대지는 않았는지. 녹물이 피지는 않았는지. 휘어지고 부러지는 못을 바라보며 그런 못의 무게를 안고 견뎠을 상대방의 아픈 마음에 울컥했다.

어느덧 점심때가 됐다며 어머니가 굳이 밥을 차렸다. 우리가 일하는 사이에 고등어를 조리고 된장찌개를 끓여놓았다. 남편은 고등어 살을 한 점 집어 어머니 밥 위에 올렸다.

"근데 말이야, 김가이버 씨, 우리도 이제 여기저기 삐거덕대지 않아?"

된장찌개를 한 입 뜨며 동의를 구하듯 물었다.

"고만해라, 에미 앞에서 못 하는 소리가 없어. 김 서방 덕에 니가 편히 살면서."

쯔쯧거리는 어머니의 목소리가 밥상 다리를 건너왔다.

"정 여사표 된장은 국보급이야."

괜히 너스레를 떨며 나는 고봉으로 밥을 떴다.

잘 말아줘, 빙떡처럼

남편은 어김없이 퇴근길에 메밀가루와 무를 사 들고 왔다. 그는 명절 때만 되면 빙떡을 부치자고 했다. 요즘 세상에 집에서 떡을 만드는 데가 어디 있냐고 눈을 흘겼다.

메밀의 거무튀튀한 색깔처럼 중간중간 하얗게 세어버린 그의 머리카락이 현관문을 밀고 들어오는 찬바람에 날렸다. 큰 바위처럼 단단하던 그의 마음도 빙떡 속에 넣는 무채처럼 야들야들해져가는 것 같아 마음 한구석이 씁쓰레했다. 이쯤 되면 연례행사가 되어버린 지 오래였지만 아직도 내 입에선, 또야? 이번에 좀 간소하게 하자. 나 힘들어, 라는 말이 나왔다.

"걱정할 것 없어, 내가 다 할게."

남편은 옷을 벗자마자 봉지에 든 메밀가루를 뜯어 양푼에 쏟아부었다.

"잘 풀어줘, 잘 부쳐줘, 메밀이 팬에 달라붙는 것처럼, 너에게 붙어 있을래, 잘 말아줘, 잘 눌러줘, 옆구리 터져 버린 저 빙떡처럼, 내 가슴 터질 때까지."

자두의 노래 〈김밥〉을 개사한 빙떡 로고송이 온 집 안에 울려 퍼졌다.

남편은 시골에서 관혼상제의 대소사를 치를 때 빠지지 않고 나오는 토속음식인 빙떡을 좋아했다.

　결혼선물(?)로 받은 제사상 차리기는, 내가 먹었던 자리만 겨우 치울 줄 알았던 내게는 감당하기 힘든 일이었다. 우울증이 찾아왔다. 어디서부터 손을 대야 하나 막막했다.

　어머니가 제일 먼저 가르쳐 준 것은 고사리 삶기였다. 고사리를 물에 삶아 여러 번 우려내어 독성을 없애는 일은 손이 많이 갔다. 소고기와 돼지고기를 막대 모양으로 반듯하게 잘라 양념하고 꼬치에 꿰어 산적을 완성했다.

　미안한지 옆에서 왔다 갔다 하며 내 눈치를 살피던 남편은 떡 걱정은 말라며 자신이 만들겠다고 했다.

　"됐어요. 송편은 떡집에서 사오면 돼요."

　"아니 조상님께 드리는 음식을 사 오면 쓰나?"

　"그럼 어쩌라고요? 남들도 다 그렇게 사다가 한단 말이에요."

　볼멘소리로 얘기하다 보니 살짝 눈물이 맺혔다.

　남편은 빙떡을 어렸을 적부터 즐겨 먹어 지금도 그 맛을 잊을 수 없다고 했다. 자신이 시범을 보일 테니 내게는 아무 걱정 말고 나머지 음식에 정성을 쏟아 주면 고맙겠다며 애교를 떨었다.

　먼저 메밀가루를 한 방향으로 잘 풀어주고 달궈진 솥뚜껑 위에 기름을 두르고 최대한 얇게 부쳐내는 게 기술이다. 소는 싱싱한 무를 채썰어 데친 후 소금으로 밑간을 한다. 잘게 썬 파와 색깔을 내기 위해 당근채를 약간 섞는다. 부쳐진 메밀에다 소를 넣고 김밥처럼 돌돌 말아주면 완성이다.

메밀의 특성상 금세 상하고 오래 가지 않아 빙떡은 손이 많이 가는 음식이다. 한 번 부치면 소쿠리 가득 만들었다. 제사상에 올리고 나머지는 이웃과 나눠 먹었다고 했다. 시부모님은 귤 농사로 힘들 때, 시골 삼촌들은 바당(바다)에서 물질하고 나서는 빙떡을 먹고 기운을 차렸다고 했다. 부모님이 일하러 나간 시간에 혼자 차가운 빙떡을 삼키며 남편은 무슨 생각을 했을까?

남편은 메밀의 독성을 무가 해독해주는 이상적인 만남처럼 우리도 이렇게 빙떡 궁합 아니냐며 너스레를 떨었다. 기제사를 모셔야 하는 나에 대한 미안함의 표현을 빙떡으로 에둘러 표현하는 남편을 보며 어이없기도 해서 빙그레 웃어 보였다.

가끔은 일에 지치고 육아에 얽매일 때마다 가정의 온갖 잡다함을 커다란 보자기에 돌돌 말아 내다 버리고 싶을 때가 많았다. 그 안의 물건이 썩어들어가 구린내를 풍기고 눈살을 찌푸리게 하더라도 내 안의 에너지를 바깥세상을 향한 큰일에 바치고 싶었다. 엄마라는 호칭 위에 내 이름 석 자를 불러주는 곳이 많아지도록 능력을 쌓고 기회를 잡고 싶었다.

그러나 난 직장을 끝까지 다니지 못했으며 자상한 엄마도 되지 못했다. 그저 그가 불러주는 빙떡 노래처럼 메밀피를 얇게 부쳐내느라 피부가 갈라지기도 얼룩이 튀기도 했다. 불에 데어 화들짝 놀라기도 했다. 무소처럼 둥글둥글 말려가며 타인과 관계 맺으며 일상의 기쁨과 슬픔을 섞고 버무리며 살아왔다. 세상에서 가장 단순한 구성인 메밀가루와 무 그리고 가족이라는 조합이 환상의 맛과 풍미를 만들어냈다.

반복적이고 단조로운 일상을 버거워하던 내게 아무 맛도 느껴지지 않는 일상의 맛은 빙떡의 맛과도 같았다. 흐드러지게 핀 메밀꽃을 보고 있노라면 우리의 미래도 이렇듯 아름다울 것이라 그려보기도 했다. 가끔은 무기력한 일상에 나를 일깨워줄 자극적인 맛인 조미료나 그 이상의 첨가제를 원했다. 그게 무채를 만들 때 참기름 한 방울을 떨어뜨리듯 내게는 빙떡을 돌돌 말아 부쳐주는 남편의 배려가 내 삶의 화룡정점이었다. 그 맛으로 지금처럼 명절이 다가와도, 일 년에 몇 번씩 차리는 기제사가 돌아와도, 아스피린 한 알을 삼키는 게 아니라 그와 빙떡송 후렴을 같이 부를 수 있는 것이다.

가끔은 달궈진 프라이팬 위의 메밀전이 바사삭 타들어가듯 나의 모든 열정과 노력을 그 위에 녹여보고 싶다. 가루에서 음식으로 재탄생되는 신비로운 지점을 바라보며 사랑과 정성으로 빚은 음식이 식탁 위에서 빛을 발하는 순간을 간직하고 싶다. 남편의 전담이었던 빙떡을 이제는 내가 부치며 가족에게 따뜻한 위로와 마음을 전하듯이. 미움, 질시, 분노 따위를 무소처럼 빙빙 말아 입안으로 꿀꺽 삼킨다. '으음, 맛있어'가 입에서 침과 함께 고였다. 난 오늘도 부엌에서 여느 날처럼 저녁 준비를 하고 있다.

_음식에세이 응모작

다시 연극무대에 오르다

"가가호호 방문하며 애들을 가르치겠다고? 우리 애들이나 잘 가르쳤음 좋겠는데……."

남의 속을 아는지 모르는지, 나의 능력을 알기라도 하는 건지, 남편은 무심하게 얘기했다. 이래 봬도 과외 선생 경력도 있었던 난데 결혼과 육아로 공백이 커도 너무나 커져 버렸다.

어지간히 내 속을 태웠던 둘째 아이가 초등학생이 되었다. 아들은 나면서부터 병치레가 심했다. 감기를 노상 달고 살았으며 종합병원을 들락거렸다. 아들이 건강해지자 집에만 있는 시간이 아까웠다. 뭐라도 하고 싶었다. 당시에는 아이를 최소한 두 명을 낳고 가끔은 셋째를 낳는 엄마들도 있었다. 집집마다 아이들의 목소리가 들리고 동네를 지나다 보면 유모차, 자전거 행렬을 만나기가 일쑤였다.

친구의 소개로 영어 학습지 교사 생활을 시작했다. 아침 시간을 이용해 영어 테이프로 들은 내용을 전화로 선생님이 물어봐 주고 간단히 체크하는 방식이었다. 가성비가 좋아서 그런지 꽤나 유행했었다. 집을 방문하여 정해진 시간에 아이들을 가르치는 학습 방법이었다. 나는 나름 젊어 보였고 학습 감각도 뛰어났으며 어머니에 대한 예의와 관리가 부드럽다고 칭찬이 자자했다. 내가 속한 지사에서 탑을 달릴 정도로 일을 잘했다. 어느 날 남편이 이왕 하는 거 좀 더 해서 영어학습지 지사 하나를 운영해보라고 권유했다. 사무실 운영자금은 지원해줄 수 있다는 말과 함께.

아, 인생은 참 얄밉다. 기회가 왔는데 잡고 싶은 생각이 없었다. 항상 젊을 것 같았고 언제든 내가 원하면 이 정도 관리쯤이야 식은 죽 먹기라고 생각했었다. 별다른 인생의 목표가 있는 것도 아니었으며 하고 싶은 일도 없었다. 내가 낳은 보물 1호, 2호가 잘 자라주는 것만이 나의 원대한 인생 목표였다. 두 아이를 돌보는 틈틈이 남는 시간을 이 정도 일자리면 충분하다고 느꼈다. 하지만 그건 나만의 착각이었다. 그 정도 시야밖에 가지지 못했던 거다. 알바로 점철된 나의 짧은 직업 이력은 여기서 마무리됐다.

남편의 사업이 어려워지자 어디서부터 마음을 추스르고 정리해야 하는지 막막했다. 남편만 믿고 살아온 세월이 야속했다. 전조가 있었을 터인데 혼자 묵묵히 버텨왔을 남편을 생각하니 원망도 잠시, 뭔가 결단이 필요했다. 일단은 도심을 벗어나 외곽으로 집을 옮겼다. 그리고 일자리를 찾아보기 시작했다.

무기가 필요했다. 실내에서 할 수 있는 일을 찾아봤다. 인터넷 검색을 하다 보니 직업을 구하는 사이트가 많았다. 고용노동부 워크넷에서 나 같은 중년을 위한 프로그램이 있어 신청했다. 상담받고서 비교적 내 나이와 경험에 어울릴 것 같은 직업

상담사 자격증에 도전했다. 심리학이라는 과목은 적성에 잘 맞았고 재밌었다. 직업에 대한 탐색과 발전과정은 매력적이었다.

문제는 컴퓨터 실력이었다. 젊은 사람과 경쟁까지는 아니더라도 어느 정도는 해야 했고 직업상담 자체가 모든 것을 전산으로 처리해야 해서 능숙하게 컴퓨터를 다루어야 했다. 하나둘씩, 자판을 익히고 검색을 하고 엑셀에 도전했다. 배우는 기쁨은 컸으나 익숙함이나 숙련도에서는 기준 이하였다. 두 가지를 같이 배워서 직업상담사 자격증은 한번에 취득했다.

용기를 내서 관공서 위주로 단기계약직에 도전했다. 처음 출발은 순조로웠다. 1년간의 계약이 끝나고 완전 초보 딱지를 떼고 나니 불러주는 데가 없었다. 육아휴직 대체인력, 3개월 단기계약직 등 경험을 쌓기 위해 가리지 않고 이력서를 넣었다. 포기하고 싶었다. 굉장한 것을 바라는 것도 아니고 알바 개념으로 단순한 직종에서 욕심 부리지 않고 열심히 일하겠다는데 사회는 냉정했다. 나이 듦이 나의 잘못은 아니었는데 준비를 못 한 대가를 혹독하게 치르는 하루하루가 계속되었다.

서류에서는 항상 통과였다. 한 사람을 뽑는데 최소 10명의 면접이 시작되었다. 둘러보니 내가 항상 연장자. 긍정적인 태도로 면접을 잘 볼 자신은 있으나 전산 자격증이 없는 게 흠이었다. 이 나이에 컴퓨터를 할 수 있고 어느 정도 사무 능력이 있으면 된다고 생각했는데 지원자가 넘치다 보니 자격증은 필수요 젊음은 선택의 지름길이었다.

이 정도면 됐어. 세상이 나를 필요로 안 한다면 내가 접겠어. 집으로 돌아가겠어. 나도 모르게 눈물이 살짝 고였다. 낙엽들이 흡사 내가 뿌린 이력서처럼 바닥에 아프게 나뒹굴고 있었다. 나의 의지와는 무관하게 남들이 밟고 갔다. 내 이름 석 자가 땅에 떨어져 밟히는 아픔은 또 한 번 나를 비참하게 만들었다.

다음 날 컴퓨터 학원에 등록했다. 주 5일 9시부터 1시까지 4시간씩 배웠다. 제일 일찍 가서 한글 타자를 연습하고 수업이 끝나면 문을 나서는 선생님을 붙들고 질문을 했다. 한 달이 안 돼서 ITQ 한글 엑셀 자격증과 컴퓨터활용능력 2급을 땄다. 운전면허를 포함해 국가공인 자격증이 네 개나 됐다.

젊은 날의 후회와 회한은 생각할수록 독이 됐다. 이제는 다 잊어버리자. 내가 뭘 했는지, 어떻게 살아왔는지를. 지금 내가 하고 싶은 일이 뭐고 그 목표를 향해 어떤 노력을 하면서 살고 있는지만 생각하기로 했다.

직업 경험이 없던 내가 직업을 구하고자 하는 내담자를 심리상담했다. 필요하면 직업훈련을 연계해주고 직업을 알선하고 구직에 이르게 하는 일련의 과정을 내 손으로 하게 되었다. 한 사람의 구직자를 1년 정도에 걸쳐 책임지고 취업이라는 길을 안내하고 같이 가주는 것이다. 일하면서 보람도 있었고 내담자로부터 상처도 많이 받았다. 하지만 내가 아쉽고 힘들 때 길잡이가 돼 주는 멘토가 있었으면 간절히 바랐던 그 마음이 있었기에 직업 상담일을 하고 있는지도 모르겠다.

이제는 인생 2막을 준비할 때이다. 사회의 구성원으로서의 제 할 일을 다하다가 이제 아름다운 은퇴를 앞두고 사람들은 또 한 번의 삶을 만들어가고 있다. 인생이라는 긴 연극에서 주인공도 해 봤을 테고 조연이 되어 다른 사람을 빛나게 해주기도 했을 것이다. 나처럼 평생 엑스트라로 지냈을 수도 있다. 관객이 되어 때로는 분노하고 눈물 흘리며 인생의 희노애락을 함께 공감했을 것이다.

이제 당당히 무대에서 내려와 또 다른 연극을 준비한다. 이번에는 남과 경쟁하고 삶을 책임져야 하는 무대가 아니라 자신의 연륜과 사회 경험을 살려 인생을 관조하는 마음으로 구성할 것이다. 우리 주변의 이웃에게 눈을 돌리고 나의 도움을 필요로하면 기꺼이 봉사하는 마음으로 달려갔다. 삶에 지쳐 미뤄뒀던 공부나 취미활동, 운동도 해 오고 있다.

나만의 무대를 어떻게 꾸밀까 행복한 고민에 빠져있다. 어떠한 무대를 꾸미고 어떤 내용으로 연극을 만들 것인지는 오롯이 나의 몫이다. 가족의 응원과 함께 나만의 아름다운 인생 2막을 위해 오늘도 열심히 살아봐야겠다. 신중년 미래 설계를 위한 무료 직업상담을 위해 50+사무실로 향하는 발걸음이 상쾌하고 힘차다.

_50+시니어신춘문예 장려상 2021

화면 속 선생님
– 신종플루와 코로나19 사이에서

    그날도 혼자 조용히 책을 보고 있었다. 전날 방문을 닫아걸고 시름시름 앓던 소리를 내던 고3 아들에 대한 걱정으로 활자가 눈에 들어오지 않았다.

    갑자기 아들이 현관문을 밀치고 들어왔다. 감기 기운이 있어서 조퇴하고 병원 들렀다 왔다고 했다. 감기, 그 지긋지긋한 감기가 또 찾아왔구나.

    아들은 어릴 때부터 크고 작은 병치레로 고생했다. 크면서 면역이 생겼다고는 하지만 남달리 예민하고 자유로운 영혼인 아들에게는 늘 감기가 따라다녔다. 조금이라도 스트레스 받는 일이 생기면 바로 아파 버렸다. 그래 좀 쉬어라, 쉬고 나면 괜찮아지겠지. 반면에 한번 머리를 대면 바로 곯아떨어지는 나는 한밤중에 벼락이 치고 집이 흔들려도 아무 일 없었다는 듯이 잘 자곤 했다. 유일하게 내 밤잠을 깨우는 것은 아들의 열 감기였다.

    밤사이에 고열이 오르는 일이 비일비재하여 응급실로 달려갔던 경험이 많았던 나는 그날도 이상한 예감이 들어 눈을 떴다. 아니나 다를까, 아들의 이마가 불덩이였다. 돌을 씹어도 소화가 되는 나이에, 남편은 한겨울에 냉수마찰을 했다는 나이에 이불을 끌어안고 정신없어 하는 모습이라니. 해열제를 찾아 먹이고 물수건으로 닦아내도 열은 내리지 않았다.

그 당시에는 듣지도 보지도 못했던 신종플루가 유행이라 더 걱정이 되었다. 아침 일찍 종합병원으로 가자고 했다. 아들은 가정의학과 의사가 감기라고 했고 약을 먹고 있으니 괜찮아질 거라며 한사코 종합병원 가는 걸 거부했다. 아니야, 가야 해. 예감이 좋지 않아. 병원에는 신종플루 의심환자를 위해 병원 밖에 천막을 치고 선별 진료를 하고 있었다. 길게 사람들이 줄을 서있었고 대기 시간도 길었다.

아들 꼴을 보니 오만가지 상을 하고 찌푸린 모습이었다. 더벅머리에 하루 동안 깎지 않은 수염이 더부룩해 나이 들어 보였다. 나의 예감은 불행스럽게도 매번 적중했다. 신종플루라고 했다. 이럴 수가, 아들이 고3인데 이런 무서운 병이 찾아들다니. 대학입시가 물 건너간 기분이 들었다.

신종플루는 감기와 다르게 타미플루를 복용해야만 했다. 게다가 전염된다고 마스크를 꼭 쓰라고 했다. 또 한 번 발등에 불이 떨어졌다. 마스크를 쓸 경향이 없었다. 내 애가 병에 걸렸는데. 무조건 간호에 집중했다. 어느 정도 고비를 넘긴 아들은 정신이 들었는지 내 걱정을 했다.

"엄마, 전염된다고 마스크 쓰라고 했잖아?"

"가족인데 전염돼도 할 수 없지. 너만 나으면 돼. 엄마 걱정
은 마. 얼른 병을 이겨내렴."

지금 생각해 봐도 아찔한 순간이었다. 처음 겪은 유행병으
로 인해 인식이 부족해 위생 관리에 만전을 기하지 못했다. 다
행히 타미플루를 복용한 탓에 아들은 털고 일어났고 나도 운이
좋았는지 전염이 되지 않았다.

"○○ 엄마, 그거 아세요? 말하기가 좀 곤란한데요……."

아들 반 친구 엄마가 전화를 했다.

"아니 괜찮습니다. 무슨 얘긴데 그러세요?"

"우리 애가 그러는데 야자시간에 ○○○이가 딴 데를 간다고
하네요."

수화기를 들고 있던 손이 가늘게 떨렸다. 순간, 나도 모르게
악 소리가 새어나왔다. 신종플루를 이겨내고 학업에 열중해도
모자랄 판에 이게 무슨 일인지. 가슴이 툭탁거리면서 이유 모
를 불안이 뇌리를 스쳤다. 도무지 집중이 되지 않았다. 아이의
상태를 확인해봐야 한다는 의무감만이 강하게 죄여올 뿐이었
다.

어렵게 찾아낸 아들은 야자를 빼먹고 학교 근처 게임방에서
정신없이 게임에 빠져들고 있었다. 공부하기 싫다던 아들을 애
걸하다시피 어르고 달랬다. 흡사 내가 입시생인 양 그렇게 곡
절 많은 고3 시기를 보내고 아들은 대학에 입학했다. 이후로도
전공이 맞지 않는다며 방황하기도 하고 갖가지 아르바이트를
전전하기도 했다. 기타를 배우고 가수가 되겠다며 휴학을 밥

먹듯이 했다. 보컬 학원에 몰래 등록하는 등 아들을 키우며 별별 일들을 겪었다. 그러던 중에 군복무를 마치고서는 잠시 정신을 차린 것 같았다. 그러나 각지게 개켜진 이불에 먼지가 앉기도 전에 아들은 예전의 생활로 돌아와 버렸다. 다시 고3이었다. 아들 인생이 내 인생인 양 밀고 당기기를 하느라 나의 중년기가 훌쩍 가버렸다.

그러던 아들이 교생실습을 다녀오고 졸업 후, 교사 생활을 시작하면서 반전이 일어났다. 중학교 영어교사 생활을 하며 자신의 역량을 유감없이 발휘하게 되었다. 젊고 감각 있는 교사라는 칭찬 외에도 질풍노도와도 같은 아이들을 어떻게 구워삶는지 늘 아이들과 함께하며 싱글벙글이었다. 누구도 맡기 싫어하는 학폭(학교폭력조정위원회)을 담당하면서 피해자와 가해자 학생과 부모님, 학교 사이에서 부드러운 회유와 대화를 이끌어내며 사건을 잘 마무리했다.

"엄마, 애들이 외로워서 그래요. 관심을 받으려구요. 일단 훈계하지 말고 귀 기울여 양쪽 말을 잘 경청해요. 들어주고 난 다음엔 당근과 채찍을 적절이 표시 나지 않게 쓰지요. 저는 아이들이 좋아하는 관심사와 취미 등을 함께 공유하며 친구라는 느낌으로 다가서고 있어요."

학생들과의 교감과 소통에서 거리를 좁힐 수 없어서 많은 교사들이 회의를 느끼는데 잘 적응해 주는 아들이 대견하기만 했다.

코로나로 개학이 무기한 연기되고 있는 요즈음, 아들은 여전히 바쁘다. 일일이 반 아이들과 만나고 있었다. 자신의 일상을 가볍게 SNS에 올리면 아이들이 댓글을 달았다. 영어 공부를 싫어하는 학생들을 위해 자면서 단어를 자연스럽게 외울 수 있는 동영상을 만들었다. 조그만 소리에도 귀 기울일 수는 영상을 찍었다. 내게는 다소 낯설기만한 ASMR을 이용한 수업자료를 만들었다. 학생들이 사물에 귀 기울이다가 보면 자신을 돌아보게 되고 집중력이 향상될 수 있다는 취지라고 했다. 소리에 귀 기울이기, 마음 열기, 좋아하는 것을 함께 공유하기 등을 실천하고 있었다. 수시로 전화 대화가 오고 갔다.

"선생님, 시험시간에 꿀잠을 잘 수 있나요?"

"선생님, 얘가 자꾸 귀에 테이프 붙여요."

학생들은 볼 수 없고 만날 수 없어도 자연스레 앞다투어 선생님과 교감하고 자신들의 목소리를 내고 있었다. 가감 없이 선생님의 일상에 자신들의 마음을 전했다. 아이들 또한 자질구레한 일상의 단편들을 재밌고도 기발한 방식으로 만들어 올렸다. 언제까지 정서적인 면만을 공유할 수 없는 일이다. 서둘러 온라인 개학을 하라는 발표가 떨어졌다. 한때 가수가 되겠다던 아들은 흥도 많고 실전 경험이 많아서인지 카메라를 보며 완벽하게 수업을 진행했다. 마치 아이들이 앞에 앉아 있듯이 표정 하나하나를 살펴가며, 슬쩍 유행어를 던져가며.

TV를 통해 중학생들의 사건 사고가 알려지면 아들은 항상 안타까워했다. 자주 말썽을 일으켰던 P가 생각난다면서. 조금만 더 귀 기울였으면. 누군가 한 사람이라도 이해했더라면. 선생님이 사주는 떡볶이 한 접시에도 마음을 열 수도 있는 아이들이라며.

십여 년 전 신종플루를 당당히 이겨낸 아들이 코로나19로 고통받는 학생들의 마음을 헤아리고 있었다. 당시 PC화면을 통해 자신의 외로움을 토해냈던 아들이 지금은 다시 모니터를 통해 목소리를 전달하고 학생들의 마음을 읽어내고 있다. 전염병은 모습을 달리하고 치명적으로 다가왔지만, 자신의 일상을 지켜내고 병을 물리치려는 노력은 계속되고 있었다.

마스크를 야무지게 낀 한 무리의 아이들이 걸어가고 있다. 이 시국에 뭐가 그리 즐거운지. 내 아이한테도 저렇게 해맑은 모습이 있었을 텐데 모르고 지나쳤다. 지나고 보니 모든 게 소중하고 아름다웠다. 코로나19, 역시 먼 훗날 '그땐 그랬었지'라며 되새김할 날이 올 것이다. 신종플루와 코로나19 사이에서, 지금은 비록 비대면으로 생활을 영위하고 있지만, 끝이 있다고 믿기에 아름답게 마무리하고 싶다.

_코로나19체험 수기 응모작

우회(迂迴)

영종도의 갯벌을 떠난 항공기는 가볍게 구름 위에 안착했다. 바지랑대에서 막 걷어내 뽀송뽀송한 솜이불 같은 포근함이 보드랍게 온몸을 감싸 안았다. 곱게 갈린 설탕 가루를 탈탈대며 동그란 원 안에 골고루 뿌려대면 한 겹씩 말아 올려지는 솜사탕처럼 구름이 만들어졌다. 비누거품을 후, 하고 불면 크고 작은 원들이 몽실몽실 떠오르는 것처럼 순백의 잔치가 벌어졌다.

지상에서 아웅다웅 다투고 시기, 질투하던 감정들은 여기까지 올라와 있지 못했다. 손을 뻗으면 구름 속에 가 닿을 것 같았다. 순수와 행복의 결정체 같은 한 점 작은 구름을 잡고 싶다. 마음 다잡고 다시 시작하고 싶다. 멈춤이 아닌 도전, 포기가 아닌 미래를 위한 잠시 머뭇거림으로 여행을 계획했다. 다 잘될 거야. 항상 나를 응원해 주는 딸과 함께 여행하고 있잖아.

비행기와의 인연은 섬에서 뭍으로 나오면서였다. 새로운 세상에 대한 동경과 미래에 대한 희망으로 열아홉 소녀의 뺨은 붉게 물들었다. 깊게 심호흡을 한차례 하며 탑승했었다. 하늘에서 바라보는 구름은 손을 내밀면 잡힐 듯이 잡히지 않는 신비한 색채의 그림이었다. 어디에도 정착하지 않고 떠다니는 구름의 정체는 무엇일까. 살면서 어떤 구름을 만나게 되는지 그려보며 두근거리는 순간을 오랫동안 간직하고 싶었다. 이렇게 매력적이고 아름다운 구름만이 내 곁에 영원히 머무를 것만 같았다.

첫차, 나의 첫 비행은 그렇게 화려하게 펼쳐지는 듯했다.

열병을 앓았다.

낯선 곳, 낯선 사람, 무엇보다도 서울이 아니면 모든 곳이 시골이라 여겨졌었던 80년대의 사람들의 시선이 힘들었다. 안으로 조금씩 쪼그라들고 작아지는 자신을 여러 번 경험해야 했다. 또래 친구들의 당당함과 푸르름은 또 한 번 나를 절망케 했다. 강의가 끝나면 조용히 한 구석으로 밀려나 책을 읽으며 세상과 담을 쌓아갔다. 무어라 정의할 수 없으나 나의 20대를 싸늘하게 둘러싼 그 기운의 정체는 무엇이었는지 지금도 궁금하다. 문득 구름의 향연을 보니 그 시절의 내가 겹쳐 보였지만 여행이 주는 또 다른 설레임이 아쉬움을 가려주었다.

딸은 누구보다도 힘든 사춘기를 보냈다. 자격증이 확실한 이공계를 가는 게 취업을 위해서는 최선이라는 생각에 딸은 이과를 선택했다. 그러나 자신의 흥미와 적성에 맞지 않다는 것을 깨닫는 순간 너무 늦었음을, 되돌리기엔 많은 불편과 고통이 뒤따름을 알아버린 딸은 고뇌했다. 학업을 포함한 모든 것에 흥미를 잃었고 급격하게 살이 불어났다.

우여곡절 끝에 문과로 전과했다. 나는 기대했던 딸의 갑작

스러운 진로 변경에 아예 몸져누웠다. 하지만 인생 뭐 별건가, 내 아이 하고 싶은 대로 해야지, 라며 툭툭 털고 일어났다. 시간이 걸리더라도 포기하지 말고 다시 시작하려 했다. 기다려줄 수 있으니 힘을 내라고 딸을 다독였다.

딸은 재수를 거쳐 원하는 대학에 들어갔다. 그것도 잠시 이번에는 전공이 맞지 않다며 또 한 번 홍역을 치렀다. 나는 조심스럽게 직진만이 최선이 아니고 가끔은 돌아서 가더라도 자신이 원하고 잘하는 길을 가보자고 했다. 딸은 전과의 경험을 양분 삼아 차분하게 적응해 보겠다고 했다. 자신은 성인이 되었고 선택에 따른 모든 것은 자신의 몫이라 여겼다. 그러던 차에 둘만의 여행을 계획하게 되었다.

목적지를 뉴욕으로 잡고는 우리는 무척 들떴고 의욕이 앞섰다. 딸이 모든 걸 알아보고 예약하고 여행 스케줄을 짰다. 하고 싶은 것, 보고 싶은 곳이 많았다. 여비도 만만치 않았다. 비행기 티켓이 싸다는 이유로 홍콩을 중간 경유지로 선택했고 짧은 시간에 두 나라를 볼 수 있다는 기대감에 쾌재를 불렀다.

비가 와도 좋았다. 물을 보려고 왔는데 물이 또 한차례 퍼부어도 좋았다. 시원한 물줄기로 이어지는 물의 힘으로 세상을 움직일 수 있을 것 같았다. 맨해튼 관광 후 마지막 여정은 나이아가라 폭포였다. 폭포의 위엄과 아름다움을 마음껏 감상하고 1박을 했다. 연이은 폭우였지만 즐거웠던 시간을 뒤로 한 채 다음 날 아침 일찍 공항으로 향했다.

체크인하고 온 딸이 조금 이상하다는 표정을 지었다. 영어가

우회(迂迴)

안 되어서 그러려니 했다. 보안을 마치고 대기실 의자에 앉았는데 행선지가 케네디 공항이 아니라 디트로이트라고 표기돼 있었다. 아무리 영어가 안 된다 치더라도 제일 중요한 행선지가 바뀌는 건 아니지 싶어, 다시 한번 직원에게 문의했다. 아무리 한가해도 자기네 말만 빠르게 되풀이하는 게 외국인이다. 게다가 본토에 왔으니 천천히 반복해서 말을 해 달라 부탁해도 속도와 억양을 줄이지 않고 길게 늘어놓았다.

영어가 어려워서가 아니라 빨라서 못 알아듣겠다. 눈을 들어 전광판을 봤다.

뉴욕행 캔슬!

오 마이 갓. 기상악화로 딜레이(연기)가 아니라 캔슬(취소)이라니.

전광판 위에서 반짝이던 문구는 아무리 읽어봐도 뉴욕행 비행기는 뜨지 않는다는 말이었다. 돌아갈 수 없다는 말은 절망으로 와닿았다. 종일 퍼붓기만 하는 애꿎은 비가 야속했다. 이 정도 비에 비행을 못 하는 건 항공사의 직무유기 아니냐며 소리치고 싶었다. 인정하고 싶지 않아도, 내 의지와 간절한 바람에도 불구하고 시간은 계속 흘렀고 돌아갈 방법은 요원해 보였다.

우리는 오늘 오전에 출발해서 뉴욕에 도착해 밤 비행기로 홍콩을 경유하는 서울행 비행기에 탑승해야 했다. 퍼즐 한 조각이 무너지면서 모든 것이 와해돼버리는 도미노게임처럼 앞이 막막했다.

우리는 무사히 집에 갈 수 있을까?

수단과 방법을 찾아서 오늘 중으로 뉴욕으로 가야 했다. 마음이 급하니 손가방을 떨어뜨리고 옆 사람과 부딪치는 줄도 몰랐다. 어서 서둘러야 해. (Hurry up!) 지나가는 사람에게도 물어보고 사무원 비슷한 사람만 보여도 붙잡고 어설픈 영어로 묻고 또 물었다. 영어든 한국어든 바디랭귀지라도 뉴욕 가는 방법을 찾아야만 했다.

비행기는 기상악화로 언제 뜰지 모르지만 고속버스가 있다고 했다. 그레이하운드 버스는 국경을 맞댄 캐나다령에서 미 동부 뉴욕까지, 장장 11시간이 걸린다고 했다. 타기 전부터 멀미가 올라왔다.

오전 10시 출발해서 오후 9시 도착이라 미리 숙소에 전화해 맡겨 놓은 짐을 부탁했다. 우리의 사정을 이야기했더니 한국 민박집 주인은 공항버스 타는 데까지 짐을 가져다주겠단다. 다행히 고속버스 터미널에서 공항버스는 근처에서 탈 수 있었다. 그곳에서 공항까지는 1시간여, 출발 시간은 자정. 비는 내리고 도심이라 교통체증은 걱정되고 하나라도 틀어지면 우리는 길가에서 밤을 보내야 하는 국제미아가 될 것이다.

비행기 안은 고요했다. 간발의 차이로 비행기를 놓치지 않았으니 운이 좋았다. 이코노미석의 나는 기진맥진 상태였다. 이상 기류 때문인지 멀미가 났다. 경제문화의 중심지라는 뉴욕의 불빛은 더 이상 환상 그 자체가 아니었다. 나는 꼬박 10시간 이상을 뜬 눈으로 태평양 창공 위를 날아가고 있었다.

너무나 길었던 여정, 체크를 꼼꼼히 못 하고 계획했던 순서가 어긋나면 어떻게 몸으로 돈으로 때워야 하는지 뼈저리게 체험한 여행이었다. 외국계 항공사 D사에서 문자나 전화로 알림

우회(迂廻)

227

을 보내주지 않았음이 원망스러웠다. 나중에 알았지만 외국인들에게는 이메일을 보냈다고 했다. 미리 일정을 챙기지 못한 우리의 잘못이 컸다. 우리나라에선 항의도 하고 사과도 받고 하는데, 미숙한 여행문화가 낳은 결과였다. 이후로는 외국 여행 가면 이메일부터 열어보는 습관이 생겼다.

캔슬 사건으로 인해 몸과 마음이 해질 대로 해져서 피곤이 극에 달했다. 이런 시점에서 돌아가는 길의 홍콩 경유는 후회막급이었다.

딸은 새벽 4시에 첵랍콕 공항에 떨어지고는 얼굴색이 창백해지고 잠시 공황 상태가 됐다. 공항 화장실에서 간단한 세수를 마치고 첫 지하철이 운행할 때까지 기다렸다.

새벽에 올라선 홍콩 피크트램은 긴 줄은커녕 바로 탈 수 있었다. 새벽안개에 가려 풍광이 그리 멋지지는 않았으나 이런 기회도 드물다 싶어 열심히 눈을 돌려 감상했다. 옆을 보니, 딸은 아직도 힘들어했다. 정신 차려 보라고, 당장 병원응급실을 가보자고 했다.

딸은 중년의 엄마를 모시고 책임져야 하는 자유여행에서 예기치 않은 변수로 인해 아무것도 못 먹고 완전히 딴사람이 되어 있었다. 고맙고 미안했다. 홍콩의 경치가 아무리 좋다 한들 사랑하는 딸이 지쳐가는 모습을 바라만 보는 일이 힘들었다. 한사코 병원 가기를 거부하며 조금 시간이 지나면 괜찮아질 거라고 연신 엄마를 위로하는 딸이 애처로웠다. 정신력으로 버텨보리라 이를 앙 무는 것 같았다.

인천에서 홍콩을 경유하여 뉴욕으로 갔다. 캐나다 버팔로 공항에서 뉴욕 공항으로 돌아왔다. 다시 홍콩을 경유하여 인천으로 돌아와야만 하는 우리의 여정은 7박 8일 치고는 너무나 짧고 무리였음을 돌아오는 공항에서 대기하면서 알았다. 시간적인 여유가 있고 경비를 아낀다는 차원에서 경유(트랜스짓)를 가볍게 생각했고 동선을 짤 때 발생할 수 있는 변수를 고려치 않았다. 혹독히 정신적으로 몸으로 대가를 치렀다.

그러니 이제는 마음을 바꾸자. 피할 수 없는 상황이라면 즐기라 하지 않았던가. 홍콩을 간단히 네 시간에 걸쳐 볼 수 있는 경우도 흔치 않을 것이라 애써 자위했다. 센트럴역에서 유명하다던 딤섬을 먹고 바쁘게 움직이는 사람들의 생동감과 에너지를 보았다. 이층버스의 색감을 보며 동서양이 교묘히 융합된 듯한 홍콩의 모습은 다소 불편한 상황이었지만 아름다웠다. 이런 순간도 나중에는 아련한 추억이 되어 인생의 한 페이지를 장식할 것이기에.

드디어 서울행 비행기에 올랐다. 천근만근인 몸을 뒤로 젖혀두고서라도 집에 돌아갈 수 있음에 감사했다. 실수하고 나니 많은 생각이 들었다. 우회할 가능성을 열어두고 차분하게 여행 계획을 짜고 대안을 마련했어야 했다. 거리만큼이나 생경했던 여행의 색깔, 의욕만큼이나 길었던 실수의 연장선들, 접고 돌아서는 길, 긴 비행이 남긴 여운이라면 적절히 준비하고 실행해야 한다는 것이다. 취소해야 할 경우라면 과감히 대처해야 했다. 지연된 것이라면 한 템포 늦추며 기다려 볼 것이다.

우회(迂廻)

229

어둠이 기내의 조그만 유리창 너머에 가득 찼다. 눈을 감았다. 조금이라도 눈을 붙이고 싶었지만, 생생히 찾아드는 어둠은 걷힐 것 같지 않았다. 이유 모를 구토와 역겨움 뒤에 기내식을 물린 뒤 찾아든 안도감은 이제 집으로 돌아갈 수 있고 내가 서 있을 땅이 가까워졌기 때문이었다. 뒤척이는 내가 신경 쓰였던지 딸은 나직이 얘기했다.

엄마, 그동안은 앞만 바라봤어. 이제는 침착하게 준비하고 더 잘 할 수 있도록 모든 가능성을 열어두고 하나씩 찾아갈 거야. 이번 여행은 지금 이 순간 내게 제일 소중한 것은 무엇인지 알아가는 시간이었어. 지금 이대로의 나를 사랑하고 한 걸음씩 내딛을 거야.

딸이 내 손을 부드럽게 감싸 안으며 쥐었다. 스무 살 언저리 나와 딸은 정면승부를 택했다. 나와 닮은 듯 또 다른 유전인자를 가진 딸아이의 우회는 포기와 체념이 아닌 목표를 향해 조금 물러나 바라보고 생각하며 노력하는 일이었으면 좋겠다.

숲에 두 갈래 길이 나 있었다. 어느 길을 가든 나의 선택이었다고. 가보지 못한 길에 대한 후회는 항상 남는 거라고, 프로스트는 '가지 않은 길'에 명시했다. 나는 가정과 육아를 선택했고 그 시대에 자발적 복종하느라 나를 감추고 목소리를 내지 못했다. 하지만 애들이 크면서 오랜 꿈이었던 글쓰기에 도전했다. 아직은 첫걸음 단계지만 계속 노력할 것이고 뒤늦게 내 길을 찾은 기쁨이 컸다. 기내 독서용 전등을 켜서 이번 여행의 소감을 몇 자 끄적거려본다.

가끔은 인생의 지름길이라 믿었던 것들에 상처받고 쓴맛을 보게 된 이후로는 천천히 에둘러서 돌아보는 습관이 생겼다. 직선 길이 주는 빠르게 도착하는 승리감보다는 구불구불한 곡선을 따라 느리게 가면서 주변을 돌아보는 재미도 나쁘지 않았다. 인생의 막다른 지점은 없다. 항상 또 다른 길이 우리를 기다리고 있다. 단지 우리가 못 찾았을 뿐이다. 이제는 돌고 돌아 어렵게 내 옆에 앉은 글쓰기의 길로 걸어가 봐야겠다. 남은 계절에는……

　창유리 가림막을 올렸다. 빠른 속도로 비행하고 있어서 그런지, 얼굴만 들이댈 수 있는 타원형 창을 통해 내다보는 하늘은 무한하고 넓었다. 어느새 새벽이 찾아드는지 뭉게구름이 솜사탕처럼 퍼지더니 잿빛 하늘도 가릴 듯했다.
　우리의 삶도 비행을 닮았다. 두 발을 땅에 굳건히 딛고 활주로의 도움닫기를 통해 힘차게 비상하는 거다. 하늘 위의 각양각색의 구름은 해와 바람과 비의 움직임에 따라 각가지 모양을 이룬다. 마치 무대 위의 연극처럼 다양한 삶과 경험과 이야기를 만들어간다. 이번처럼 뜻하지 않은 비구름을 만나 당황하고 힘들었으나 돌고 돌아 목적지까지 오게 되었다. 비행이 지연이 아니라 취소가 됐어도 꿋꿋하게 헤쳐 나왔다.
　영종도의 갯벌이 보이기 시작했다. 인생의 우회를 경험한 우리 모녀의 어깨 너머로 또 다른 무늬의 창밖 풍경이 펼쳐졌다.

_항공문학상 응모작

디스토피아 시대 너머의 숨비소리
─오미향 수필의 미학적 지점

이수정(문학박사, 소설가)

나의 유적을 찾아가는 숨비

5년 전 그녀를 만났다. 어떠한 생의 페르소나를 쓴 채 우리가 만나게 되었는가는 중요하지 않았다.

다만 그녀는 사람답게 사는 법을 아는 사람일 거라는 느낌이 들었다. 편안해서라고 말하기엔 그녀는 단단함이 묻어났고, 여물다고 말하기에는 틈을 열어주는 넉넉함이 있었다. 몹시 활발하지는 않았지만 기꺼이 동행해주는 사람이었다.

뭣보다 외형으로 다가오는 그 너머의 유대감을 가진 여자였다. 그러한 그녀는 요령이나 구실을 방패로 오락가락하지도 않았으며, 차곡차곡 따박따박 바른 걸음으로 살아가는 보폭을 가지고 있었다. 소설가 박완서의 언어처럼 화려하지 않으며 그렇다고 평이해서 식상하지도 않은 작품들을 지으며 자신의 길을 여는 모습을 늘 목도했다.

무엇이 그녀로 하여금 그토록 곱지도 않으며 거칠지도 않은 질감의 언어들을 뽑아내게 하는지는 알 수 없었다. 다만 무엇인가에 대하여 몹시도 풀어내고 싶은 욕구를 가진 것만은 분명

해 보였다. 그렇게 출발한 언어는 매우 규칙적으로 그녀를 떠나 세상 속으로 외출을 시도했고, 그럴 때마다 자잘한 물고기를 물고서 회귀해 왔다. 다사(多事)를 풀어낸 글과 다난(多難)을 등에 업은 사유는 수필이라는 옷을 입고 제법 멀리로 물질을 해나가고 있었다.

그녀를 만날 때면 에스키모 전설에 나오는 오룩의 어머니를 떠올렸다. 운명이 부를 때까지 나무꾼의 선녀처럼 살다가 운명의 부름으로 바다로 떠난 여인. 엄마가 떠날 것을 알고도 물개 가죽을 가져다주었던 아들을 위하여 모든 숨결과 그리움과 모성애를 아들의 입속으로 밀어 넣었던 어머니의 모습은 아니었지만 어딘가에서 부르는 신호음을 듣는 여인이랄까. 그런 뭍내가 아닌 섬내가 나는 사람이었다.

섬 그리운 사람이 섬을 묻히는 일은 그 섬을 불러내는 일일 것이다. 제주 여자가 뭍에서 섬을 사는 방법은 그 신화의 시간을 불러내는 일이었을 것이다. 그 시간을 그려내면서 그 속에서 살았고, 잊히지 않았던 그 시간을 접으며 뭍 멀미를 견디었을 거라는 사실을 오래지 않아 알게 되었다.

그러한 결과물인 수필을 시간의 영속성 위에 영원히 존재하게 하는 작업을 하면서 스스로를 견디고 길들이고 허물어 나갔으리라. 그녀에게서 수필이란 온몸으로 그려낸 섬의 돌담이거나 섬에 남겨두고 온 이들의 투지를 몰아서 새긴 암각화였으리라. 그러한 《언니의 물허벅》은 그들의 얼굴을 그려놓은 기나긴 호흡이었던 것이다.

섶섬이 내려다보이는 바닷가 마을로 들어서자, 암벽 위에 작은 돌집이 보였다. 벼랑 위 깔깔한 소금기를 벗 삼아 삶의 모퉁이를 돌아선 그곳에는 삭정이 같은 무릎을 보듬고 아버지가 앉아 있었다. 바람 한 점만 불어도 거친 말 한마디만 내던져도 금세 기울 것 같은 수평을 아버지는 꼭 붙들고 있었다.

-〈돌챙이〉 중에서

"수필을 선하여 놓고 이들 작품이 요구하는 메시지가 적절하게 제시되었는지 시선을 모았다. 수필 문학이 문학 작품으로 승화되는 데는 일상적 사실 체험에 대한 깊이 있는 사유의 세계를 구축하는 일이다. 어떤 사실을 평면적으로 나열하는 데그치지 않고 그 사실이 내포하는 필자의 사고를 천착하는 데있다. 최종심에는 아버지의 삶을 소중한 가치로 들여다본 돌챙이를 선하였다"는 평을 받으며 오미향은 신춘문예 당선의 길을 열었다. 영원한 존재의 집, 그 섬에서 그녀가 만난 것은 무엇일까.

숭숭 구멍 뚫린 관절에 햇볕을 끌어 모으고 먼 바다를 내다보며 머리를 흔들었다. 잊었다는 것인지 다 지나간 일이라 모른다는 것인지 그 고갯짓의 의미를 알 수가 없다. 단물 쓴물 다 빠진 아버지의 빈 가슴에 찾아든 것은 무엇일까? 보는 이의 마음도 마른 웅덩이처럼 젖어들었다. 말랑하게 가라앉은 가슴이 울컥했다.

-앞의 글, 중에서

그녀의 우화 속에서 살아있는 아버지는 '돌챙이'의 객관적 상관물이면서 동시에 그리운 체취이거나 묻히고픈 땅이다. 고향이라는 이름 그곳에서 탈퇴를 한 소녀는 서울 이 뜨거운 한복판에서 다부진 여인이 되어 문학으로 환생하게 된다. 유년의 시간을 손끝으로 달구며 결코 쉽게 새기지 않은 예술로 승화한다.

그녀가 새긴 글들은 모두 돌챙이 위에서 나부끼고 있다. "어느새 정수리를 뚫고 나온 새치를 한 가닥 뽑으며, "아버지, 혹시 물팡 만드세요? 물허벅을 부릴 데가 있어요?"라고 물었다. 받침대로 쓰일 튼튼한 돌판이 모습을 드러냈다. 아버지는 이제는 사라져 버린 것"을 만든 후에 그 자신도 사라져 버린 시간이다. 그 허망한 시간을 허망하지 않게 불러낼 재간이란 없을지도 모른다.

문학이라는 이름의 허명을 쓰지 않는다면. 그녀는 그 사라진 것들을 호명하여 호외(號外)의 인생을 열고 있다. 그녀가 울면서 불렀던 숨비소리가 아마도 그녀를 오랜 시간 불러줄 이름이 될 것이다. 특히 돌챙이라는 대상을 바라보는 시선이 감상에 빠지기보다 차분한 어조와 어휘 선택으로 사유의 폭을 잘 받쳐주고 있기에 향기가 짙게 풍겨온다.

빽빽이 잘 쌓아 올리는 게 최선은 아니었다. 사이사이로 바람구멍을 터줘야 돌들도 숨을 쉴 수가 있었다. 나의 삶도 높이 쌓아 올리는 데만 급급하지 않았을까? 주변을 돌아보며 같이 웃고 울 수 있는 바람길을 만들 생각은 했었는

지? 내쉬는 날숨에 상처받은 이가 있었다면 더불어 배려하
는 들숨으로 바람구멍을 터야겠다.

-앞의 글, 중에서

목마름은 아버지를 안고서 바다로 그녀를 끌고 간다. "보이
는 것보다 원담은 저 멀리 있었다." 바다가 싫어서 떠나야 했
던 작가는 도시로 가는 꿈을 안고 살았다.

그러나 타관 객지는 녹록치 않았다. 가깝고도 먼 이산을 살
았던 그녀가 돌아갈 곳은 자명했다. '나'의 기원을 찾아가는 그
곳에는 인칭과 비인칭의 사물들이 모두 기억의 끝을 잡고 당기
는 동력이었고, 그 힘은 선험적 토대가 되어 작가의 터가 되어
주기에 넉넉했다.

그러한 날들의 임계수위는 "원담"으로 찾아왔다. 지나친 해
석일까. 그녀는 생각보다 멀리 있는 '원담'과의 사이에서 삶을
얻었고 문학의 모티프를 발아시켰다. 그러한 내력이 모두 담긴
그곳이 섬이기 때문에 살이가 거듭될수록 더 깊이 다가서서 부
르고 싶었던 노래였다. 위력적이고 위대한 단어, 고향 앞에서
섬 여자는 더없이 아릿한 아름다움을 직조하고 싶었으리라.

그녀가 쓰는 수필의 질감은 몹시도 리드미컬하다. 직조가 잘
어우러져 있다. 정도를 잃지 않은 균형 감각과 생의 복원술이
빚어낸 수필들은 아무리 깊어도, 아무리 헤아려도 문학적 분수
를 넘어서지 않는다. 절제와 함께 논리적 비약을 하지 않기에
매우 지적이다.

나를 둘러싼 이 바다 밖에는 더 큰물이 숨어 있을 것 같
았다. 담담히 오래된 추억의 한 페이지를 넘기면 바다는
느린 걸음으로 걸어 들어왔다. 지금은 제주도가 환상의 섬
이지만, 그때는 한적하고 아름다운 섬에 불과했다. 여고생
이었던 나는 이상을 품고 뭍으로 빠져나오는 꿈을 날마다
꾸었다. 고립무원한 섬 바깥에는 어떠한 일이 벌어지고 있
을까?

−〈원담〉 중에서

작가는 두 아이의 엄마가 되어 고향을 찾았다. 그곳에서 비
존재의 아버지와 비인칭의 사물을 교우하며 그녀를 관통했던
유년을 만난다. '나'의 유적을 찾아간다. 또 다른 출발을 잉태
하기 위하여 출발한 곳에서 뿌리를 더듬는 일, 그것이 작가로
가는 도정이었을 터였다. "아버지를 한없이 끌어당겼던 바다.
그 끝없는 공간에서 삶의 궤도를 하나씩 그리며 아버지는 그렇
게 자신만의 발자국을 남겼다. 원담 안에 스며든 물은 누구에
게나 열려 있었으나 그 누구의 것도 될 수 없는 삶의 또 다른
모습"이었기에 나도 그곳으로 돌아가게 된 것이다.

가끔은 원담 안은 텅 비었다. 비었다는 것은 언젠가는 꼭
차리라 는 예감이다. 삶의 헛헛한 잔기침은 부재를 슬퍼하
지 않는 자연의 이치이다. 그저 기다린다. 물때를 기다린
다. 허물 벗은 뱀 마냥 아버지의 맨가슴에 스밀 휘영청 밝
은 보름달을 기약하면서. 없음으로 하여 있음 가득한 허(虛).
가득 채우고 또다시 비워내며 아버지가 남았다.

−앞의 글, 중에서

작가는 해양문학상 금상을 손에 쥐었다. 그녀에게 호외의 생을 부여해준 것은 문학이기 이전에 섬이었다. 그녀가 그토록 버리고 싶었던 그곳을 찾아냄으로써 그녀는 스스로를 '움직이는 꽃'으로 만들었다. 슬픈 꽃도 아니요, 아픈 꽃도 아니고 오로지 살아내는 꽃으로 불러내어 그녀의 꽃은 다양한 이름을 달고 태어난다. 그러한 의미화는 매우 다이내믹해진다. 앉아서 굴러온 복을 받아먹고 글이나 쓰는 어느 여류 수필가의 모습이 아니라 문학을 살며 문학으로 자신의 시간을 선행한다. 그것도 21세기적 포스트모더니즘적 질감의 작품을 일궈내고 있다.

그녀가 머문 짧은 시간은 모두가 섬을 부르며 얻어낸 생의 보석이다. 하지만 언어는 인위적이지 않다. 20세기적 수필로부터 한참을 벗어나 있다. 모더니즘이 구가한 미적 구조는 유미주의적이다. 그것은 가공할 위력의 언어들로 수식한 현란한 수사들이 난분분하다. 그것은 규격화 되고 정형화된 미적 범주에 들어가려는 속성을 보이고, 그러한 범주 만들기의 시대가 모더니즘 시대의 양상이다.

그렇게 본다면 오미향의 수필들은 상당히 구조적이고, 의미화 되어 있으며 문학적 입지가 입체적으로 구조되어 있음이다. 이러한 징후는 그녀의 문학 작업이 유미주의적 시각과는 상당한 거리가 있다는 의미이다. 다시 말해서 오미향의 수필은 매우 상징적이며 소설적 구조를 취한다고 봐야 할 것이다.

그녀의 수필이 미학적으로 가지는 의미는 신변잡기의 소재에만 천착하지 않는다는 역설이다. 즉 인식의 깊이에서 발견해낸 착상과 플롯으로 구성되어 있음이다. 신변잡기의 참신하지 않은 소재를 반복하기보다 대상을 꿰뚫는 구조된 아름다움을 구축하고 있다.

삶의 진정성을 드러내려는 시도가 치열한 삶에서 우러나는 감동과 효과적인 글의 얼개짜기, 그리고 어휘 하나하나에 대한 절차탁마로 수필의 새로운 지평을 여는 작가로 평가하게 한다. 그래서 오미향의 수필들은 귀하다.

> 카페의 통창 가득 바다가 담겨 있다. 목젖으로 넘어간 해가 붉은빛을 머금어 햇살을 들이키는 시간, 한낮의 절정에 머무른 해의 파장이 스펙트럼을 이루듯 눈이 부시다. 물살은 잔잔하게 오르내리며 파고를 만들었다. 줄지어 선 부표들 이 출렁대는 사이로 함지박처럼 보이는 것들이 둥둥 떠다닌다. 자세히 보니 오렌지색 박새기였다. 잘 달인 해를 들이키고 살이 오른 햇살을 부둥켜안은 듯 태왁은 서너 개씩 혹은 외따로 떠 있다. 해녀들의 작은 몸은 바다에 빚진 듯 거꾸로 매달려있을 것이다.
>
> ―〈태왁〉 중에서

기가 막힌다는 시중의 말을 쓰고 싶다.

수필가의 여유와 여백의 미가 우리를 한가하게 만든다. 문학은 그 말을 하면서 비로소 놓여나게 하는 치유의 힘을 갖고 있다. 놓여난다는 것은 우리의 영혼이 자유를 얻는다는 의미이다. 20세기를 관통한 작가가 21세기 직조술을 쓰고 있다는 사실에 놀라고, 그녀가 포착하는 촉수와 벼루어진 연필심에 믿음이 간다.

대상을 풀어내고 묘사하는 힘이 유장하다. 많은 수필들이 회고조의 감상에 침잠한 나머지 관조의 미학이라는 수필의 품격을 드러내지 못하고 있다는 것이 수필을 독자로부터 멀어지게 만드는 요인이다. 또한 정확한 어휘들에 대한 탐색이 소홀하고 문맥에 맞게 다듬어지지 않은 것들이 적지 않아 여유의 미학이라는 수필 특유의 그윽한 예술적 방향을 풍기지 못한다는 것들이다. 그러나 오미향은 언어와 구성의 직조에 놀라게 된다. "엄마는 매일 마이신을 먹으면서도 바다에 나가는 일을 거르지 않았다. 나는 엄마의 태왁에 담긴 해산물의 가격을 먹으며 도시에서 빈둥거리며 지냈다. 도시의 불빛은 황홀하고 힘이 넘치며 원하기만 하면 모든 걸 안겨줄 수 있다고 믿었다. 사람들 사이에서 얽히고설키는 관계는 나를 좀 더 발전시키는 일이라 생각하며 위안 삼았다."라고 말하는 대목에서 작가가 걸어온다. 유품이 되어버린 태왁을 마주하며 "더 이상 잃을 것도 없고 더 보탤 것도 없는 빈 몸뚱어리로 왔을 때" 작가는 덤으로 얻은 삶에의 감사를 얻으며 자신을 놓아줄 수 있었다.

'소분점도(小盆店島)'에서 밀려오는 썰물을 뒤로하며 달리는 작가를 보며 쉽게 얻어내지 않았던 수필가의 길이 역력하게 드러난다. 인칭의 누군가를 찾아 나서는 수필들은 역으로 그만큼 그들과의 관계망에 든 자신을 찾아가는 도정이었음을 감추지 않는다.

한라산 언저리, 야생의 말들 사이에서 대나무 구덕(바구니)을 열어 점심을 먹고 있는 오빠. 찬이라고는 자리젓갈에 마눙지시(마늘장아찌), 유채나물 쌈이 전부였던 도시락에 내려와 앉았던 한여름의 햇살이 눈부셨다. ……(중략)…… 휘파람 불며 말들이 멀리 가지 않도록 노랫소리를 들려주지 않았을까. 저 멀리 지평선도 바라보았겠지. 팔베개를 하고 누워 나무 그늘의 그림자를 지그시 올려다보았겠지. 농사를 짓는 사람과 주인을 위해 기꺼이 일을 하는 말들 사이의 다리 역할을 해 주었던 목동이 천직이었음을 진즉 오빠는 몸으로 보여주었다.

―〈말테우리〉 중에서

　문체는 그 사람이다. 언어는 그 사람이다. 적당한 어휘와 수식만으로 버무려 낼 수 없는 언어의 유장함이 돋보인다. 편편이 익히고 달여 넣는 솜씨에 그녀의 필력이 가늠된다. 그러한 그녀는 '언니의 물허벅'을 길어 올린다. "언니는 신작로까지 걸어가 물을 길어왔다. 온통 바다로 둘러싸인 섬이지만 웃뜨르(중산 간부락)에는 물이 귀했다. 어머니는 밭매러 가고 정정하신 할머니는 바당(바다)에 나가 물질을 했다. 맏이인 언니는 집안 살림을 도맡아 했고 젖먹이였던 나를 거의 키우다시피 했다. 대나무로 얼기설기 짠 애기구덕에 누워서, 나는 언니가 들려주던 자장가 소리에 맞춰 새큰새큰 잠을 잤다. 자랑 자랑 엉이 자랑 엉이 자랑(자거라 자거라. 얼른 자거라 얼른 자거라)." 구덕 속의 아기를 언니는 얌전히 재워 놓고 어머니가 돌아오시기 전에 물을 기르러 갔다. 그러한 인칭의 존재들은 작가의 빈틈을 메우고 도시의 황량한 뜰을 채우는 원천이 되었다.

물을 지고 한참을 걸어 올라 집에 닿으면 먼저 물팡에 허벅을 앉혔다. 땀 한 방울 닦고 올려다본 하늘은 맑은 오월이었다. 물을 커다란 장독에 부으면 언니의 얼굴이 비쳤다. 뒤의 조각구름도 앉았다 갔다. 오월의 새소리는 물 첨벙거림과 함께 시원한 바람을 몰고 왔다.

-〈언니의 물허벅〉 중에서

도시의 환상성을 쫓아 나왔건만 고단했다. 그럴 때면 그리움의 중량이 늘어난다. 그 깊이를 잴 수 있는 발견의 눈을 가진 사람이 작가이다.

1968년 12월 24일 크리스마스이브에 아폴로 8호는 달 궤도 탐사에 성한다. 20시간에 걸쳐 달 궤도를 10차례 선회하며 찍은 달과 지구의 모습이 전 세계에 방송되었다. 그때, 미국의 시인 아치볼드 매클리시는 "저 끝없는 고요 속에 떠 있는 작고, 푸르고 아름다운 지구를 그대로 본다는 것은 바로 우리 모두를 지구의 승객으로 본다는 것을 의미한다."고 술회했다. 인간은 지구의 매우 특별하고 중심에 있는 존재가 아니라 모든 생명체와 함께 잠시 머물다 떠나야 할 존재임을 각성시키는 문장이었다.

이러한 인식은 《사피엔스》에서도 나온다. 저 멀리 우주에서 지구를 본다면 과연 인류가 주인처럼 지구를 이렇게 사용해도 되는 것인지에 대한 진지한 회의를 안겨 준다.

문학을 한다는 건 무엇일까. 멋지고 미문만 사용하는 것일까. 21세기의 문학은 적어도 이러한 회의로부터 멀어져야 할 지점이다. 적어도 누군가의 사소한 이야기에 귀 기울여 주고,

기꺼이 동참해 줄 수 있는 맘을 여는 문학을 하는 것이 작가의 자세이다.

그래서 "허벅을 붙들어 매줄 두 줄의 끈은 매번 어깨춤에서 미끄러져 내렸다. 허벅에는 풋내 나는 어린 소녀의 얼굴, 생채기 투성이였던 직장 초년생의 어리숙함, 사람에게 치이고 소외받은 회색빛 자화상들로 가득 찼다. 등에 얹힌 일상의 무게는 계속해서 나를 짓눌렀다. 잠시 내려놓고 숨 돌리고 싶은데 물팡은 그 어디에도 보이지 않았다."고 술회한다. 과거를 과거 속에 가두지 않고 오늘과 직조시켜 놀랍도록 도약을 시키고 있는 작가는 귀한 사람이다. 속절없이 밀려나는 자신을 일으키려는 모습이 독자의 가슴에 공명한다. 문학은 설명이 아니라 표현을 얻어내는 것이며, 그 표현을 통해 독자를 감각시키는 게 문학에서의 소통이다. 그래서 감귤 가지에 스치는 바람에도 작가는 목섬에서 잠이 든다.

도시의 별로 태어난 수필

내가 세상과 소통하는 방식은 창이 넓은 커피숍에서의 커피 한 잔이다. 혼자 들이키다 정리 안 된 감정의 찌꺼기들을 소각하고 싶을 때 창이 넓은 카페로 간다. 그리고 커피 한 잔을 시킨다. 다소 헝클어진 머리카락에 시큼 씁쓰레한 아메리카노 향이 번질 때, 한 모금의 커피가 목을 타고 넘어갈 때가 누군가의 아내도 엄마도 아닌 나 자신과 만나는 시간이다……(중략)…… 나의 창문은 커피 한 잔이다.

－〈창(窓)〉 중에서

먹어보고 싶어진다. 주체할 수 없는 커피 향은 어떤 걸까? 작가의 수필이 노회하지 않아서 반갑다.

작품에 나이가 보이면 그땐 '풋'하게 창작하던 시간을 되새겨야 한다. 잘 숙성된 글들은 더없이 소중하다. 회고조에 감상에 침잠한 나머지 관조의 미학이라는 수필의 품격을 확연히 드러내지 못하면 실격이다. "놋그릇을 뽀득뽀득 닦아내던 어머니의 그림자가 아로새겨졌다. 일에 쩌들은 피곤한 기색인 어머니의 그늘진 눈매와 울퉁불퉁한 손마디가 그려졌다. 볏짚으로 뽁뽁 닦아내던 놋그릇이 보기도 싫었는데 시간이 지나 그 그릇을 내 손으로 선택하게 될 줄" 몰랐던 게 인생이다. 그런 삶으로 끝나면 수필은 넋두리가 된다.

수필은 단지 아무나 그 속에 내력과 생각을 버리는 쓰레기가 아니라 시와 소설처럼 원료를 간직하는 '놋그릇'이다. '놋그릇'의 이미지를 늘어놓으면 시가 되고 침전물을 꺼내면 소설이 된다. 그러나 수필은 단지 삶의 내용물이나 시와 소설의 재료를 보관하는 게 아니라, 소재이자 존재물로서 자리할 때 문학의 장르가 된다.

나란히 선 삼부자가 영가를 불러냈다. 시골집이 아닌 도시의 밤이 조금은 어색했을까. 유세차를 읊어대는 남편의 소리가 가늘게 떨렸다. 요즘 세상에 제사가 말이 되냐며 불만이 많았던 아들은 웬일인지 잠잠하다. 분위기에 압도 당했을까. 아버님의 진지한 태도와 정성 가득한 차례의식이 아들을 생각에 잠기게 한 걸까. 남편과 아들이 제관을 맡아 술잔을 올리고 내리며 의식에 따라 예를 올렸다. 아

버님이 굽은 등으로 절을 하고 흰머리가 부쩍 많아진 남편
이 뒤를 이었다. 햇복숭아처럼 말랑말랑한 아들의 몸이 미
끄러지듯 예를 올렸다. 문지방을 태워 올려 보내면서 제사
는 끝이 났다.

-〈놋그릇〉 중에서

놋그릇은 기억의 도구가 아니었다. 삼대의 모습을 이어주는
교량이 되었다. 독자는 이 지점에서 '감염'이 일어난다. 작가의
우화는 예측 불허이고 꿈의 언어이기에 잘 쓴 한 편의 수필은
소설과 비할 바가 아닐 것이다. '도시의 별, 그리움이 묻어나
다'는 지점에서 바라보는 선과 연의 이어짐을 작가는 미려하게
펼친다. 그래서 작가는 멀리로 시선을 돌려본다. 모두 하나의
선상에 있는 존재들일 테니까. 누군가의 소중한 사람들과의 이
어짐, 그 속에서 작가도 변이를 거듭한다.

하나의 작은 점들이 모여 선을 이루듯 한 사람, 한 사람,
이유도 알 수 없는 죽음의 점들이 모여 선(線)이 되고 네모
라는 도형을 생겨나게 했다. 돌판으로 테두리를 두르고 다
시 각(角)을 세워 선(線)을 완성하였다. 선으로 이루어진 네
모 안에는 수없이 많은 물 입자들이 그 안을 채우고 아우성
치듯 아래로, 아래로 흘러갔다. 종국에는 선(線)들이 모여
심연을 만들었고 그곳에서 편히 쉴 수 있기만을 기원할 뿐
이다.
어떠한 말도, 아무런 표현도 할 수 없어 모든 게 멈춰 버
린 것 같은 이곳에서, 그저 수많은 점이 모여 선을 이루어
심연이 되어버린 역사의 한복판에 서 있는 나 자신을 발견

하곤 숙연해졌다.

-〈선(線), 그라운드 제로〉 중에서

9·11 메모리얼 파크 앞에서 작가는 무슨 생각을 하는지에 대하여 상기의 작품은 보여주고 있다. 선을 유린당한 사람들을 공감시키는 존재가 작가이다. 우리 모두는 '도시의 별, 그리움이 묻어나'는 인간이기에 그러하다.

문학은 외면하지 않는 일이다. 기억해주는 일이다. 그것이 공감이고 공명이고 동의의 제스처이기 때문이다. 21세기에 인간은 모두 살던 곳을 버리고 이산의 삶을 산다. 그들이 진정 그리운 것은 무엇일까. 고향에 가도 고향은 사라진 지 오래인데. 그래서 그리운 사람들은 흙을 그리워한다.

첫 아이 탄생 기념으로 마당 한쪽에 대추나무를 심었다. 백일 떡을 돌리기보다 뭔가 의미 있는 일을 하고 싶어 나무를 심기로 했다. 아이와 나무가 같이 커가는 보는 것도 좋을 것 같았다. 나무라고 하기에는 크지도, 굵지도 않았지만, 보는 재미가 쏠쏠했다. 그러던 어느 날 탐스러운 대추가 열려 우리 모두를 기쁘게 했다. 빨간 대추만 보고 자란 내게는 설익은 대추가 연두색을 띠며 풋사과 같은 맛이 나는 줄 처음 알았다.

-〈도시의 흙〉 중에서

"전철은 빠른 속도로 한강 다리를 내달렸다. 정오의 햇살을 받아 눈부시게 빛나던 한강의 물빛을 보자 북받쳐 오르던 눈물이 난데없이 터져버렸다. 지하철 선로 위에 쏟아지는 햇빛, 바람이 부는 방향, 한강의 물의 흐름을 제대로 바라다본 적이 없었다는 사실에 새삼 놀라면서." 작가는 왜 울었다고 할까. 지극히 사무적인 세상에서 눈물은 의외로 신선하다. 그새 정이든 것도 아닐 테고.

'떡볶이 골목길'을 찾아가는 작가는 그 골목 누군가에게 한 포기에도 말을 걸고, 청초한 자신의 자리를 찾아내는 사람이 아닐까. 왜냐하면 일상의 먼지 한 점도 기어이 언어로 버무리기 때문이다. 오늘의 미학적 지점에서 핵심어는 미니멀리즘이다. 작고 낮고 사소한 그것을 포착하는 것이 현대 미학의 관건이다.

그래서 이 작가가 반갑다. 문학이 하늘로 가거나 조악한 언어 놀음만 한다면 누가 돌아보겠는가. 부박한 수식어와 숙성되지 않은 관찰 단계의 언어를 파편처럼 뿌리고도 수필을 쓴답시고 돌아다니는 사이비 작가들이 얼마나 많은 시대인가. 한 점 부끄럼마저 상실한 문학 작품들을 만나면 오염된 언어를 보는 듯 불쾌하다. 그것은 문학을 세상과 유리시키는 일이니까.

눈물, 콧물 쏙 빠지게 먹고 나자 이유 모를 안정감이 찾아왔다. 동시에 내 안에 유폐된 유년의 기억이 달달하고 매콤한 떡볶이의 맛으로 버무려져 내 옆자리에 앉았다. 전날 물에 불린 쌀 대야를 이고 동네 방앗간에 간 어머니를 기다리는 시간은 어찌나 더디게 흐르던지. 만화책을 읽고 또 읽어도 흑백 텔레비전의 다이얼을 이리저리 돌려도 대문 여는 소리는 들리지 않았다.

"향이야, 일어나 떡 먹어라."

-〈떡볶이 골목길〉 중에서

수필은 자판 두들겨지는 대로 두들겨 그렇고 그런 내력이나 생각의 내용을 담아내는 문학 장르로 인식하고, 아무나 기웃거리고 껄떡대는 떡판쯤으로 생각하는 경향이 있다. 그래서 웬만하면 모두 수필가이다. 이는 이왕의 대가나 중진들의 자존심을 건드리는 일이겠는데도 그들도 한통속으로 그 수많은 문학지와 수필지를 통해서 그 수많은 수필가를 생산하고 있다.

수필은 이제 은유의 숲을 지나 씨방을 흔들어 깨우는 푸른 꿈이라고 말할 수 있는 날렵한 촉수를 만날 때의 싱그러움은 문학으로 탄생한다. 그러지 않으면 무의미하다. 단지 좋은 글이 있을 뿐이다.

"최근 은행에서 일방적으로 종이 통장을 없애겠다고 발표했다. 그마저도 거리에서 찾기도 힘든 은행에 가서 창구직원과 가벼운 인사라도 나누며 통장에 찍힌 숫자를 보며 즐거워하던 중년층에게는 어이가 없는 일이다." 작가의 시선은 세상에 잇닿아 있다. 또 "가끔은 인생의 지름길이라 믿었던 것들에 상처 받고 쓴맛을 보게 된 이후로는 천천히 에둘러서 돌아보는 습관이 생겼다. 직선 길이 주는 빠르게 도착하는 승리감보다는 구불구불한 곡선을 따라 느리게 가면서 주변을 돌아보는 재미도 나쁘지 않았다. 인생의 막다른 지점은 없다."며 돌고 돌아 어렵게 만난 글쓰기의 길을 '우회(迂迴)'라고 전언하는 작가의 시선은 여유롭다.

한 권의 책에 모두 신춘문예용 작품을 담을 수는 없다. 좋은 책에는 긴장과 휴식이 적절하게 안배되어 있어야 한다. 독자의 귀를 너무 당기면 손주가 할머니의 이야기를 더는 들으려 하지 않을지도 모른다.

> 대답하면서도 내가 한없이 작아졌다. 면접관이 원하는 답변은커녕 사지(死地)로 떨어지는 느낌이었다. 회사가 원하는 건 손쉽게 얻을 수 있는 경력자였다. 경력이 발목을 잡았다. 이번에도 글렀어. 면접이 빨리 끝나기만을 기다렸다. 앞선 구직자들은 화려하게 자신이 어떤 일을 했고 어떻게 잘할 수 있으며 이 일이 자신의 적성과 딱 맞아떨어진다며 강한 구직욕구를 보였다. 최대한 네 명의 내 또래의 여성과 눈을 마주치지 않으려 조심하며 밖으로 나왔다.
> 　　　　　　　　　　　－〈할머니의 손수레에 업힌 오후〉 중에서

경력 단절 여성의 모습이 투영되어 있다. 그러한 심산한 마음에 들어온 노점의 할머니에게 단팥빵을 건네는 화자가 묻는 질문 한 토막이 모든 것을 대변한다. 글의 온도가 빛이 난다. 뭣보다 제목의 의미가 함의하는 힘이 글의 부력에 일조하고 있다. 화자는 지금 길가의 할머니에게 업히고 싶은 마음이다. 이미 어미가 된 어미가 의지 가지를 찾는 심정이 함축된 대화와 제목이다. 걸맞다는 말이 어울리는 언어의 질감과 사유의 진폭이 울림이 크다.

　"할머니는 경력이 있으세요?"

아니 내가 뜬금없이 무슨 질문을 하고 있는지 모르겠다.

"뭐라고 뭐, 경력이 뭐여?"

"평생 해 오신 일이요. 일의 이력 같은 거예요."

"뭐 그런 거 잘 몰라. 하지만 쉬지 않고 일은 했으니 있기는 있지."

"폐지 줍는 거 말고요. 젊었을 때 하신 일이요."

"암, 있고말고."

갑자기 후드득 빗방울 떨어지는 소리가 들렸다.

-앞의 글, 중에서

화자는 지역사회를 위해서도 애쓰고 봉사한다. 열선도로(스노우 멜팅시스템)를 설치해서 안전을 기하자고 말한다. 화자는 "도로에 열선이 설치되고 나니 눈이 와도 걱정이 없고 안전하고 깔끔한 길이 되었다. 다음 해에는 좁은 인도와 도로 사이의 펜스(난간)까지 설치하고 나니 더할 나위 없이 완벽한 도로가 되었다."며 만족한다. '열아, 추위를 녹여다오'를 외치는 작가가 아름답다. 작가는 섬에서 유년을 찾았고, 거리와 도시에서 '나'를 찾았다.

쉬운 것은 없었다. 모든 것이 낯설고 무서웠다. 한 사람의 작가가 되기까지의 시간이 작품 속에서 확장되어 간다. 그녀에게 작품은 작가로 가는 도정이자 인간의 길이었음을 부인하기 어려워 보인다. 리양인샹(溧阳in巷), 달빛 비추는 거리에서 자신이 담벼락을 철 수세미로 닦아보리라고 다짐한다.

거친 황야에 서 있어도 풀잎마다 아침이슬은 맺히고 안

개는 걷힐 것이다. 마음의 벽이 아무리 두텁다고 한들 사
람의 의지만 하겠는가. 오늘도 난 팔을 걷어붙이고 철 수
세미로 부지런히 마음의 옹벽을 닦아본다. 콧노래를 흥얼
거리며. 달빛 비추는 중국의 어느 거리에서 호흡을 조절하
며 기를 모아봤던 체험을 기억해 낼 것이다. 빙 빙 원을 돌
며 음악에 나를 맡겼던 그 느낌이라면 애잔하게 밀려왔던
그리움의 향기라면 가능할 것이다.

-〈철 수세미로 철옹벽을 닦는다〉 중에서

회귀한 호모에스테틱쿠스의 눈빛

모파상의 단편소설 서문에 적힌 내용이다. "…… 독자는 여
러 사람이다. 따라서 가지가지로 요구한다. 나를 즐겁게 해 달
라. 나를 슬프게 해 달라. 나를 감동시켜 달라. 나에게 공상을
일으켜 달라. 나를 포복절도케 하여달라. 나를 전율케 하여달
라. 나를 사색하게 하여 달라. 나를 위로해 달라. 그리고 소수
의 독자만이 당신 자신의 기질에 맞는 최선의 형식으로 무엇
이든지 아름다운 글을 지어 달라고 할 것이다. ……"모파상의
이야기를 요약하면 독자는 자신의 기질에 맞는 최선의 형식으
로 글을 지어 달라고 요구하는 존재라는 것이다.

그러면 평자인 필자도 오미향 작가의 작품을 선자의 눈으로
읽을 거라는 의미를 내포한다. 그녀의 '물올림'은 수필로서의
제반 요건을 제대로 갖추었고 문학예술로 완성하는 필력과 사
유 지점에서 신뢰를 준다. 인생살이에서 빚어지는 갈등과 어려
움을 보여주는 대상으로서 꽃의 탈수에 대한 차용과 대비점에

남편을 두었음에 단조로울 수 있는 신변잡사가 상징성을 띠며 입체적으로 변모된다.

> 주인이 물 주는 것을 잊어버렸나? 탈수가 시작된 꽃의 얼굴이 볼품없다. 흡사 물내림으로 기운이 빠져버린 내 모습 같았다. 필 때는 그냥 피는 줄만 알았지, 시드는 것도 관리가 없으면 금방이라 는 것을 알지 못했다. 화려함만을 영원토록 먹고 살 줄 알았다. 꽃이라면 당연히 숭어리 숭어리 화사하게 피어나는 줄 알았다. 물 한 모금이 그리운 꽃에 다정한 눈길 한번 보낸 적이 없었으면서.
>
> — 〈물올림〉 중에서

남편의 존재감은 들여다보면서도 그 존재의 기능이며 역할에 무신경한 현대인들을 겨냥하여 자연물을 통하여 가정이라는 울타리를 아름답게 지켜내는 자세가 객관성을 얻고 있다. 가정과 울타리의 가장에 대한 관심과 관계망이 다소 무성의해질 수도 있는 현대인에게 따뜻한 발견의 시선을 견지하는 작가의 긍정적 발견에 동조해주고 싶어진다.

> 남편은 회사에서 머무는 한 주일 내내, 물올림을 받지 못한 꽃처럼 시들시들해져갔다. 밤늦게 퇴근해서 다음 날 출근 전까지의 휴식 시간은 제대로 된 물올림이 아닌 일시적인 분무 정도였는지 자꾸만 메말라갔다. 그는 매일 출근할 때마다 희망찬 생각과 긍정적인 다짐을 한다고 했다. 사무실에 앉아 PC 두 대를 켜고, 업무지시를 하고, 거래처와의 약속을 잡는다고 했다. 이런저런 업무에 매달리다 보면 숨

통이 조금씩 조여든다고 했다.

-앞의 글, 중에서

〈공중부양 화단의 울림〉에서도 베란다에 키운 호박의 무너
져 내림에 대하여 친정아버지를 치환한다. "알게 모르게 그 피
를 이어받은 우리 형제들은 크고 작은 화단을 만들며 살아가
고 있다. 하나의 싹이 트고 줄기가 튼실해지는 것을 보고 있노
라면 문득문득 아버지의 얼굴이 떠올려졌다. 그 커다란 손으
로 삽질하며 땅을 일구고 거름을 뿌리고 가지치기하며 땀을 흘
리시던 모습이. 옆에서 졸졸 따라다니며 호미를 갖다주고 씨
앗 바구니를 나르던 내 유년의 모습. 그 유년의 뜰 안으로 들어
가고" 싶어 한다. 그 아버지가 어둡고 쓸쓸한 중환자실에서 주
렁주렁 매달린 링겔 호스와 표정 없는 얼굴로 공중부양을 하는
듯 누워있기 때문이다. 잠을 자는 것도 아니고 세상에서 제일
고통스러운 표정을, 때론 고요한 모습으로 오만가지 형상을 짓
고 있는 주인공들 옆으로 1미터 80센티 장신인 아버지는 침상
위아래를 꽉 채우고 있는 아버지를 안타깝게 그려내는 작가의
가슴이 육질로 다가와 문장으로 공명을 한다.

> 이분이 내 아버지 맞는가. 9시 통금령을 내리고 제삿날
> 친구 만나고 늦게 왔다고 불호령을 치시던 서슬 퍼런 아버
> 지가 맞는가.

-〈공중부양 화단의 울림〉 중에서

자연으로 회귀한 호모에스테틱쿠스의 눈빛은 자연에 잇닿아

있다. 그 속에 자연의 온기로 청년기의 자신을 채워주던 아버지가 계시기 때문이다. 뿌리의 동력으로 수피를 채우고 기억의 파일로 짜올리는 수필 속에서 독자도 내내 오르락내리락 언어의 줄을 타고 소통을 이룬다. 그러나 근사한 그 무엇인가가 아닌 허술하기 짝이 없거나 그다지 쓸모 있어 보이지 않는 주변의 대상들을 읽어내며 수필 장르를 엄연한 문학예술의 한 울타리 안에서 존재시킨다. 수필이 주제가 있는 글이라면 그것을 드러낼 수 있는 소재를 체험의 토대 안에서 보여줄 때 글의 힘이 강해짐을 오미향의 수필에서 발견하기란 어렵지 않음이다.

> 뭍으로 나오던 날 아버지는 문주란 세 뿌리를 주셨다. 결혼생활에 외롭고 지칠 때 바라보면 위안이 될 거라고 했다. 마당 한 구석에 잘 자라고 있던 문주란을 아낌없이 캐어 돌돌 말아 짐 싸듯 나와 함께 비행기 탔다. 그동안 잘 자라주었다. 해마다 하얀색 실꽃이 화사하게 고개를 들었다가 소리 없이 졌다가 어느새인가 다시 꽃이 피어났다.
>
> ─〈빈 화분〉 중에서

잊힌 문주란을 끄집어내어 "흙이 메마르고 갈라졌어도 계속 버텨주는 게 내게 끈을 놓지 말라고" 전하는 아버지의 음성을 들으며 수필은 의미망을 넓혀나간다. 집요하게 관객을 끌어당기는 영화의 스크린처럼 '동백'도 며느리의 지점에서 느끼는 편린들을 빠듯하게 직조하고 있다.
자연이 예찬으로 흘러버리면 수필이 공허해진다. 작가는 그러한 느슨함을 화려한 언어로 당기지 않는다. 다만 주변의 대상이나 자연의 한 부분마저도 자신의 언어로 불러내어 순환시킨다. 그래서 오미향이라는 수필가는 오래도록 좋은 수필을 뽑아낼 자질이 엿보인다. 고단한 삶의 시간들을 개별사적 이야기 신변사적 이야기로 떨어지게 하지 않고 독자 모두의 과제나 심산한 삶의 사연으로 확대시키는 수법이야말로 이 수필가의 내재되어진 역량을 가늠하게 하기 때문이다.

결혼 30주년 기념일을 맞은 남편의 기념식은 여지없이 깨진다. 리마인드 웨딩이라도 기대했던 작가의 실망을 꺾어준 것이 '봄이면 나는 바람이 난다(고사리 바람)'이다. 깨진 기대는 남편이 내민 고사리꽃 부케로 환하게 피어난다. 그 고사리는 바로 작가가 태어난 그 섬의 꽃이기 때문에, "봄은 시시하게도 고사리와 함께 왔다. 유독 기제사가 많았던 우리 집은 봄이면 일 년 치 고사리를 꺾느라 분주했다. 어머니는 고3인 내게도 한 이틀만 일손을 도우라 했다. 딸의 미래는 안중에도 없는 어머니가 야속했지만 할 수 없이 목장갑과 꽃무늬 모자를 썼다."는 시간대를 관통하게 만들기 때문에 사랑으로 물들게 한다.

작가는 객지의 설움을 풀어낼 때에도, 삶의 오목한 눈 속을 걸어갈 때에도 본능처럼 찾아드는 곳이 있다. 그 숲길은 섬에 있는 곳곳이다. '사려니 숲길'을 걸으며 치유를 하고 범사를 감사하는 마음을 되찾아 온다. 그곳뿐 아니라 작가는 여행 속에서 많은 것들을 건져 올리고 있다.

〈리마인드 프러포즈 in 황산〉도 그러한 도정에 있는 작품이다. 옛 추억 속의 나와 부모님의 모습, 또는 시아버지의 속정 깊은 사랑에 대한 회고 등을 다룬 작품들이 생을 성찰하는 깊이와 넓이를 포용할 수 있는 수필 문학으로서의 가능성을 발견하게 하는 기쁨을 안겨 준다.

> 애들만 훌쩍 성인이 돼 버렸지. 나는 제자리걸음인 것 같아 못내 아쉽고 서글펐었다. 분명 최선을 다하고 열심히 살았지만, 현실의 모양새는 뒤로 달리는 열차 같았다. 흰 머리를 감추기 바빴고 눈가 주름이 질까 봐 크게 웃지도 못했다. 남들처럼 리마인드 웨딩이다 뭐다 해서 이벤트를 하고 은근히 근사한 선물을 기대했었다. 꿈쩍도 안 하는 남편과 밥 한 끼 근사하게 먹고는 아쉬움을 감추기 바빴는데 난데없는 프러포즈라니.
> ─〈리마인드 프러포즈 in 황산〉 중에서

황산에서 받은 느닷없는 사랑의 고백. 그녀의 수필은 건강하며 신선한 생수처럼 아릿하고 청량하다. 젊음의 숨결보다는 중년 이후의 원숙함이 자리 잡은 작품들의 행간에는 일상의 소재를 다루는 만만치 않은 필력이 나타난다. 후반부 생을 문학세계 속에서 아름답게 가꾸어 보겠다는 결의가 두드러지기도 하고, 첫사랑의 열기를 느끼게 해주는 일상사의 기록, 잊혀지지 않는 추억담이 그저 담아놓으려는 데 그치지 않고 생의 발견과 의미를 부여하고 있기에 곡진하다.

보덴제호수가 어디쯤 있냐고 물었다. 독일에서 가장 큰 호수라며 보덴제는 실제 가보지 않아도 우리의 마음 안에서 만날 수 있는 곳이라고 했다. 누구나 열심히 미래를 향해 나아가다 보면 바다와도 같은 장애물을 만날 수 있고 그 것을 뛰어넘으려는 노력을 하다보면 호수는 자기 것이 된 다고 했다. 살얼음판 같은 수면을 말을 타고 건너려면 굉 장한 인격 수양과 관조, 철학과 지혜까지 있어야 할 것 같 았다. 그래서 좋아하는 사람과 둘이 말을 타고 사랑의 힘 으로 인생이란 호수를 건너가는 것도 나쁘지 않을 거라고 그가 말했을 때 나는 살짝 얼굴을 붉혔다.

-〈말 타고 보덴제호수 건너기〉 중에서

수필은 은빛 바퀴를 굴리는 얼기설기한 이야기의 예술이다. 너무 꽉 조여버리면 여백이 없고 너무 느슨하면 두께감이 사라 진다. 독자들은 한 조각의 구멍 난 스토리에 뼈를 세우고 일어 서기도 한다. 그러한 수필들을 우려내는 작가가 소중하다.

인생 앞에서 장담하지 말라 했던가. 우리 모두는 늙을 것이 고 그 어디 지점에서는 길을 잃고야 말 것이다. 그럴 때에 편안 한 의자처럼 빈 가슴을 받쳐줄 수필집 한 권이 있다면 그것은 위안이다.

진리와 같은 말들은 숱하게 널려 있지만 막상 당하는 인생의 길목에서 난감함을 면하게 해 주지는 않는다. '나'를 '나'이게 내버려두지 않는 속도의 시대 앞에서 많은 이들은 탈주를 꿈 꾼다. 실재가 아닌 글 속에서 꿈꾸는 '첫사랑'의 추억은 미학적 인간만이 누릴 수 있는 호사임에는 틀림이 없어 보인다. '신시 모도'에서도 작가는 시간의 궤적을 찾아서 떠난다.

어느 이름 없는 오지의 섬에서 일을 하고 있는 남편은 간간이 감꽃 향이 생각난다고 했다. 달짝지근하고 떱떠름한 감꽃을 주워 입에 물고 풀 향기 가득한 웃음을 쏟아내던 그였다. 담장 안에 감꽃은 저렇듯 예쁘게 피어 있고 그리움을 목에 걸고 흔들리는 추억을 포장하고 있는데, 감꽃 향기 유난히 코끝을 간질이는데 ……(중략)…… 회교도의 나라에서 이슬람문화권의 관습은 불편과 소통 부재로 이어졌다.

-〈감물 들이기〉 중에서

호모에스테틱쿠스는 남편의 야물어가는 과정도 "어느새 황갈색의 피부로 변해가고 있다. 으깨지고 부서지며 청아한 감물을 내뿜는 풋감처럼 이곳저곳 감물이 스며들어 단단해져 가고 있었다."고 반추한다. 남편이 감물이 드는 걸까? 작가의 사유가 잇닿은 그곳이 감물처럼 깊게 여울져가는 걸까? 온전한 기억의 인간일 때 내가 나임을 반추할 수 있는 가장 뚜렷한 방식은 무엇일까? 작가에게 기억의 복원은 과거와의 화해요, 현재의 후손들에게 남기는 기억의 진원지에 대한 뿌리 의식이라는 깊은 의미가 서려 있다. 보이지 않는 세계를 보는 것처럼 노 젓고 싶어서 작가는 수필의 세계로 들어간 것은 아닐까?

아포칼립스적 시대의 섬 소녀

가끔씩 내가 글을 쓰면서 인용해왔던 삶의 무게란 표현은 다 거짓이었다. 껍데기뿐인 낭만이었다. 백 년 가까이 지탱해 오느라 까맣게 타들어가, 텅 비어버린 음침한 동굴. 그곳을 감싸고 있었던 솜뭉텅이 기저귀가, 오줌으로 축 늘어진 무게가 이렇게 무거울 줄 몰랐다. 시원(始原)의 골짜기 같은 그 동굴을 통해 내가 태어났고 삶이 일어섰으며 가치관과 생각이 자라났음을. 원시림의 수풀을 통해 영양을 공급받아 내가 커갔고 양육되었음을 부정할 수 없었다. 에너지가 넘치던 한낮의 태양과도 같았던 그곳이, 이제는 버림받아도 좋을 만큼 황폐해졌다고.

-〈무게〉 중에서

병든 노모를 요양원에 보내놓고 효도란 겉옷을 걸쳤다고 자위하던 자신을 자책하는 화자의 묘사가 언어의 미학을 담보한다. 수필은 결의 문학이다. 문장 수련과 문학을 향한 열정이 작품 속에 녹아 있어야 한다.

그런가 하면 최소한 수필로서 갖추어야 할 기본조건, 다시 말해서 낱말의 부림이나 문장의 구성, 주제의 설정과 형상화, 그리고 사람살이의 지혜가 깃들어 있어야 한다. 그것은 인간의 기본적인 삶은 양태가 변하지 않았기에 글쓰기에의 창작의 방법을 바꾸지 않으면 20세기의 동어 반복이라는 평을 면하기 어렵기 때문이다. 거기다 소재의 참신성과 재해석의 능력은 작가의 사유와 문학적 성취라는 족적을 남기게 만든다.

오미향 작가는 어느새 대상에 대한 상징성의 확장과 변주를 가미함으로써 문학예술의 미학적 지점을 한층 끌어올려 놓는다. 요양원에 누운 노모의 오줌 기저귀가 준 '무게', 그것은 필요한 만큼의 언어로 작가와 수필을 더 한층 고양시킨다. "갈아달라고 입술이라도 움직였으면. 손짓이라도 아래를 가리켰으면. 휑한 눈만 깜박거리지 말았으면. 차라리 분노의 눈빛이라도 띄웠다면 마음이 이처럼 무겁지 않았을 것을." 하고서 양심의 무게를 드러내는 '무게'는 결국 동서문학 은상을 거머쥐게 한다. 그러한 그녀는 이제 작가 자신마저도 객관화시킨다.

　　섬에서만 자라나서 뭍으로 올라온 나는 시간이 지날수록 연못 속 뻘 안에서 허우적대며 뼈를 깎아 내고 골수를 우려 내며 연근이 되어가는 중이다. 버젓이 물 밖으로 집이라도 한 채 들어 올리려면 기둥이 되어야 했다. 이 연근 기둥을 딛고 '즐거운 나의 집'이라는 연꽃을 피워냈다. 탁한 기운을 가라앉히고 모처럼 피어난 꽃을 보려는 사람들이 많아 질수록 연근의 뼈는 단단해졌다. 매 순간 흔들리지 않았던 적이 없었고 유혹의 끈은 질겼다.
　　　　　　　　　　　　　　　　－〈바람 든 연근(상흔)〉 중에서

　수필은 자신의 삶을 되돌아보면서 성찰하는 글쓰기라 할 수 있다. 그런가 하면 타인의 이야기를 할 때도 있고, 주체 밖에 존재하는 사물이나 현상에 관해 서술할 때도 있다. 그러나 대부분의 경우 작가 개인의 자잘한 신변사를 글감으로 삼는데, 자칫하면 무늬 없는 평범한 작품에 머무르기 십상이다.
　"오랜 시간 연의 뿌리로 숨죽여 있었던 나는 어느 날 용기를 내어 물 밖으로 나왔다. 구멍 사이로 스치는 햇살과 바람이 몹시도 부드러울 때였다. 내 몸의 뼈를 깎고 다듬어 바람의 통로, 빛의 길을 열었듯이 물 밖 세상을 보고 싶었다."는 수필을 읽는다면 평범한 자신과 연근의 어우러짐이 문학적 품격을 돋보이게 하는 데에 손색이 없음을 알 수 있다. 그러한 작가의 부력은 하루아침에 이루지지 않았음을 여러 편의 글에서 충분히 확인이 가능하다.

〈빈 우물〉에서 "새가 길게 날갯짓하며 그려낸 포물선의 테두리가 공중에서 빛이 났다. 달빛에 반사돼 눈부셨다. 저 새를 뒤따르리라는 욕망이 오른발에 실린 주저함의 무게를 일으켜 주었다. 그가 그려낸 하늘길의 방향 표시를 어렴풋이 그려보며 왼발을 다음 칸으로 옮겨 본다". 작가의 고뇌가 얼마나 절절했는지 심장에 전달된다. 그런 경력 단절된 오후의 여인이 되지 않기 위하여 얼마나 생채기를 안고, 앓이를 하였는지 말하지 않았다.

작가는 스토리텔링이 아닌 상징과 묘사를 통하여 직조를 해내고 있다. 그녀의 비상은 그래서 아름답다. "햇빛이 있을 때 건초를 만들어라. (Make hay while the sun shines.)" 학창 시절 외우던 영어속담을 되뇌이며 기회는 항상 내 편이고 찾아온다는 믿음 버리지 않았다.

여고생이 미지의 캠퍼스를 꿈꾸듯 섬 소녀는 뭍 몸살을 모지게 하고 있다. 인생의 오후에 든 순간까지도 작가는 그리운 섬의 말과 섬의 향과 섬의 사람들로 버물린 섬의 숨비소리를 가늘게 길게 내쉬면서 이제 아주 심해의 어둠 속에서도 자신만의 섬 소리를 울려서 낼 줄 알게 되었다. 그러한 작가에게서 자신을 씻고 헹구어 내는 일은 정화와 정제의 의식을 거쳐 하나의 꽃을 피우고 향기를 발산하는 나날들의 궤적을 이룬다.

빨랫감은 내밀하다. 슬픔을 감춰 두기 좋은 곳이다. 건망증이 두려운 것은 그리움이 사라진다는 것. 가끔씩 잊어버리는 날이 많은 날, 은밀한 슬픔을 내보이기 싫은 날, 조용히 빨래를 한다.

─〈오후의 바지랑대〉 중에서

고향을 떠나 도시의 골목을 서성이던 고단한 삶, 다시 고향으로 돌아와 환하게 웃음을 되찾은 일은 회상과 회고에 있다. 문학이라는 그릇 속에서 맛깔스럽게 풀어낸 작품들은 작가에게 "여름내 습하고 눅눅했던 마음을 저 가을볕에 널었다."는 의미망을 드리운다.

낱말의 부림이나 문장의 구성이 탄탄하고 이야기를 풀어가는 솜씨 또한 부족할 것도 넘칠 것도 없이 필요한 만큼의 언어로 직조되었다. 작가와 작품이 함께 거풍을 하는 듯이 읽는 이의 마음까지 쾌청하게 만드는 수필들이 '쑥버무리'를 향기를 물고 서 있다. '못'이 되어 사위로 살아주는 남편에 닿는 시선이 따갑지 않다. 여백이 아니라 여유를, 외로움이 아니라 한가함으로 관조하는 일이야말로 수필의 미에 품격을 더한다. 읽고 나면 뒷맛이 삼빡하기까지한 오미향표 수필의 꽃은 이제부터 더 활짝 피어날 것이다.

아득히 먼 지점에 있는 보고프고 그리운 얼굴들을 연에 담아 날려 보내고 싶은 마음으로 담아온 그녀 수필의 온기는 뜨겁지 않다. 제주도 메밀 빙떡처럼 그녀는 수필의 "프라이팬 위의 메밀전이 바사삭 타 들어가듯 나의 모든 열정과 노력을 그 위에 녹여보고" 싶은 중년이다. 우려스럽던 아들도 화면 속 선생님이 되어 코로나19의 시대를 잘 살아가고 있다. 그렇다면 아포

칼립스적 시대의 섬 소녀는 디스토피아적 시대를 어떻게 '家'와 '母', 그리고 '妻'의 변주를 해나가고 있을까.

> 항상 젊을 것 같았고 언제든 내가 원하면 이 정도 관리쯤 이야 식은 죽 먹기라고 생각했었다. 별다른 인생의 목표가 있는 것도 아니었으며 하고 싶은 일도 없었다. 내가 낳은 보물 1호, 2호가 잘 자라주는 것만이 나의 원대한 인생 목표였다.
>
> ― 〈다시 연극무대에 오르다〉 중에서

이미 그녀의 목표는 이루었다. 그런데 허기가 지는 작가는 다시 꿈을 꾼다.

> 이제는 인생 2막을 준비할 때이다. 사회의 구성원으로서 의 제 할 일을 다하다가 이제 아름다운 은퇴를 앞두고 사람 들은 또 한 번의 삶을 만들어가고 있다. 인생이라는 긴 연 극에서 주인공도 해 봤을 테고 조연이 되어 다른 사람을 빛 나게 해주기도 했을 것이다. 나처럼 평생 엑스트라로 지냈 을 수도 있다. 관객이 되어 때로는 분노하고 눈물 흘리며 인생의 희노애락을 함께 공감했을 것이다. 이제 당당히 무 대에서 내려와 또 다른 연극을 준비한다. 이번에는 남과 경쟁하고 삶을 책임져야 하는 무대가 아니라 자신의 연륜 과 사회 경험을 살려 인생을 관조하는 마음으로 구성할 것 이다.
>
> ― 앞의 글, 중에서

아무리 큰 연을 날려 본들 섬으로 돌아가기란 어려운 일이다. 실재의 경험을 제2의 경험으로 만들어 주는 항해는 똑같은 행위를 하는 것으로 복원되기보다 반추를 통해 들어가는 것이 훨씬 더 진하고 명징하기 때문이다. 그 길로 가는 작가는 삼나무 숲길이나 떡볶이 골목길, 아니면 메모리얼 공원에서 과거에게 말을 건다.

　붉은 노을만 가득 실고 쓸쓸히 돌아오는 섬을 돌며 '돌챙이'를 외쳐 보았다. 그곳에서 작가는 스스로를 유폐시키기보다 비로소 나였을 시간들과의 대면을 통해 자신을 찾아가는 방식을 적절하게 입증한다. 천근의 자물쇠로 잠겨있는 가슴을 열고 비움을 가득한 채움으로 바꾸어 놓는다. 정서적으로 순환과 순화의 과정을 동반하게 하는 글쓰기는 작가에게는 시간으로의 여행이기도 하고, 잃어버린 나를 찾는 일이기도 했다.

　우리가 글쓰기를 하고 삶에 대해 쓰기 시작할 때, 이미 좌절은 예정된 것이다. 사람들은 흔히들 그 나이에 무슨 글쟁이가 되겠다는 거냐며 핀잔을 주기 십상이다. 그러나 그 바라기가 사라지면 내가 '나'여야 할 이유도 사라져 버릴 것이다. 그러한 연장선에 선 오미향 작가는 누가 들어줘서도 아니고, 내가 나에게 불러주어야 할 노래이기에, 그런 '나' 같은 사람들에게 언어의 질감으로 말 걸기를 시도한다. 나누어야 할 시간이라고. 살아냈음의 노래를 가슴 벅차게 들려주려 한다.

　작가에게서 '오후'는 익어가는 거라기보다 더 푸르게 우거지는 일은 아닐까. 우거지는 사연과 우거지는 추억과 우거지는 글밭에 뿌려진 말의 뿌리를 더듬으면서, 손풍금이 솟구치는 목소리로 눈먼 바람의 고삐라도 잡으려 한다. 그윽하게 녹아가는 한 줌의 시간을 따라 그저 사라지지 않고 깃털을 달고 날아다니려 하고 있다. 이제 서러움도 환희가 되어 자신의 그림자를 밟는 시간이 기다리고 있다.

그녀는 과연 누구일까. 그녀를 작가로 만든 그 사람은 누구일까. 한 생애를 그리움의 화산으로 만들어 준 바다는 이제 그녀를 섬이라 부를 것이다. 그녀가 그간 넘었던 우주의 숱한 공간 속에는 잃어버린 것들로 가득하다. 그녀는 아득하기만 한 어머니에게로, 아버지에게로 바닷바람이 되어 날아서 간다.

이 디스토피아적 시대에 그녀는 그 깊은 섬으로 가는 길을 잃을까 봐 섬이 되어 살았다. 그 너머에 있는 암화를 새기며 자판으로 길을 열고, 제주 바다 깊이로 물질을 했다. 품을 내어주지 않고는 건너갈 수 없었던 시린 이별을 품은 바다에서 오미향은 자신을 작가로 밀어내었다.

그래서 멈출 수가 없는 것이다. 섬에 머문 신화의 지점으로 들어가야만 숨을 쉴 수 있기에 그녀는 글 속에서 피어난다. 수필을 통해 새로 태어나고 채색되어지는 작가에게 뭍내가 아닌 섬내를 묻히는 일은 기나긴 호흡을 가다듬는 일이다. 그녀가 삐리 삐 불어내는 숨은 수필의 너머로 여울져 또 어느 골짝으로 깊어질지 아무도 모른다.

언니의 물허벅

초판 1쇄	2022년 12월 14일
2쇄	2023년 06월 12일

지은이	오미향
발행인	김재홍
마케팅	이연실
디자인	현유주 김혜린

발행처	도서출판지식공감
브랜드	문학공감
등록번호	제2019-000164호
주소	서울특별시 영등포구 경인로82길 3-4 센터플러스 1117호{문래동1가}
전화	02-3141-2700
팩스	02-322-3089
홈페이지	www.bookdaum.com
이메일	jisikwon@naver.com

가격	15,000원
ISBN	979-11-5622-761-8 03810

이 도서는 2022년도 한국문화예술위원회 아르코문학창작기금(발간지원)
사업에 선정되어 발간되었습니다.